本书得到河北大学中西部高校
提升综合实力工程项目资助，
是教育部人文社会科学重点研究基地重大项目
"女性的媒介呈现与中国国家形象建构
（项目号10JJD860005）"
的研究成果之一。

《纽约时报》的中国女性形象研究

（2001年—2010年）

李敏 著

人民出版社

责任编辑:李椒元
装帧设计:文　冉
责任校对:余　倩

图书在版编目(CIP)数据

《纽约时报》的中国女性形象研究:2001年—2010年/李敏著.
　-北京:人民出版社,2015.4
ISBN 978－7－01－013857－2

Ⅰ.①纽…　Ⅱ.①李…　Ⅲ.①新闻报道-女性-人物形象-研究-美国-
　2001~2010　Ⅳ.①I712.075

中国版本图书馆 CIP 数据核字(2014)第 192887 号

《纽约时报》的中国女性形象研究(2001年—2010年)
NIUYUE SHIBAO DE ZHONGGUO NÜXING XINGXIANG YANJIU

李　敏　著

人民出版社 出版发行
(100706　北京市东城区隆福寺街 99 号)

北京市文林印务有限公司印刷　新华书店经销

2015 年 4 月第 1 版　2015 年 4 月北京第 1 次印刷
开本:710 毫米×1000 毫米 1/16　印张:10.75
字数:236 千字　印数:0,001－3,000 册

ISBN 978－7－01－013857－2　定价:32.00 元

邮购地址 100706　北京市东城区隆福寺街 99 号
人民东方图书销售中心　电话 (010)65250042　65289539

目　　录

前　言

　　本书呈现的是一项女性主义与国际传播交叉研究的成果,是以国际传播中的特定文本——《纽约时报》的涉华报道为研究对象,分析这些报道中呈现的中国女性形象。

　　女性形象研究在性别与传播研究框架中处于比较基础的层面,拥有较为成形的定量取向的研究方法,这使得它容易被视为相对简单的议题,但也恰好证实了它在这一领域中不容忽略的地位。这一课题可以在传播学、女性主义理论、形象学以及知识社会学等多个学科中找到共同的理论落点,即形象是被"塑造"的。形象学主张形象是一种"关系",女性主义者相信"女性"是社会文化建构的结果;从知识社会学的角度看,媒介文本的生产者掌握着"定义"媒介中呈现的"现实"的权利;而传播学中持批判立场的学者则认为,媒介文本是一种对社会真实的"再现"而非镜子式的呈现,其中的女性往往是被贬抑的角色。由此来看,关于形象的研究并不止于描述文本呈现出的形象体系或象征性系统,还可以深入探究形象塑造的过程,即媒介采用什么样的方法描述人物。因此,这一议题看起来较为简单却有极强的延展性,本书即属于这一充满弹性的议题范畴。本书选择了外媒里的中国女性形象作为研究客体,以上述诸学科为主要理论资源,通过文本分析概括出女性形象谱系,并深入分析媒介的话语方式和叙事逻辑,解析其中可能存在的意识形态。所以,这不只是一项描述性研究,也不会特别关注媒体中出现的中国女性是否与"现实状况"存在偏差,而是对文本进行深度阐释。

　　本书的研究对象是2001年至2010年《纽约时报》涉及中国女性的报道。在传播学领域,将《纽约时报》作为典型文本的可行性不必多言。但如今新媒体已经影响到社会生活各个方面,很多人不禁有这样的疑问:纸媒是否还拥有足够的研究价值? 实际上,由于普通受众缺乏深入完整地了解国际事务的条件,传统的主流严肃媒体仍旧是他们获取国际信息的重要渠道,它们的公信力仍然最受肯定,①而像《纽约时报》这种代表精英和中产阶层观点的纸媒也很难完全退出历史舞台。② 该报一向在国际社会中拥有极大的影响,现在它不仅在网站上提供了电子版,还设置了滚动新闻、论坛、博客等其他版块,并增加了多媒体内容,方便更多的受众获得信息。因此,该报作为新闻传播领域中的一个概念性存在,作为美国媒介极为重要的一极,对世界言论格局的影响仍旧不可低估。这是本书选择该报作为研究对象的最重要原因。

在整体框架上,本书的主体分为四部分,共五章内容。第一部分是对文本中出现的女性形象做一谱系性的梳理,归纳出几种形象类型或原型;第二部分是在描述女性形象的基础上分析媒介文本中蕴藏的意识形态和价值观念;第三部分是对媒介叙事逻辑的原因的分析。最后一部分针对《时报》的叙事特征提出一些可资借鉴的技巧。

第一部分关于女性人物形象的梳理分为两个维度,即社会性别维度和民族国家维度,分别是第一章"社会性别视角下的中国女性形象"和第二章"民族国家视角下中国女性的再现""。

在社会性别维度上,研究的关键在于明确人物形象的"中国特色",实际上就是解析媒介如何将女性从抽象的概念中剥离出来,再现"2001—2010 年的中国"这一特定时空结构中的人物。基于以上逻辑,本书对媒介文本的解读既关注到人物的性别属性,又关注到她们所处的社会属性及其影响,因为这两点从本质上规定了形象的特征。为此,本书特别将"中国语境"作为与女性人物相互指涉的因素,以便最大程度上将人物限制在"中国"范畴内。

形象研究不仅要阐明文本如何呈现"当时当地"的形象,还要更深入地探

---

① Chung, C. J. , Nam, Y. , &Stefanone, M. A. : "Exploring Online News Credibility: The Relative Influence of Traditional and Technological Factor", *Journal of Computer-Mediated Communication*, Vol. 17, No. 2, 2012, pp. 171-186.

② 范以锦:《纸媒难消亡 纯纸媒产业易消亡 纸媒单位能改变生存方式 探讨"消亡",别搞混三个不同内涵》,《新闻与写作》2013 年第 2 期。

析它在描述客体时如何定位书写者自身的角色。在这个意义上,"形象是一种关系"的属性更为明显。具体到《纽约时报》的"中国女性形象"就是要分析该报如何认识这个"异族"的女性群体,以及如何构造她们与美国的角色关系,这就是本书的第二个维度,即在民族国家视角下分析媒体对中国女性的呈现。第二章遵循这一逻辑剖析了《时报》如何展现作为美国"她者"的中国女性,并进一步概括了其中的叙事逻辑。

在梳理人物形象时,有一段篇幅被用来阐述媒介如何通过女性再现中国国家形象。很多时候,女性被视为民族国家的隐喻。此二者相勾连的机制在于个人经验和社会制度之间的本质关联,如同彼得·伯格(Peter Berger)和托马斯·卢克曼(Thomas Lcuckmann)所言,"角色使得制度的存在得以可能,并在个体的体验中真实地显现出来。"①因此,我们可以这样说,性别("女性"的社会性别角色)与国别(社会制度)之间的勾连限制了"中国女性形象"质的规定性,对女性的再现必然牵涉到对国家的再现。当然,这一部分并非本研究的最核心所在,但却非常能够体现媒介的风格和立场,为此,本书在第二章第二节总结了几种实现二者转换的手法,其中包括对背景材料和刻板印象的使用,以及对社会制度与女性个体之间关系的不同描述方式。

此外,需要特别提出的一点是,在做描述分析的时候,如果一定要做出媒介里的中国女性究竟是"什么样"的结论是极其困难的。非要如此,则可能滑向本质主义,最常见的后果是认定媒介存在"刻板印象"。刻板印象从本质上说是过度归类,结果是忽视个体差异,比如将女性刻画成"柔弱的、被动的、消极的"等单一而抽象的群体。可现实情况是,每个人除了性别之外还有种族、族裔、阶级以及宗教等多种属性,每一个体都是"各种互不相容甚至互相对抗的文化结构的交叉点②",因而我们必须注意到个体之间的差异。但如果沉溺在对个体差异的描述上,则可能导致人物所属的群体和社会背景的模糊,即"碎片化",最终消弭了人物的社会属性。因此,形象塑造需要解决"刻板印

---

① [英]彼得·伯格(Peter Berger)、托马斯·卢克曼(Thomas Lcuckmann):《现实的社会构建》,北京大学出版社 2009 年版,第 63 页。

② [美]苏珊·斯坦福·弗里德曼(Susan Stanford Friedman):《超越女作家批评和女性文学批评》,王政、杜芳琴主编:《社会性别研究选译》,三联书店 1998 年版,第 431 页。

象"和"碎片化"之间的冲突,形象研究也有必要注意两个问题,一是观察文本是否真的存在刻板印象,二是从各具特色的个体形象中归纳出共同性。基于这一认识,本书没有做总览式的描述和抽象的概括,也没有将大量篇幅用来对人物特质进行编码分析,而是结合内容分析和话语分析梳理出了中国女性群像系谱。

本书第二部分分析了文本中潜在的价值观念和意识形态。这一步骤的讨论是为了深入分析媒介的生产机制。如前文所述,无论是传播学批判学派还是形象学或知识社会学,它们的理论都可以为我们提供如下推断,即媒介再现是一种隐藏了主观性的行为,是书写者择选和加工的结果,因而人物形象背后是书写者的观念,分析女性的媒介呈现是探寻媒介社会性别意识的重要手段。通过这种讨论,我们可以窥见媒介的"再现"过程如何成为各种观念潜行的场地。进行这一层面讨论的另一个原因是,学界关于媒介意识形态性和客观性的结论出现了一些变化。此前,关于《纽约时报》等西方媒介的研究普遍认为这些媒介不能正视中国问题,对中国的社会制度存在敌视情绪。近几年有一些学者提出了不同的观点,比如有文章认为《纽约时报》等媒介对中国问题的再现正在逐步去简单化①,"中国崛起"论也正在被包括《时报》在内的一些西方媒介弱化②,也有学者提出该报对华负面报道并没有想象的那么多③,能够对某些重大事件的基本事实进行客观陈述,在一定程度上传达西方主流意识形态之外甚至是有异于英美媒体主流叙事框架的声音,但仍旧会流露出明显的主观情感和判断④,因而从整体上看是专业主义和价值偏见同时存在⑤。由此可见,认为《纽约时报》对华报道存在明显负面倾向的整齐划一的理论话语开始出现裂痕,这也许从一个侧面说明媒介的意识形态正变得更加复杂。

---

① 严怡宁:《逐步去简单化的中国图像》,《新闻记者》2009 年第 12 期。

② 严怡宁:《全球媒体对"中国崛起"的再现——对国外媒体上海世博会报道的分析》,《新闻记者》2010 年第 12 期。

③ 潘志高:《〈纽约时报〉对华报道分析:1993—1998》,《贵州师范大学学报》2003 年第 3 期。

④ 参阅孙有中:《解码中国形象:〈纽约时报〉和〈泰晤士报〉中国报道比较 1993—2002》,世界知识出版社 2009 年版。

⑤ 戴元光、倪琳、孙健:《〈纽约时报〉的专业主义与价值偏见——以"7·5"事件报道为例》,《当代传播》2010 年第 5 期。

因此,我们有必要在这里讨论《时报》关于中国女性的报道是否存在以及存在何种意识形态倾向。第三章就此问题进行了探析。

前两部分讨论了女性形象系谱和文本的意识形态,继而浮现出一个问题,即《纽约时报》为什么塑造出这样的女性形象,为什么采用如此这般的叙事方法和逻辑。如果说前两部分解决的是文本生产中的"是什么"以及"如何做"的问题,第三部分就需要解决"为什么"的问题,为此,第四章从媒介文化、中美关系和美国文化等三个方面解析了《时报》叙事模式的原因。最后一章尝试在以上诸章节的基础上提出一些建议,以期为我国媒介提高国际传播能力提供参考。

概而言之,本书尝试在所能及的范畴内利用文本资源,在深度及广度上拓展中国女性媒介形象的研究。在研究方法上,本书结合了叙事分析、批判性新闻话语分析以及内容分析等方法,以求利用各家之长,做尽量周全的考察。通过以上方法,本书一方面做了描述性研究,另一方面将讨论延伸至宏观和微观层面的话语生产技巧,总结出女性形象的建构手法,探析了话语之间隐藏的价值观念,最后概略地总结了影响该报叙事风格的原因,提出一些可能对中国国际传播具有借鉴意义的传播技巧。这是本书写作的逻辑,也是选题的初衷。为了实现这一目标,整个写作过程都时刻进行着反思并纠正出现的偏差,但此刻回头看还是会发现一些言不及义或意犹未尽之处,所以只能说这是一次对复杂的国际传播和性别传播的不成熟的探索。当然,这也在某种程度上证明了媒介形象研究的复杂性,也再次印证了国际传播中的女性形象这一议题的包容力,它足以在更大程度上激发社会科学研究者的想象力,拓展出更广阔的讨论空间。

绪　　论

第一节　选题的目的及意义

一、本研究的目的

女性的发展和解放可视为社会整体变迁的一个缩影。在中国漫长的封建社会中,女性一直是被边缘化的群体,直到二十世纪初的启蒙运动时期,中国知识分子才开始将女性作为革新和启蒙的对象,号召女性解放,并将其作为中国积极加入现代世界体系的重要推动力量。在此后将近百年的现代化过程中,中国女性的地位和角色不断变迁,她们被作为落后的中国追赶先进的西方现代社会的隐喻,她们的形象也成为中国国家形象的重要表征。因此,研究国际传播中的女性形象能够使我们更深入全面地掌握国际传播规律,了解中国在国际社会中的地位和角色,并获得可供借鉴的、具体可行的传播策略。

本研究以 2001 年至 2010 年《纽约时报》里涉及中国女性的报道为样本,分析《纽约时报》建构的中国女性形象及其话语策略。研究的主旨是要分析《纽约时报》建构了何种中国女性形象,这些形象如何区别于西方发达国家以及其他欠发达国家的女性形象？这一再现过程使用了何种话语技巧和叙事策略以突出"中国"女性的特色？对女性的描述是否存在意识形态,与中美关系、美国对外政策、重大国际事件等是否存在对应关系？

由以上提出的这些问题来分析"中国女性形象"这一概念,我们可以发现"中国女性形象"包含两个关键词,即"中国"和"女性",研究中国女性形象的关键就是分析媒介如何将"中国"与"女性"这两个要素结合起来。有鉴于此,本项研究的重点不在于分析中国女性形象的媒介再现与"真实"情况的出入,而是要通过文本分析揭示媒介话语的运作机制及其隐含的意识形态,在此基础上分析造成此种媒介生产机制的动因,并提出对中国国际传播具有参考价值的建议。

二、研究对象的选择

本研究以美国《纽约时报》为研究对象。《纽约时报》原称《纽约每日时报》(New York Daily Times),由美国记者亨利·雷蒙德(Henry J.Raymond)和金融业者乔治·琼斯(George Jones)创建。雷蒙德和琼斯曾经获得银行家爱德华·魏斯莱(Edward B.Wesley)的赞助,二人于 1851 年 9 月 18 日在纽约创立了《纽约每日时报》,并在 1857 年将其改名为《纽约时报》①。当时美国已进入廉价报纸时代,雷蒙德决心将《时报》办成一份最好的廉价报纸。1870 年《纽约时报》对民主党屈德(William M.Tweed)的批判声讨以及 1881 年揭发的"星标道邮件贪污案",树立了该报的"扒粪"精神。《时报》第三任发行人阿道夫·奥克斯(Adolph S.Ochs)以将《纽约时报》建构成公众重要议题讨论之论坛为目标,以"刊登适合刊登的新闻"为信条,②进一步推动了《纽约时报》向主流权威大报发展的步伐。

《纽约时报》被称为"历史记录式的报纸",由于能够不惜篇幅地充分报道新闻事件尤其是重大新闻事件,以及完整无缺地刊登重要文献而成为代表美国主流社会和精英阶层的最具影响力的精英报纸之一。美国传播学者约翰·梅瑞尔(John C.Merrill)在其撰写的《菁英报刊》一书中提出,菁英报刊报道事实,不仅是社会的一面镜子,并且有其固定的意见;菁英报刊不仅以反映社会变化为己任,并且以"领导者、阐释者"自我期许,更重要的是,它应该是构成人与人、国与国之间良好关系的先导。梅瑞尔认为,世界菁英报刊无论在开放、自由社会还是闭塞、极权社会,均应具有三个特点:(1)严肃性;(2)高雅风

---

① [美]弗兰克·卢瑟·莫特(Frank Luther Mott):《美国新闻事业史》(上),罗篁、张逢沛合译,台湾世界书局 1960 年版,第 194 页。

② [美]埃德温·戴蒙德(Edwin Diamond):《天下第一报——纽约时报》,林添贵译,台北智库股份有限公司 1995 年版,第 4 页。

格;(3)影响力大。他筛选出全球一百家"菁英报刊",并将它们分成四个层次,《纽约时报》被列在第一个层次。① 该报的发行量排行全美前五名,政治评论性文章具权威性,能够反映美国官方立场和主流民意,在政治与社会方面具有广泛影响力。②

国际新闻报道一直被认为是《纽约时报》最强的一部分。该报被视为全世界国际新闻版面最多的权威性报纸,《时报》自己也声称"国际报道是本报的基础"③。为了提升国际新闻报道的影响力,该报采取了一系列措施:1900年开始与《泰晤士报》展开合作;在奥克斯时代树立了"建设全世界国际新闻报道的最优秀报纸"的目标;1924年成立了自己的电台,直接从欧洲接收新闻电讯,并迅速将接受范围扩展到全球。可以说,在国际新闻传播方面《时报》的影响力非其他媒体可及,因而它对中国和中国女性的报道也能够在很大程度上影响国际社会舆论。

本研究即以《纽约时报》2001—2010年之间的中国女性报道为研究对象,以期从一定程度上梳理出美国主流媒体对中国女性形象再现的规律。

三、研究问题

研究新闻媒介中的异国、异族形象,需要将形象的再现过程置于两种异质文化相比较的框架中,考察一国的媒体在何时将其他国家和民族视为"他者"、在何时将之视为"我者",这样一种认知的原因是什么、体现出何种思维特征。具体到本研究中,这一研究思路可以细化为以下方面:

(一)《纽约时报》将中国女性再现为什么样的"她者"

1. 文章是否将中国女性作为一个抽象的群体加以建构

在社会多元化的背景下,由于存在各种人口学指标以及阶层、宗教、职业等方面的差异,中国女性在不断分化,她们的价值观念、行为方式也在向多元

---

① [美]约翰·梅瑞尔(John C.Merrill):《世界各国领袖报纸研究》,王石番译,台北《新闻学研究》1970年第6期。

② 林俶如:《美国媒体对"特殊国与国关系论"报导之内容分析与立场倾向研究——以纽约时报、华盛顿邮报、华尔街日报、洛杉矶时报为例》,台北台湾大学2001年硕士学位论文。

③ [美]埃德温·戴蒙德:《天下第一报——纽约时报》,林添贵译,台北智库股份有限公司1995年版,第219页。

化方向发展。那么,《时报》的叙事是否注意到女性群体内部的分化,是否将中国女性塑造成同质化的、抽象的、被动消极的弱势群体。

2. 女性形象再现的策略

《纽约时报》在叙事的过程中采用何种叙事手法实现对女性的再现,包括采用哪些词汇、设置什么样的主题、描述了中国女性的何种行为。

(二)在《纽约时报》的叙事中,女性形象和中国形象是否以及存在何种关系

在文化及文学研究领域,女性通常被视为中国的隐喻,相关研究一般是通过分析女性形象还原人物和事件的时代背景,将性别叙事编织到民族国家的宏大叙事中;但新闻传播研究领域内的研究通常是将二者分别加以分析,或者将女性作为分析中国形象再现的一个变量。本书试图绕开新闻传播研究领域现有的研究路径,有选择地借鉴文化研究的一些思路,分析《时报》采用什么样的策略通过女性形象再现中国国家形象。

(三)《纽约时报》如何看待中国女性与美国的关系

形象的建构实际上是对主客体间关系的认知,其目的在于通过描述差异,建构起"我者"与"他者"之间的关联。本研究试图解决的问题之一是分析媒介如何认识美国与中国女性的关系,在二者之间建构起何种象征性关系结构。

(四)在叙事过程中,媒介是否表现出意识形态特征

依照传播学批判学派的主张,媒介具有意识形态化的功能,媒介叙事不可能完全实现客观公正。① 《纽约时报》一向被称为主流精英大报,以客观性著称于世,文本写作亦遵循一套专业化的操作规则。但也有研究者提出《时报》存在自由主义的倾向,它较亲民主党,对于中国新闻的关切角度与自由主义关切人类自由、社会平等、经济分配的本质相符。② 本研究将在占有大量文本资料的基础上分析《时报》的叙事中是否存在此种倾向性,如果存在,表现在哪些方面。

---

① [德]马克斯·霍克海默(M. Max Horkheimer)、西奥多·阿多诺(Theodor Wiesengrund Adorno):《启蒙的辩证法》,洪佩郁等译,重庆出版社1993年版,第150页。

② 林俶如:《美国媒体对"特殊国与国关系论"报导之内容分析与立场倾向研究 —— 以纽约时报、华盛顿邮报、华尔街日报、洛杉矶时报为例》,台北台湾大学2001年硕士学位论文。

另外,由于是对"东方女性"的呈现,它的表述是否受到西方文化的影响而存在对中国女性的"东方化"倾向,是否受到男权文化的影响表现出对女性的偏见,这也是本书试图解决的两个问题。

四、本研究的创新之处

1. 采用形象学的研究思路,运用内容分析的方法,以社会性别视角切入,从词汇群、新闻主题和叙事模式三个层面分析《纽约时报》建构了什么样的中国女性形象。这三个层面分别对应着对女性性格特征的描述、新闻主题与人物行为结果的交叉描述、人物行为与行为结果的交叉描述。对人物性格特征的描述主要通过数据统计进行,最终获得各种性格特征所占的比重,在新闻主题和叙事模式层面展开的分析分别归纳出几类女性形象的原型。

2. 从民族国家叙事的视角分析《纽约时报》将中国女性再现为何种形象。中国女性是外在于美国的"异国""她者",《纽约时报》对她们的呈现伴随着对她们与美国关系的认知。本研究将解析该报如何从民族国家视角再现中国女性,这种再现遵循着什么样的叙事逻辑。

3. 绕开女性形象研究中"刻板印象"或"误读"的研究路径,分析媒介文本中的"中国"元素与"女性"元素的结合与互文,考察《纽约时报》再现具有"中国特色"的女性形象的话语策略。就目前研究成果看,很多关于中国女性形象的研究并不能够突出"中国女性形象"的独特性而落入"刻板印象"以及"误读"研究的窠臼。本研究的创新之处在于不重点论证媒介文本是否客观地反映现实,或比对文本与现实之间的差误,也就是说,不探讨媒介形象是否"真实",而是以媒介文本的话语运作为研究对象,考察它如何再现具有"中国特色"的"女性形象",从而跳出传统女性形象研究的套路。

4. 通过分析媒介文本话语的形成过程解析其中隐藏的意识形态。本研究将中国女性在异国媒体中的再现作为一个跨文化事件,解析其中所隐含的文化冲突、国际政治经济关系、性别意识形态等方面的丰富信息,并寻找能够使我们更好地认识西方媒体运作机制的具体案例,以便更好地应对国际传播中出现的性别问题,并据此改进中国的国际传播实践。

第二节　研究方法及文章框架

一、研究方法

本研究拟采取两种研究方法:一是量化研究方法,主要是以内容分析法搜集样本资料给并予量化处理,以系统性地分析与描述《纽约时报》对中国女性形象的再现;二是质化研究方法,主要是通过话语分析和意识形态分析探讨新闻文本的叙事逻辑以及深层意涵。

(一)内容分析

采用内容分析法的主要目的是为了避免研究者个人的主观选择性对研究内容的影响。内容分析的运用开始于十八世纪的瑞典,它"是一种客观、系统、能对明确的传播内容进行定量描述的研究方法"[1],是一种能够"以确定与计算内容的关键单元为其方法论基础而对讯息中显性内容的出现频率所做的分析。"[2]内容分析的目的在于产生适合研究内容特殊假设的数据,并对信息的特征进行客观系统性的验证,藉以描述信念、价值、意识形态或其他的文化体系状态。拉斯韦尔首先将内容分析用于大众传播研究,自二十世纪三十年代之后,该方法成为传播学和其他社会科学的重要研究方法之一。

贝雷尔森(Berelson)提出了内容分析法的三个特性[3]:

1. 客观性:研究过程中,每一个步骤都必须以明确的规则为依归。所谓客观,就是指对分析的类目加以精确地定义,使不同的研究者在分析归纳时尽量去除成见,以得到相当一致的结果。

2. 系统性:在制定信息类目的时候应当符合始终一致的规则。

3. 定量性:依照规则对拟定的类目与分析单位加以计量,以数字来比较符号或文字出现的次数,以达到准确性的要求。

---

① [英]安德斯·汉森(Anders Hansen)等:《大众传播研究方法》,崔宝国等译,新华出版社 2004 年版,第 111 页。

② [美]约翰·费斯克(John Fiske)等编撰:《关键概念:传播与文化研究辞典》,李彬译注,新华出版社 2004 年版,第 57 页。

③ 参阅 Berelson, Bernard.: *Content Analysis in Communication Research*. New York: The Free Press, 1952.

本研究中内容分析部分的安排如下:

1. 内容分析部分的数据搜集

本研究以 2001—2010 年《纽约时报》中涉及中国女性的报道为研究对象。《纽约时报》网站提供了该报的电子版,版面设置与纸版相同,因此本研究所有样本均通过对《纽约时报》电子版的搜集得来。为了保证足够的样本数量,研究者参考了其他国际媒体有关中国女性的报道,将入样文章确定为包含集中描述中国女性、并且多于 50 个单词的段落的文章,①共得样本 601 篇。

2. 类目设计与分析单位界定

内容分析的类目一般可区分成"如何说"和"说什么"两大类,前者属于形式的探究,后者则为实质部分的分析。在新闻报道中,前者对应报道形式或新闻操作惯例,后者对应报道的内容。在本研究中,"说什么"对应"议题类目","如何说"对应"人物性格特征描述类目"、"报道性质类目"、"与美国的关系类目"、"人物行为类目"等部分。具体分布状况如下:

(1)议题类目,即"说什么"。本研究将议题分为大主题和次级主题,每篇文章对应一个大主题,但由于可能涉及多个次级主题,因此本研究采用复选式归类的方式来建构次级主题类目,允许单篇报道存在两个以上小议题。

(2)人物性格特征描述类目,包括人口学变量、描述人物性格的形容词和词组、人物性格特质与议题的交叉。由于是分析人物形象,本研究从样本原文中搜集了对女性进行描述的词汇,并借鉴语意区别②方法设计了女性形象量表,主要是为测量《纽约时报》使用的词汇,以期对女性形象给予最直观的描述。

(3)与美国的关系类目,包括文本是否提供美国相关背景或将中美两国进行比对、是否描述以及如何描述中国女性的行为与美国之间的关系。

(4)报道风格类目,包括报道性质、报道中出现的背景以及是否将女性作为消息源三个变量。需要指出的是,因为本研究试图考察与女性形象相关的

①　具体步骤见附录一。

②　注:语意区别通常被社会学研究用以测定特定群体的形象,本研究借鉴了王嵩音对媒介文本中台湾原住民形象分析以及覃诗翔在分析《北京青年报》对中国少数民族再现时的语言标签分类法。参阅王嵩音:《台湾原住民与新闻媒介:形象与再现》,台北时英出版社 1998 年版;覃诗翔:《中国少数民族的"他者"再现》,香港《传播与社会学刊》2010 年第 14 期。

国家形象,而从宏观叙事角度看,国家形象通常以背景形式出现,因此特别将背景一项作为考察的变量。

(5)人物行为类目,包括女性行为,行为结果,人物行为与主题、与行为结果的交叉,行为结果与主题的交叉。

本研究在编制类目的过程中依据贝雷尔森等对内容分析的界定,尽力遵循符合研究目的、反映研究问题、穷尽、互斥、独立、单一分类原则、功能性、可操作性、合乎信度效度的原则。①

分析单位为则,即带有独立标题的,具有独立、完整内容的单篇新闻报道。

研究问题与类目设置之间的对应关系如下所示:

表 1　研究问题与类目设置之关系

研究问题	研究假设	对应类目与分析路径
女性形象如何被再现	新闻报道通过哪些词汇描绘中国女性	中国女性整体形象量表
	中国女性在报道中是否缺席	是否引用女性消息源
	文本中的中国女性群体内部是否存在以及存在何种差异	人口学变量类目
		女性特质与报道主题的交叉分析
		女性行为与中国背景的交叉分析
		女性行为与行为结果的交叉分析
中国女性在何时被视为美国的"我者"	中国女性的差异在何处被强调	是否与美国对比与人物行为的交叉分析
	中国女性在何时被美国价值观念认可	是否与美国对比与行为结果的交叉分析

注:本研究中的类目设置参考了已有的相关成果,最主要的包括以下几篇:Teun A. van Dijk:*Discourse*, *Ideology and Context*；Folia Linguistica XXXV/1-2,Mouton de Gruyter Berlin Societas；覃诗翔:《中国少数民族的"他者"再现》,《传播与社会学刊》第 14 期;Ideology and Discourse—A Multidisciplinary Introduction,Teun A.van Dijk,该文最初是在 2000 年作为加泰罗尼亚开放性大学的网络资料,本书参阅的 PDF 版本来自新浪网站提供的电子版,"*http://ishare.iask.sina.com.cn/f/5531322.html*";Emma Kathleen Poulton:"*MEDIA CONSTRUCTION AND REPRESENTATION OF NATIONAL IDENTITIES DURING THE* 1996 *EUROPEAN FOOTBALL CHAMPIONSHIPS*",A Doctoral Thesis submitted in partial fulfilment of the award of Doctor of Philosophy of Loughborough University,2001。

---

① 王石番:《传播内容分析法——理论与实证》,台北幼狮文化事业公司 1992 年版,第111—201 页。

3.编码过程与信度检验

本研究的编码工作由两名英语专业本科学生完成。在编码初期,首先依据已有相关文献完成基本类目设定,并随机抽取了 50 篇文章由研究者亲自进行编码,随后根据结果对类目做了修正。

修正编码之后,又依照随机抽样原则抽取了 75 篇样本请编码员编码以测试信度,测试过程及结果见附录三。① 另外,作者与编码员全程一起工作,凡有疑义之处均经商讨加以确定。在第一次正式编码完成之后,作者对所有编码表重新进行订正检查,以保证编码符合作者制定的标准。

(二)话语分析及叙事分析

采用质化方法对文本进行阐释是因为内容分析仅是通过数据分析展示文章的"外延意义",即这种方法只能描述媒介中的外显内容,不易触及潜藏内容,因而不足以分析媒介内容的意义结构,很难阐释文本中是否蕴含以及蕴含何种深层意涵,②因此,本研究在内容分析的基础上采用质化的方法进行话语分析和叙事分析,以期解读文本的叙事结构和意义内涵。

由于文本中出现的对女性的描述所占篇幅、位置均有不同,因而质化研究部分采用立意抽样的方法,选取特定的文本展开详细分析。立意抽样法是指依据研究者的主观见解和判断选取最典型的个案进行研究分析的方法。在本研究中,笔者按照"题目+导语+文章概要"的方式浏览了样本,结合本研究的目的与研究问题进行立意抽样。其原则是:

1.文中出现的女性有完整的行为过程,即"人物+行动+结果";

2.文章篇幅有一定长度,通常在 500 个单词以上,这样的文章基本能够实现完整的叙事。

---

① 关于检验信度进行的随机抽样所占研究总体的比例,维曼(Wimmer)和多米尼克(Dominick)认为应该是 10%～25%,凯德(Kaid)沃兹沃斯(Wadsworth)认为是 5%～7%。本研究依照里夫(Riffe)、赖斯(Lacy)和菲克(Fico)提供的信度检验所需样本数量的表格进行了抽样。参阅[美]丹尼尔·里夫(Daniel Riffe)、斯蒂文·赖斯(Stephen Lacy)、弗雷德里克·菲克(Frederick G.Fico):《内容分析法——媒介信息量化研究技巧》,嵇美云译,清华大学出版社 2010 年版,第 149 页。本研究的研究对象总体为 601 篇文章,抽取了 75 篇文章进行信度测试,占研究总体的 12.5%,样本数量达到要求。

② [美]格兰·斯帕克斯(Glenn G.Sparks):《媒介效果研究概论(*Media Effects Research:A Basic Overview*,English Reprint Edition)》,北京大学出版社 2004 年英文影印版,第 177—179 页。

二、研究策略与总体框架

从总体上看,对女性形象的分析从两个维度展开,一是分析《纽约时报》塑造了特定时空背景中的哪几类中国女性形象。

这一部分从社会性别视角切入,采用内容分析的方法,结合形象学中关于形象研究的三个层面,考察在经过近百年的现代化之后中国女性所处的地位和社会角色。研究展开的前提是承认女性群体内部的差异性,承认不同阶层的女性在社会中拥有不同的地位和角色。女性社会学认为,女性内部存在着基于年龄、地域、职业等各方面的差异,从而形成不同的亚群体。本书依照这一理论假设,从社会性别角度分析在社会结构中处于不同地位的女性的形象。

二是分析该报如何将女性形象作为“异国”的“异性”加以呈现。这一维度源于“西方美国”与“东方中国”的对应关系,主要是考察该报如何从民族国家视角再现中国女性。

民族国家是媒介在报道国外议题时经常采用的叙事框架。文化研究学者们认为,异质的民族和文化形象实际上是认知主体对客体的一种想象,对西方社会而言,中国形象亦是一种想象。随着西方社会的发展以及双方关系的变化,中国的角色和形象不断演变,英国汉学家雷蒙·道森(Raymond Dawson)将其形容为“变色龙”。这种演变不仅源于中国自身的变化,更是西方世界对中国的认知和想象的变化。另一方面,女性社会地位和角色的变化可视为社会整体发展的一种表征,因而中国女性形象也必然随着中国国家形象发生改变。对美国而言,在自己的文化视野内,用美国的经验之镜来观照中国女性所处的文化和历史背景,是其建构中国女性形象的本质。在这一过程中,媒介扮演了重要角色。作为主流价值观的生产者和推广者,媒介利用大众化的语言,表达对中国女性的情感并建构其形象,再现了异质文明及独立民族国家之间的关系。这一过程往往受到多种因素的影响,比如民族文化、国际关系、媒介价值观、媒介与政府之间的关系,甚至记者编辑个人的喜好等等。这一切使得中国女性形象不断被建构、解构。因此,分析《时报》如何从民族国家视角建构中国女性形象是本书的重要内容。

在对上述两个层面展开分析的基础上,本研究采用话语分析和意识形态分析的方法探察文本中蕴含的深层意涵,并探析了影响《纽约时报》叙事的主要原因,并针对中国国际传播的现状提出建议。

文章各个章节叙述重点如下:

绪论部分概述本研究的目的和研究对象,并对国内外相关文献进行评述。

第一章采用比较文学形象学的研究思路,结合内容分析的方法对搜集到的样本进行量化统计和分析。比较文学形象学将形象的建构分为三个层次,即词汇、等级关系和故事情节,本研究借鉴这一模式,从词汇群(即媒介如何对女性进行人口学以及性格气质上的描述)、主题(即出现女性形象的报道主题和女性行为结果之间的关系)、叙事模式(即媒介对女性行为与行为结果之间的关系的呈现模式)这三个方面分析《纽约时报》对中国女性的再现策略。

第二章分析媒介如何从美国视角出发再现中国女性。研究将解析《纽约时报》如何认识中国女性与美国的关系,在此基础上归纳出美国人眼中的几种中国女性"她者"类型,并总结其中的叙事逻辑。

第三章深入分析了文本背后的意识形态。《时报》叙事中的意识形态包括三种类型:基于两国不同的政治制度形成的"冷战后遗症",表现为对中国社会主义制度的偏见;民族中心主义倾向,表现为依据美国经验以及中国女性同美国的关系来看待中国女性;性别意识形态,即深藏于男性文化和民族文化中的对中国女性的种族主义性别观念。

第四章在内容分析、意识形态分析和叙事分析的基础上,从媒介文化、中美两国关系,以及美国历史和文化几个层面分析了影响《纽约时报》关于中国女性的描述的原因。从媒介文化角度看,该报注重客观性及负面新闻,因而在题材的选择上倾向于问题性报道;与此同时,中美两国在各个领域的关系为《时报》的叙事倾向提供了宏观的背景;美国民间文化和历史是影响该报叙事的深层原因。

第五章是在分析《纽约时报》叙事策略的基础上提出的对中国国际传播具有建设性的意见。

第三节　相关理论

本研究运用了以下四种研究理论:

一、再现理论

"再现"一词意指"再次呈现","再现是'真实'世界里一些事物的一种映像、类似物或复制品。它可以是以一定方式被再现或改编成媒体代码的物、人、集团或事件。"①

传统的再现观以实证论为基础,认为符号与客观事件相互对应。符号能够如实反映既存事物,客观事件是最终的"真实",符号是反映真实的工具。②在这种思维框架下传媒被视为反映客观现实的镜子,判断新闻优劣的标准就是看它能否完全描述事实,受众也会接受媒体的描述,将媒介内容视为自然的、真实的。

但是,"真实与否"是一种价值判断,如同舒尔茨(Schutz)所言,社会真实的"正身"无法验明,所有人类感知的社会真实都是某种建构的后果。③ 因此,所谓"再现"实际上是"再次呈现",是挑出一个原始的东西,传递它并"还原"的过程④。它并非原始、被动地反映外部世界,而是一个选择、重组、编排的过程。这个过程受到观察者的能力、立场、教育训练和背景的影响,因此再现未必能反映"真实"。没有任何再现可以完全反映所指的事物,它们具有特定的意识形态,⑤是一个意义再生产的过程。霍尔(Hall)也从文化与共享意义的角度分析了"再现"的生产性。他认为,"再现"是使用语言诉说与他者有关的事,或再呈现他者的世界,是文化成员间制造与分享意义的必要过程。也就是说,文化是社会生活中的象征领域,是社会成员拥有共享意义的来源,"再现"

---

① [英]大卫·麦克奎恩(David McQueen):《理解电视——电视节目类型的概念与变迁》,苗棣、赵长军、李黎丹译,华夏出版社 2003 年版,第 152 页。

② 倪炎元:《再现的政治:台湾报纸媒体对"他者"建构的论述分析》,台北韦伯文化国际出版有限公司 2003 年版,第 5 页。

③ 参阅翁秀琪等:《新闻与社会真实建构——大众媒体、官方消息来源与社会运动的三角关系》,台北三民书局 1997 年版,第 1 页。

④ 参阅[美]劳伦斯·格罗斯伯格(L.Grossberg)、[美]艾伦·沃特拉(E.Wartella)、[美] D.查尔斯·惠特尼(D.C.Whitney):《媒体原理与塑造》,杨意菁、陈芸芸译,台北韦伯文化国际出版有限公司 2001 年版。

⑤ 参阅[美]劳伦斯·格罗斯伯格(L.Grossberg)、[美]艾伦·沃特拉(E.Wartella)、[美] D.查尔斯·惠特尼(D.C.Whitney):《媒体原理与塑造》,杨意菁、陈芸芸译,台北韦伯文化国际出版有限公司 2001 年版。

就是这些意义通过语言得以表达的过程,它既建构了能够为社会成员共享的意义地图,也是人们能够用概念来呈现和交换意义的基础①。因而我们所感知的世界,都是经过文化加工、转型过的世界,是通过语言再现和建构的结果。

媒介的再现过程是一种通过语言建构符号世界的过程。由于受到各种主客观因素的影响,媒介在对人物进行再现时经常存在刻板印象化、污名化、卷标化的现象。台湾学者倪炎元在对台湾报纸进行文本分析时发现,台湾有诸多社会角色被再现为"他者",他们中大部分人在媒介再现中无法发声,处在一种被建构、被塑造、甚至被发明的劣势处境,因而有必要揭露这些他者被再现的形式、策略与后设的历史与权力机制,这种揭露过程也同时呈现了"他者"基于性别、阶级、种族、年龄、职业、宗教等原因的差异,以及在文化、经济、语言等资源分配上的不平等。

再现问题的理论研究涉及语言学、社会学、文化学、人类学、精神分析学等多门学科,本项研究将依照形象学中形象研究的框架,采用话语分析、叙事分析和意识形态分析的方法,还原女性所处的历史环境,强调在特定历史时空中的叙事策略及形象建构结果,并挖掘出文本背后的意识形态。

二、比较文学形象学理论

比较文学形象学是以国家为单位的他者形象的研究,专门研究一个民族文学中的异族、异国形象,研究在不同文化体系中文学作品如何构造他种文化的形象。"由于大多数人往往不是通过自己的直接接触去感知异国,而是通过阅读作品或者其他传媒来感知异国形象"②,而文本所包含和传播的形象与历史、社会、文化语境有着密切的关系,因此"形象研究就不能使阅读简单化,就一定要从文本中走出来,要注重对创造了一个形象的文化体系的研究。"③

---

① ［英］利萨·泰勒(L.Taylor)、［英］安德鲁·威利斯(A.Willis):《媒介研究:文本、机构与受众(*Media studies:Text,institutions and audience*,English Reprint Edition)》,北京大学出版社 2001 年英文影印版,第 39 页。

② 孟华:《比较文学形象学论文翻译、研究札记》,孟华主编:《比较文学形象学》,北京大学出版社 2001 年版,第 4 页。

③ 孟华:《比较文学形象学论文翻译、研究札记》,孟华主编:《比较文学形象学》,北京大学出版社 2001 年,第 7 页。

由此可见,比较文学形象学是一种注重总体分析的研究方法,强调从"怎么样"的形象描述中去进行"为何如此"的文化阐释。在这一理论框架中,"形象是关系,是在一定条件下的人和一定条件下的物在一定条件下的关系"①,在此基础上,它又表现为"在文学化同时也是社会化的过程中得到对异国认识的总和"②,如同比较文学形象学研究者达尼埃尔-亨利·巴柔(Daniel-Henri Pageaux)所言,"一切形象都源于'自我'与'他者',本土与'异域'关系的自觉意识之中,即使这种意识是十分微弱的,因此形象即为对两种类型文化现实间的差距所作的文学或非文学的,且能说明符指关系的表述。"③基于以上对形象的界定,可以初步概括形象的两个本质属性:从客观上讲,形象是一种"关系",从主观上讲,它一种基于对"我者"与"他者"之间关系的认知。另一方面,在异国和异族形象的问题上,"国"与"族"这一抽象概念必然要落实到具体的人、景、物、事上,于是就诞生了以种族、群体、机构等为对象的形象研究。其中,性别关系是人类文明中最具有普遍性的问题之一,因而女性形象也就成为形象研究中最具代表性的议题之一。

具体到研究思路上,比较文学形象学对形象的解读通常包括以下几个部分:

一是对形象描写的词汇进行分析。形象一开始就是一个用于描述的基本词汇表,能够实现区别或同化"他者"与"我者"的基本要素,因而在研究中尤其注意对时间、地点、人名等的描述,因为这些词汇可能造成相应的关系体系,即建立起差异性。

二是对等级关系的描述。等级关系是指对世界和一切文化的真正的两分法,④也就是一种区分"我者"与"他者"的对立面。这里包括对时空范畴、人物体系和价值体系的研究。比如说,异国或异族和"我国我族"在特定时间和

① 秦启文、周永康:《形象学导论》,社会科学文献出版社 2004 年版,第 9 页。

② [法]达尼埃尔-亨利·巴柔(Daniel-Henri Pageaux):《形象》,孟华主编:《比较文学形象学》,北京大学出版社 2001 年版,第 118 页。

③ [法]达尼埃尔-亨利·巴柔:《形象》,孟华主编:《比较文学形象学》,北京大学出版社 2001 年版,第 155 页。

④ [法]达尼埃尔-亨利·巴柔:《形象》,孟华主编:《比较文学形象学》,北京大学出版社 2001 年版,第 160 页。

空间中可能形成的对立关系是西方/东方或南方/北方,在人物体系中可能形成的对立关系包括开化/文明、儿童/成人等,在价值观上则表现为具体的社会文化差异,比如不同的宗教、饮食、艺术形式等。

三是将形象作为故事情节进行分析。如果说前两个步骤是描述阶段,那么这一阶段则是对形象进行阐释。在这一阶段,形象将作为一种被程序化的模式积存于人们的文化观念中。比如,有关西班牙的作品中总是以蹩脚的小旅店、难以下咽的饭菜以及大路上遭劫匪等段落开头。①

从一定程度上讲,新闻中的异国异族形象与比较文学形象学中的形象有一定相似性。新闻生产过程也受到各种因素的影响,比如写作者的个人价值观、所处的社会文化环境、政治压力以及各种利益团体的自身利益等,从而具有一定的选择性和主观性。因此,比较文学形象学的研究思路有助于分析新闻文本中的形象。本研究将借鉴形象学的研究思路分析《纽约时报》如何建构中国女性,如何反映中国女性与美国之间的关系。

三、原型理论

原型又译为"原始模型"或"民话雏形"②。诺思罗普·弗莱(Northrop Frye)是原型批评的创始人和代表,他认为,原型是一种典型的、反复出现的意象。③ 对弗莱建立原型批评产生重要影响的有两个人,一个是苏格兰人类学家弗雷泽(James.G.Fraser),另一个是卡尔·荣格(Carl G.Jung)。

荣格认为,原始意象或原型是一种形象,它在历史进程中不断发生并且显现于创造性幻想得到自由表现的任何地方,因此它本质上是一种神话形象。在《集体无意识的概念》中,荣格对原型概念做了较详尽的说明:"与集体无意识的思想不可分割的原型概念指的是心理中明确的形式的存在,它们总是到

---

① [法]达尼埃尔-亨利·巴柔:《形象》,孟华主编:《比较文学形象学》,北京大学出版社2001年版,第173页。

② 管东贵、芮逸夫:《民话雏形》,《云五社会学大辞典》第10卷《人类学》,台北商务印书馆1966年版,第98页。转引自叶舒宪编:《神话——原型批评》,陕西师大出版社1987年版,第11页。

③ [加]N.弗莱(Northrop Frye):《作为原型的象征》,叶舒宪编:《神话——原型批评》,陕西师大出版社1987年版,第151页。

处寻求表现,神话学研究称之为'母题',在原始人心理学中,原型与列维·布留尔所说的'集体表象'概念相符。"①它根植于一个民族心理结构的最底层并代代相传,最终成为一种"情结",潜移默化地影响着个体的心理活动,因此又可称之为"种族记忆"或"原始意象"。弗雷泽则从人类学的角度分析了仪式、巫术以及神话等人类早期文化现象。在《金枝》中,弗雷泽确立了交感巫术原理,并发现了古希腊罗马流传下来的关于阿芙洛狄忒与阿都尼斯、维纳斯与阿都尼斯、德墨忒尔与佩尔塞福涅等中国神话的本质,并且在同西亚的阿都尼斯崇拜的关联中找到了基督教核心观念——耶稣死而复活的历史渊源,从而揭示出一个在西方文化和文学中极为普遍的重要原型。②

在《伟大的编码》中,弗莱进一步提出,"我首先注意的东西之一是其结构单位的稳定性。比如说在戏剧中,某些主题、情景和人物类型从阿里斯托芬时代直到我们今天都几乎没有多大变化地保持下来。我曾用'原型'这个术语表示这些结构单位。"③因此,原型被反复使用,具有继承性和无限生成转换性,可以产生很多变体和不同的版本,但其本质是一样的,譬如西方文学中两个常见的原型主题——爱与死,因此,特定文化环境中的人能识别它们。

原型包括意象、细节描写、情节和人物四种类型。其中,人物可以分成善、恶两类,善者还可分为灵魂拯救者和肉体拯救者,前者如上帝、耶稣、神职人员,后者则体现为各种英雄或者智者。④

利用原型理论分析新闻媒介中的形象,一是因为新闻文本的呈现遵循一定的模式,比如最常见的"倒金字塔式",这可以视为一种叙事方式的原型;二是因为媒介文本中的形象是经过类型化处理的结果,即某一特殊群体经过认知和描述,具有群像的本质,并最终通过个体形象加以展示,这与文化或文学原型的产生机制相仿,因而可以将原型理论应用于新闻媒介中的形象分析。

---

① [瑞士]C.G.荣格(Carl Gustav Jung):《集体无意识的概念》,叶舒宪编:《神话——原型批评》,陕西师大出版社1987年版,第14页。
② 叶舒宪编:《神话——原型批评》,陕西师大出版社1987年版,第5页。
③ [加]N.弗莱:《圣经文学与神话》,叶舒宪编:《神话——原型批评》,陕西师大出版社1987年版,第16页。
④ 张中载、李德恩:《原型批评》,赵一凡等编:《西方文论关键词》,外语教学与研究出版社2006年版,第827页。

四、话语分析理论

有关话语的分析研究经历了一个由从研究语言本身的规律到注重分析语言中的意识形态和权力结构的过程。话语分析是由语言分析转向而来的。语言分析的动力机制在于通过对语言本身的规律进行分析了解人如何描述和解释外部世界,其目的在于建构一种"意义科学"——合理的、科学的语言规则和结构——以规范人们的话语行为。话语分析则注重分析语言使用的目的和情景。话语分析的代表人物之一韩礼德(M.A.K.Hauiday)从语言的社会功能角度建立起系统功能语言学的理论模式。约翰·鲁伯特·弗斯(Firth,John Rupert)则强调语境的重要性,后期的路德维希·维特根斯坦(Ludwig Wittgenstein)也开始主张联系语言使用者的日常实践活动来考察语言的含义。与此同时,以汉斯-格奥尔格·伽达默尔(Hans-Georg Gadamer)和保罗·利科(Paul Ricoeur)为代表的释义学把世界看作是寓于语言的意义世界,将文本的理解与阐释作为研究中心。

在以上诸种研究的影响下,批判性话语分析开始出现并形成一股新的力量。批判性话语分析以罗杰·福勒(Fowler.R.)、甘特·克雷斯(Kress.G.)、诺曼·费尔克拉夫(Fairclough,N.)和梵·迪克(Van Dijk)为代表。他们借鉴福柯关于权力与话语的理论,把现代社会批评理论引入语言学,试图通过话语分析揭示话语间蕴含的意识形态,以及话语对权力关系的再现和建构机制。批判性话语分析关注包括媒体报道、政治宣传以及官方档案等形式的公共论述,将话语分析的焦点由语言符号的"选择"转换到"批判",并建构了"批评性新闻分析"或"媒体话语分析"的理论和方法。对媒介分析来说,批评性话语分析能够解决媒介文本的建构及其意识形态的生成机制等方面的问题。对于阶级、性别、种族等有关社会权利不平等在话语论述中的表现,批判性话语分析的"批判"功能尤其强大。

在批判性话语分析中,梵·迪克和诺曼·费尔克拉夫的影响最大,他们的理论既为新闻文本提供了认识论和方法论的支持,也提供了具体的分析方法和技术。其中,梵·迪克采用"社会认知"①取向,着重分析文本论述的

---

① 社会认知是一种心理结构或认知基模(schema),包括团体成员共享的社会信念(如价值观、意见等)以及促使这些信念有效运作的认知策略(如诠释等)。梵·迪克认为社会认知连结了话语的生产和理解,因此有必要分析话语实践中的社会认知,参阅 Van Dijk,T.A.:*Elite discourse and racism*,Newbury Park,CA:Sage,1993,pp.37-38。

生产与理解如何受到意识认知的影响。① 梵·迪克则认为话语可分为文本、认知与社会文化三个面向,相应的,对于新闻文本的分析也就包括新闻文本结构、新闻生产过程以及新闻理解三部分。其中新闻文本结构的分析包括微观层次和总体层次,总体层面又包括语意总体结构及文章构成的总体结构。②

微观结构包括局部连结、句法、词汇风格和修辞。局部一致性是指文章各段落之间在语意上的意义连结,包括"功能的"和"条件的"两种形式,通过对局部连结的分析可以看出作者如何处理所描述事物之间的关系及潜藏的意识形态;③句法指文句的构成方式,其中,主动或被动语态的使用尤其重要;修辞方面,梵·迪克特别关注新闻报道如何提升真实性,如何呈现我者/他者,主要包括引语的使用方式、通过隐喻和转喻等修辞方式强调我者/他者的正负特质,并强调作者的自我利益和意识形态。④ 文章构成的总体结构主要是指新闻基模,包括导言、背景和反映等,它们之间不同的排序可以使文章呈现出不同的风格。语义层面的总体结构主要体现为主题的组织。

与梵·迪克的取向不同,费尔克拉夫更加注重"社会文化变迁与话语变迁"之间的关系,采用的是批判社会学的路径。受到巴赫金语言哲学观⑤的影响,费尔克拉夫特别强调话语之间的互文性。费尔克拉夫认为,话语包含三层面,即文本、论述实践和社会文化实践。其中,文本可能是书写或口说的内容;论述实践包含了文本在媒体机构中的生产方式、被受众的解读方式、在社会中

① 倪炎元:《再现的政治:解读媒介对他者负面建构的策略》,台北《新闻学研究》1999 年第 1 期。

② Van Dijk,T. A.:*Discourse and communication:New approaches to the analysis of mass communication*,New York,NY:W. de Grùyter,1985,pp.78-80

③ [荷]梵·迪克(Dijk Teun A. Van):《作为话语的新闻》,曾庆香译,华夏出版社 2003 年版,第 62 页。

④ Van Dijk, T. A.:Discourse and manipulation, *Discourse & Society*, 2006, Vol.17, No.3, pp. 373-374.

⑤ 巴赫金注意到话语的互文性,提出"每一段话语都有意或无意地与先前同一主题的话语,以及它预料和明示的将来可能发生的话语产生对话性。"参阅[法]托多罗夫(Tzvetan Todorov):《巴赫金、对话理论及其他》,蒋子华、张萍译,百花文艺出版社 2001 年版,第 172 页。

如何以不同的形式发生转化,以及如何与社会文化相互影响;社会文化实践则指特定事件发生时的情境及社会文化背景。与这三个层面相对应,他提出话语分析的三个步骤:描述、诠释、解释。①

关于互文性的分析,费尔克拉夫提出三个策略,一是话语再现,包括引语的使用、转折词的使用;其次是文类分析,包括文章的叙事结构、情节安排、人物角色安排,以及不同风格的文类如何相互置入或混合使用;再次,文本中话语的分析,包括调和式论述与隐喻式话语、主流式话语(即权威人物,包括官员、领导以及专家等的话语)与对立式论述(比如受害者或生存者的话语)的使用。②

在关于《纽约时报》的中国女性形象分析中,批判性话语分析中的话语再现、文类分析、新闻基模以及修辞分析等有助于考察女性形象之建构过程、女性形象与中国形象之关系、女性形象与中美关系之关联,以及美国文化对中国女性的"她者"认知展开分析。

第四节　关于女性形象研究的文献综述

在国外,大众媒介中女性形象的研究始于二十世纪七十年代。在国内,这类研究自北京承办 1995 世界妇女大会之后开始大量出现。到目前为止,关于新闻中的女性形象研究主要包括以下几方面:

一、刻板印象研究

对于媒介中存在的刻板化的女性形象,凡·祖仑(VAN ZOONEN)进行如下概括:"媒介反映了社会中占统治地位的价值观念,并对女性实行符号化灭绝,不是根本杜绝女性的出现,就是将其塑造为刻板的角色"③一些研究也验证了这一假设。

科蒂(Courtney)和劳克勒兹(Lockeretz)检视了美国杂志广告中的女性形

---

① Fairclough,N.:*Language and power*.London,UK:Longman,1989,p.25.

② Fairclough,N.:*Media discourse*.London,UK:Arnold,1995,pp.79-102.

③ VAN ZOONEN,LIESBET,:*Feminist Media Studies*,London,UK:Sage 1994,p.17.

象,发现女性被描述为性对象,并且只出现在家庭环境中,没有自主意识、完全依赖男性。① 多米尼克(Dominick)劳赫(Rauch)对比了美国商业电视黄金时段中的男性和女性角色,发现 56%的女性为温顺的家庭主妇和母亲,而只有14%的男性以父亲或丈夫的身份出现。② 米歇尔·斯莱特(Michael D.Slater)和梅兰妮·多梅尼克合作进行的关于广告中女性角色的研究③、唐娜·劳恩(Donna Rouner)、利文斯通(Livingstone)和格林(Green)④等也在研究中提出类似结论。还有一些研究者发现女性在媒体中常常作为性对象出现,比如阿彻(Archer D.)和凯姆斯(Kimes D.D.)等合作进行的研究⑤、霍尔(Hall)和克拉姆(Crum)⑥合作进行的研究以及贝姆(Bemi)⑦等人的研究结果都提出此类观点。其他一些研究,譬如弗兰兹瓦(Franzwa)对美国杂志的研究,哈马丹(Hamdan)⑧对马来西亚女性杂志的研究都得出相似结论:女性在媒介中被边缘化、矮化、物化,她们常常以传统角色,譬如妻子、母亲或女儿的身份出现,性格温顺被动,并且相貌、年龄是考察这些女性价值的重要指标。媒体总是不断强调她们具性别特征的外貌、服装与私生活,拼命地想找出她们与男性的差异性⑨,并且强化社会的理想型外观,建构女性追求美貌的迷思。与此同时,一

---

① COURTNEY,ALICE E.& LOCAKERETZ,SARAH W.:"' A woman's place:an analysis of the roles portrayed by women in magazine advertisements",*Journal of Marketing*,Vol.8,1971,pp.92-95.

② DOMINICK,JOSEPH R.& RAUCH,GAIL E.:"The image of women in network TV commercials",*Journal of Broadcasting*, Vol.16,1972,pp.259-265.

③ Donna Rouner,Micheal D.Slater and Melanie Domenech-Rodriguez:"Adolescent Evaluation of Gender Role and Sexual Imagery in Television Advertisements",*Journal of Broadcasting & Electronic Media*,Vol.47,No.3,2003,pp.435-454

④ Livingstone S.& Green G.:"Television advertisements and the portrayal of gender".*British Journal of Social Psychology*, Vol 25,1986,pp.149-154.

⑤ Archer D.,Iritani B.,Kimes D.D.& BarriosM.:"Face-ism:Five studies of sex differences in facial prominence",*Journal of Personality and Social psychology*,Vol.45,1983,pp.725-735.

⑥ Hall C.C.and Crum M.J.:"women and 'body-isms' in television beer commercials", *Sex Roles*, Vol.31,1994,pp.329-337.

⑦ Bem S.L.*The lenses of gender:Transforming the debate on sexual inequality*,New Haven:Yale University Press,1993.

⑧ FRANZWA,HELEN H.:"Working women in fact and fiction",*Journal of Communication*,Vol.24,No.2,1974,pp.104-109.

⑨ Jenkins,C.Kerry:"Chikarovski and the press",*Hecate*,Vol.26,No.1,2000,pp.82-90.

些研究分析了媒介对女性的再现是否会引导她们更加积极地认识自己的身体。① 严格来说,这种研究并非对媒介文本的分析,而是受众研究,但它反映出一个不同于以往的研究思路,这种文本也会为一些女性主义者使用以突出女性利用媒介展示对身体合法性和自主意识的认知。

罗宾逊(Robinson)在 1977 年针对加拿大蒙特娄市的电视台所播出的新闻节目内容作了一份研究。该研究结果发现,较具新闻价值的女性可归纳出下列特色:有个具重要地位的丈夫、拥有美貌、身为受害者、具有政治上的显著性、在艺术上有成就、展现出家庭主妇的优秀持家能力以及拥有第一夫人的头衔。② 林照真通过对一些具体的形象要素的分析发现,当媒体在处理女性新闻时,无论该则报道的新闻价值为何,最终都难以逃脱这名女性新闻人物的外貌、衣着、年龄、婚姻家庭状况的话题③。

不过,费兰特(Ferrante)、海恩斯(Haynes)和金斯利(Kingsley)的研究开始有了新的发现:女性开始在更多的领域和行业中出现,广告商开始意识到女性形象的改变,并将这一变化纳入商业行为以迎合不断变化的受众。④ 这一研究与传统的形象研究结果稍有差异,从某种程度上反映出社会现实中女性地位的改变。在这之后,莱索尼基(Lysoniki)对英国杂志进行的研究发现,依赖性和中性的女性形象有所减少,但是女性仍旧很少出现在职业的和非传统的活动中。⑤ 1989 年,米歇尔(Michell)和泰勒(Taylor)对莱索尼基研究过的杂志又做了分析,发现女性的形象呈现出两极化的趋势,一方面是传统的、依

---

① Wieskamp, Valerie: "Can Commercial Advertising Transcend Profit Motives to Engage in Successful Critique of the Representation of Women in the Media?" *Paper presented at the annual meeting of the NCA 94th Annual Convention*, TBA, San Diego, CA, Nov 20, 2008, *Online*〈PDF〉, 2014 - 04 - 27, http://citation.allacademic.com/meta/p259075_index.html.

② Robinson, G.J.: "Women, media access and social control", *Women and The News*, New York: Hastings House, 1978, pp.87-108.

③ 参阅陈玫霖:《性别、政治与媒体:报纸如何报导女性政治人物》,高雄中山大学传播管理研究所 2002 年硕士学位论文。

④ FERRANTE, CAROL L., HAYNES, ANDREW M. & KINGSLEY, SARAH M.: "Images of women in television advertising", *Journal of Broadcasting and Electronic Media*, Vol.32, No.2, 1998, pp.231-237.

⑤ LYSONSKI, STEVEN: "Role portrayals in British magazine advertisements", *European Journal of Marketing*, Vol.19, 1985, pp.37-55.

赖型的,另一极则是非传统的、职业型的。一些研究还发现亚洲广告中出现的女性大部分处于中低收入阶层,扮演无关紧要角色。①

以上研究均基于社会性别理论,注重考察特定社会制度和文化中的媒介如何建构女性形象。这在女性主义和女性主义媒介研究中是经常采用的一种路径。

二、意识形态分析

就形象研究的整体来看,"刻板印象"研究只是初始层面的描述性研究。研究媒介文本,不仅要研究其表面文本的形态,还要研究文本的生产过程,以及其中隐含的意义及其生成过程。因此,话语分析和意识形态分析将形象研究推进到一个更高的层面。譬如陈玫霖采用文本分析法和符号学研究了台湾的《中国时报》和《联合报》2000年台湾地区选举中关于女性阁员相关的报道,归纳出新闻中三种再现女性政治人物的方式,分别是:女性的政治地位来自其对男性权势的依附、对女性政务官的期许符合性别刻板印象、即使处于公领域,其私领域仍为关注焦点。②

女性报道隐含的意识形态是父权制和家长制,其后果是再生产并强化传统的性别意识形态。冯宗兰早在1996年的分析中就指出,在电视广告和流行杂志的封面、插图中,女性形象成为媒体商业化运营的符号资本,成为"消费诱饵",以吸引受众的注意力;与此同时,传统的性别分工被强化,女性仍旧被视为性对象,而女性形象被商业化则是个"根本问题"。③

拉科(Rakow)与克拉尼奇(Kranich)的研究显示,新闻报道的叙事总是隐含主流的价值观,以巩固既存的社会和经济体系,而新闻报道中女性的再现背后还隐含了某种意识形态。譬如,罗丝(Ross)对1994年英国工党主席的竞选报道做了分析。研究发现,媒体倾向于巩固既存的主流观点,包括政党和父权

---

① MICHELL,PAULC.N.&TAYLOR,WENDY.:"Polarizing trends in female role portrayals in UK advertising",*European Journal of Marketing*,Vol.24,No.5,1990,pp 41-49.

② 陈玫霖:《性别、政治与媒体:报纸如何报导女性政治人物》,高雄中山大学传播管理研究所2002年硕士学位论文。

③ 冯宗兰:《媒介中的女青年形象简析》,《妇女研究论丛》1996年第2期。

意识形态。报道在政党政治和媒体的相互影响下成型,而这一过程中女性候选人的媒体近用权远低于男性候选人,且报道的内容也多呈现负面形象。其根本动力在于隐藏在社会制度背后的家长制和父权制。最终结果是父权制被披上民主政治的外衣,选民看似拥有绝对的选举自由,却在潜移默化中被强化了传统的父权制思想。① 凯佩勒(Keppeler)认为,再现的历史即是父权制自我呈现的历史。在以男性为中心的父权社会中,男性是主体、女性则是被定义的客体,这不仅是一种对性别意义建构的结构,更是强大的父权意识形态运作的结果。② 也就是说,媒介对女性的这种再现并非出于性别的生物差异而是基于政治、经济和文化结构的需要,最终目的在于对女性进行社会控制。③ 而约翰·霍华德(John W.HowardⅢ)和劳拉(Laura C.Prividera)的研究则发现媒体将美国女兵林迪·英格兰描述成荡妇,媒介的这种叙事最终弱化了美国军队在阿布格莱布监狱的罪行,体现出家长式的军国主义以及女性在美国军队中的从属地位。④

　　一些学者研究了媒介对"异族"女性的再现,并注意到其中经常存在意识形态。后殖民语境中女性的媒介形象往往成为研究者关注的焦点问题。这些研究通常认为西方媒介受到殖民主义思想的影响,将第三世界国家或前殖民地国家,以及穆斯林妇女描述成遭受社会压迫的、被动的、沉默的、有待拯救的群体。⑤ 米莎(Mishra)研究了9·11事件之后一些西方报纸包括《纽约时报》在内的对穆斯林女性的报道,发现这些媒体将其处理为牺牲品,对服饰、化妆

---

① Ross,K.:Gender and party politics:"How the press reported the Labour leadership campaign",*Media*,*Culture & Society*,Vol.17,1995.

② Kappeler,S.:*The Pornography of Representation*,Minneapolis:University of Minnesota Press,1986,p53.

③ Wolf,N.:*The Beauty Myth*:*How Images of Beauty Are Used Against Women*,New York:William Morrow and Company,1991.

④ John W. Howard III, Laura C. Prividera.:"The Fallen Woman Archetype:Media Representations of Lynndie England,Gender,and the Abuses of U.S.Female Soldiers",*Women's Studies in Communication*,Vol.31,No.3,2008,pp.287-311.

⑤ 参阅Abu-Lughod,L.:"'Do Muslim women really need saving?' Anthropological reflections on cultrualrelavitism and its others",*American Anthropologist*,Vo.104,No.3,2002,pp.783-790;Brown,S.G.:*Images of Women*:*The portrayal of women in photography of the Middle East* 1860-1950,London:Quartet Books,1988.

品以及其他个人生活西式消费的描述远远多于对她们公共活动和抵抗行为的描述。① 不过,也有一些研究得出了不同惯常的结论。大卫·考费尔(David Kaufer)和奥马尔·默罕默德(Amal Mohammed AL-Malki)对阿拉伯和西方世界的报纸进行了对比分析,发现西方报纸对沙特阿拉伯妇女的描述更加多元,这与既有研究中的西方媒体存在"东方主义"思想并将穆斯林妇女描述成弱者的发现不同。②还有一些研究是针对外籍女性在本土媒体上再现的。发现社会对拥有多元文化背景女性的需求增多,但由于移民的增长威胁到美国本土的身份建构,她们的故事往往会被报纸重新语境化,比如美籍拉美裔女性在美国主流媒介上的再现满足了文化层面上的期待,而在社会关系层面则是具有竞争性的存在。③ 这些研究关注到全球化语境中主流媒体对拉美女性的报道往往混杂了性别和种族因素,也更加复杂和微妙。

　　由以上分析可见,女性形象与意识形态研究更加注重分析社会文化和政治结构在文本中的表现及其对女性的态度。这类研究常常发现父权制或男根文化对女性的贬抑。值得一提的是,一些对异族女性的研究视野更加广阔,往往结合社会性别视角和跨文化或国际传播研究的视角。其中穆斯林女性、拉美或非洲国家,以及东南亚国家女性的再现占有相当大的比重,这使得形象研究能够更加深刻地检视宗教、种族、后殖民主义、东方主义或西方中心主义对文本的影响。

三、中国女性媒介形象的研究

　　对中国女性形象的研究,就国内来看,初期是以研究广告中的女性形象为

---

　　① Mishra,S.:"'Saving' Muslim women and fighting Muslim men:Analysis of representations in The New York Times", *Global Media Journal*,Vol.6,2007.

　　② David Kaufer and Amal Mohammed AL-Malki:"A 'first' for women in the kingdom: Arab/west representation of female trendsetters in Saudi Arabia", *Journal of Arab and Muslim Media Research*,Vol.2,No.1 and 2,2009,pp.113-133.

　　③ Molina Guzman,Isabel:"Consuming the Latina Body:Ethnicity,Race and Gender in U.S.Popular Media", *Paper presented at the annual meeting of the International Communication Association*, *Marriott*,*Chicago*,*IL Online* 〈APPLICATION/PDF〉,2013 - 12 - 12,http://citation. allacademic. com/meta/p300147_index.html.

主的。其中包括卜卫的《妇女媒介需要女性意识》①、《广告与女性意识》②,刘伯红的《倾斜的大众传媒》③,刘伯红、卜卫的《我国电视广告中女性形象的研究报告》,④陆敏的《对媒介广告中女性形象的文化思考》,⑤李思屈的《广告中的女性符号:一种跨文化的比较》⑥等等。随后,媒介中的女性形象研究已经成为性别与媒介研究中非常重要的一个议题,也出现了一批成果,研究对象也从广告扩展到新闻、报纸照片,或者泛论大众媒介中的女性形象,比如陆晔的《中国电视传播中的女性形象研究》⑦,任建英的《转型期的妇女形象与大众传媒的导向作用》⑧,江宇的学位论文《从社会性别视角分析女性期刊中的女性形象——以〈中国妇女〉〈女友〉〈知音〉为例》,⑨刘传武《电视广告:女性形象的一种歪曲解读》,⑩周灿华的《中国新闻传媒女性报道的失误与矫正》⑪李春宇的学位论文《〈良友〉封面对女性形象的建构研究》⑫等等。一些研究者也开始关注到国外媒体涉华报道的女性再现,比如庞琴的《解构美国主要新闻报纸中的中国女性形象 1998—2005》⑬,姚雪青的《西方媒体中的中国女性形象分析——以〈纽约时报〉为例》⑭等。

---

①　卜卫:《妇女媒介需要女性意识》,《妇女研究论丛》1996 年第 5 期。

②　卜卫:《广告与女性意识》,1996 年全国妇女消费研讨会论文,《妇女研究论丛》1997 年第 1 期。

③　刘伯红:《倾斜的大众传媒》,《中国妇女报》1996 年 4 月 3 日。

④　刘伯红、卜卫:《我国电视广告中女性形象的研究报告》,《新闻与传播研究》1997 年第 1 期。

⑤　陆敏:《对媒介广告中女性形象的文化思考》,《新闻知识》1998 年第 4 期。

⑥　李思屈:《广告中的女性符号:一种跨文化的比较》,《西南民族学院学报》2000 年第 8 期。

⑦　陆晔:《中国电视传播中的女性形象研究》,《新闻大学》1997 年(春)。

⑧　任建英:《转型期的妇女形象与大众传媒的导向作用》,《新闻大学》1998 年(冬)。

⑨　江宇:《从社会性别视角分析女性期刊中的女性形象——以〈中国妇女〉〈女友〉〈知音〉为例》,华中科技大学 2003 年硕士学位论文。

⑩　刘传武:《电视广告:女性形象的一种歪曲解读》,《声屏世界》2002 年第 12 期。

⑪　周灿华:《中国新闻传媒女性报道的失误与矫正》,广西大学 2004 年硕士学位论文。

⑫　李春宇:《〈良友〉封面对女性形象的建构研究》,黑龙江大学 2010 年硕士学位论文。

⑬　庞琴:《解构美国主要新闻报纸中的中国女性形象 1998—2005》,北京外国语大学 2005 年硕士学位论文。

⑭　姚雪青:《西方媒体中的中国女性形象分析——以〈纽约时报〉为例》,中国传媒大学 2009 年硕士学位论文。

　　这些成果通常采用社会性别理论作为分析工具，这样就基本上奠定了研究的批判性视角，从而使研究的视角更加集中到是否存在刻板印象、是否存在对女性的象征性歼灭等方面。比如，寿静心认为，女性形象在大众媒介中可分为四类，即"贤妻良母型"、"性感型"、"妖女型"、和"幼稚型"，并指出，女性角色的定位基于"物"和"性"①；李媛莉认为，广告中的女性形象则包括"光鲜花瓶型"、"贤妻良母型"以及"从属附庸型"②；苏彬分析了《天下女人》，提出电视女性栏目所表现和塑造的女性形象的特点表现为现代女性形象、中产阶层倾向、角色冲突的矛盾形象和文化产品的广告形象等，③叶红研究了女性博客中的女性形象，认为在女性博客中，女性作为被"看"的对象，被呈现为情感化、感性、情绪化的女性刻板形象，从而表现出女性仍旧认同性别陈规，④刘伯红分析了一些报刊在性与暴力描写中的女性形象，发现这些报刊描写性与暴力的内容中，女性形象受到不同程度地歪曲和丑化。⑤ 与此同时，一些研究发现，虽然从报道数量上看媒体并没有存在刻板印象，但隐含了性别陈规和偏见。⑥ 这些研究一般认为，媒介在某种程度上将女性对象化，表现出男权社会和父权制对女性的贬抑。有研究者进一步指出，这些形象传递了一些性别陈规，还对阶层观念、女性的自我认知产生负面影响。⑦

　　但也有一些研究发现了媒介一些积极的叙事，比如，李立文研究了《中国妇女报》，认为《中国妇女报》中的女性以事业型形象为主，媒介侧重描述她们在政治、经济等各个领域的突出贡献，报道多以中性语句进行描述，并不存在

---

　　① 寿静心：《呼唤女性自我意识的觉醒———大众传媒中的女性形象透视》，《河南社会科学》2006 年第 3 期。

　　② 李媛莉：《也谈广告中的女性形象》，《青年记者》2008 年第 36 期。

　　③ 苏杉：《电视女性栏目中女性形象研究——以〈天下女人〉栏目为例分析》，华中科技大学 2006 年硕士学位论文。

　　④ 叶红：《博客性别身份的自我呈现与女性刻板形象———以搜狐博客为研究对象》，《现代传播》2009 年第 1 期。

　　⑤ 刘伯红：《部分报刊性与暴力描写中的女性形象研究》，《浙江学刊》2001 年第 4 期。

　　⑥ 江宇：《从社会性别视角分析女性期刊中的女性形象——以〈中国妇女〉〈女友〉〈知音〉为例》，华中科技大学 2003 年硕士学位论文。

　　⑦ 苏杉：《电视女性栏目中女性形象研究——以〈天下女人〉栏目为例分析》，华中科技大学 2006 年硕士学位论文。

明显的性别歧视。① 一些研究者对某类文本进行分析后甚至表现出相对乐观的态度，认为媒介中的女性形象能够突破社会对女性的刻板印象，传播新的女性思想，②一些典型的人物形象，比如"超女"传递了不同于以往的性别观念，即女孩子的美可以由自己决定，也没有统一的模式，③这些形象意味着女性形象正在向阳刚、坚强、主动方面转变，这种变化是社会发展的必然产物。④

有些学者将中国近现代发展史与女性形象做一勾连展开研究，发现女性地位和形象随着社会政治、经济与文化的变迁展示出不同的特质。比如，风笑天在《变迁中的女性形象———对〈中国妇女〉杂志的内容分析》中，追溯了自1950 年代到 1980 年代的中国女性形象，经过 50、60 年代的单一劳模型，70 年代的劳模型、个人成就型和勇于斗争型，以及 80 年代的个人成就型与女强人型并存的模式。风笑天进而指出，"社会历史的发展不断改变着女性的角色形象，不断赋予女性形象以新的内涵。"⑤宋华等人研究了"春节联欢晚会"中的女性形象，发现在 1979 至今的三十多年中也发生了变化，农村女性形象从"没有文化、没有自我、依附于丈夫、身陷于家庭"到"走出家庭"以及"更加豁达、上进"，并在家庭中掌握了话语权；城市女性形象则呈现出多元化的格局，90 年代是"强权者"，21 世纪则表现为"温柔大方体贴型"和"醋意强权并举型"⑥。闫桂媚也对 1990—2004 年的《中国妇女》杂志进行了内容分析，发现在这一时期，国内媒介上的中国女性形象有"个人成就型、工作业绩型和新千年的女强人型"三种类型。⑦ 有的研究者发现，从 20 世纪 50 年代前至今，当

---

① 李立文：《当下青年女性形象分析———以〈中国妇女报〉抽样的报道为例》，《南昌航空工业学院学报》2007 年第 1 期。

② 李春宇：《〈良友〉封面对女性形象的建构研究》，黑龙江大学 2010 年硕士学位论文。

③ 冯波：《论超级女声现象对大众传媒女性形象塑造的颠覆意义》，《宁波党校学报》2006年第 2 期。

④ 夏辛萍：《解读女性中性化潮流的盛行——以超级女声为例看中国传统女性形象的时代变迁》，《长沙民政职业技术学院学报》2007 年第 6 期。

⑤ 风笑天：《变迁中的女性形象———对〈中国妇女〉杂志的内容分析》，《社会》1992 年第7 期。

⑥ 宋华、祝亚伟：《解读改革开放三十年女性形象的变迁——以春晚小品中的女性形象为例》，《理论观察》2008 年第 3 期。

⑦ 闫桂媚：《1990 年代以来中国女性形象变迁的实证研究———对〈中国妇女〉杂志的内容分析》，《东南大学学报（哲学社会科学版）》2008 年增刊。

代传媒中女性刻板印象经历了建国前的被压迫、被损害的形象、五六十年代的"准男人"形象、文革中"丢失"的女性、八十年代女性特质的"回归"、九十年代后多元的女性形象这一变迁过程。①

　　国外一些学者也关注到媒体对中国女性的再现。一些学者考察了中国官方媒体对女性的再现。卡拉·沃利斯(Kala Wallis)认为,在特定的历史时期,国家会依照自身需要设置女性的角色,这往往与媒介话语密切相关,中国官方媒体对女性的呈现就随着政府的政策和意识形态的变化而发生转变。② 自新中国成立至今,女性在社会现实中地位和角色的变化使其在媒介中的角色也不断被"创新、重塑、争辩和改写"③。克罗尔(Croll)在研究中发现,自土地改革之后和 1950 年新婚姻法颁布之后,中国的女性往往被塑造成自信、坦率、强壮、独立的。④ 媒体还塑造了很多社会主义新女性的形象,它们报道了一些女性典型人物,描述了她们的日常生活。⑤ 在媒体叙事中占据绝大多数的是享有与男性平等权利及获得解放的女性。这种现象在 1966 年至 1976 年达到高潮。⑥ 总体来看,中国官方媒体在 1949 年至 1976 年间,报道了女性在革命和经济生产中富有爱国主义精神的角色,但据赫沙特(Hershatter)看来,这只是一种对"妇女解放"理论的简单的图解。⑦ 赖利(Riley)等人进一步指出,这个时期女性形象的一个关键特征是女性在社会地位上依赖于国家,而那些阻碍她们获得真正平等的因素仍旧深植于文化之中。她们的个人命运要服从国

---

　　① 孙璐:《论当代传媒中女性刻板印象的嬗变》,苏州大学 2004 年硕士学位论文。

　　② Cara Wallis.:"Chinese Women in the Official Chinese Press:Discursive Constructions of Gender in Service to the State", *Westminster Papers in Communication and Culture*, Vol.3,2006.

　　③ William William, R.: *Marxism and literature*, New York: Oxford University Press, 1977, pp. 112–113.

　　④ Eber, I.:"Images of women in recent Chinese fiction:Do women hold up half ofthe sky?" *Signs*, Vol.2, No.1, 1976.

　　⑤ Croll, E.: *Changing Identities of Chinese Women: Rhetoric, Experience and Selfperception in Twentieth Century China*, London:Zed Books, 1995.

　　⑥ Cara Wallis.:"Chinese Women in the Official Chinese Press:Discursive Constructions of Gender in Service to the State", *Westminster Papers in Communication and Culture*, Vol.3(1), 2006, pp. 94–108.

　　⑦ Hershatter, G.:"State of the Field: China's Long Twentieth Century', *Journal of Asian Studies*, Vol.63, No.4, 2004, p.1023.

家,如果被认为可能对国家的政治经济带来危害,真正的平等和解放就会被延迟。① 另外,受到集体主义的影响,否认性别呈现符号的差异进而导致"性别抹杀"现象,女性往往被描述成中性形象。②

另外,格拉瑟(Glasser)在对 1961—1966 年时期的杂志进行研究之后发现,中国女性领导往往出现在工作场所,并且无私地献身于集体和公共事业。在 1970 年代晚期进行改革开放之后,中国女性出现的背景开始从农村转移到城市,标志着城市化和现代化的推进。③

而改革开放,尤其是 1990 之后,出现在媒介里的中国女性除去被塑造成传统的、温顺的母亲、妻子之外,又增加了被商品化和物化的成分。布劳内尔(Brownell)、埃文斯(Evans)以及胡珀(Hooper)等人的研究发现,在改革开放以后,女性在媒介中的形象变得更加性感,那些所有女性都努力建构的所谓女性气质也被夸张地呈现④。卡拉·沃利斯(Cara Wallis)研究了中国官方媒体对工人、家庭主妇和消费者这三类女性人物的呈现,认为媒介一方面强调了性别平等,另一方面又将她们置于男性的从属地位,一些媒体还鼓励女性从男性那里寻找认同和支持。造成这种现象的原因在于虽然中国政府制定了男女平

① 参阅 Riley,N.:"Gender Equality in China:Two Steps Forward,One Step Back",in W.A.Joseph(ed.):*China Briefing:The Contradictions of Change*,Armonk,New York:M.E.Sharpe,1997,pp.79-108;Stacey,J.:*Patriarchy and Socialist Revolution in China*,Berkeley,CA:University of California Press,1983;Wolf,M.:*Revolution Postponed:Women in Contemporary China*,Stanford,CA:Stanford University Press,1985.

② Yang,M.M.H.:"From Gender Erasure to Gender Difference:State Feminism,Consumer Sexuality,and Women's Public Sphere in China",in M.M.H.Yang(ed.):*Spaces of Their Own:Women's Public Sphere in Transnational China*,Minneapolis,MN:University of Minnesota Press,1999,pp.35-67.

③ Glasser,C.K.:"Patriarchy,mediated desire,and Chinese magazine fiction",*Journal of Communication*,Vol.47,No.1,1997.

④ 参阅 Hooper,B.:"Flower Vase and Housewife:Women and Consumerism in Post-Mao China",in K.Sen and M.Stivens(eds.):*Gender and Power in Affluent Asia*,London:Routledge,1998,pp.167-193;Evans,H.:"Past,Perfect or Imperfect:Changing Images of the Ideal Wife",in S.Brownell and J.N.Wasserstrom(eds.):*Chinese Femininities/Chinese Masculinities*,Berkeley:University of California Press,2002,pp.335-360;Brownell,S.:"Making Dream Bodies in Beijing:Athletes,Fashion Models,and Urban Mystique in China",in N.N.Chen,C.D.Clark,S.Z.Gottschang,and L.Jeffery(eds.):*China Urban:Ethnographies of Contemporary Culture*,Durham,N.C.:Duke University Press,2001,pp.123-142.

等的政策,改革开放也为女性提供了权利和机会,但传统文化的回潮又影响了媒介的叙事,从而使女性形象呈现为一种矛盾的存在。[1] 总体来说,女性在广告中和其他媒体中的形象变得性感化,一些女性气质也被夸张地加以呈现,而这往往是社会要求所有妇女具备的特质。[2]

对美国报纸中的中国女性形象研究通常集中于《纽约时报》、《华盛顿邮报》、《洛杉矶时报》、《芝加哥论坛报》等高端、严肃报纸的报道。庞琴对美国几份主流报纸进行内容分析,发现美国报纸倾向于报道农村的、年轻的、从事非技术性工作或者下岗无业的女性,并且大多数是受害者。在这些报道中,中国政府和美国政府都以一定的比率出现,不过,中国政府多以负面形象出现,而美国政府则呈现为正面形象。因而这些报道隐含着反共意识形态和美国民族中心主义。[3] 在对《纽约时报》的中国报道进行抽样分析之后,姚雪青也提出,《纽约时报》中出现的中国女性大多是负面的,报纸存在着对女性的矮化、污名化现象。

通过对以上研究成果的梳理可见,尽管学者们对不同媒介中的中国女性呈现做了不同角度的分析,但相关研究存在着单一化、片面化的嫌疑。在电影、文学作品的研究中,女性形象具有层次感、多面性。相比而言,对外媒新闻文本的中国女性形象研究路径和问题意识更为集中,不过也因此显得更为单一。

另外,很多研究也并没有意识到"中国女性"的构成要件之间的复杂关系,以及由此对应的"中国女性形象"背后的复杂的权力结构,其原因在于用西方女性主义的标准审视中国女性形象的再现问题,从而将媒介形象归结为对中国女性的歧视、污名化。因此,分析中国女性媒介再现的关键在于考察媒介生产如何将"民族国家"与"女性"相结合,如何呈现出具有"中国特色"的女性形象。这也是本书研究的最主要的目标。

---

[1] Cara Wallis.:"Chinese Women in the Official Chinese Press:Discursive Constructions of Gender in Service to the State", *Westminster Papers in Communication and Culture*, Vol.3(1),2006,pp.94-108.

[2] 参阅 Brownell,S.:"Making Dream Bodies in Beijing:Athletes,Fashion Modles,and Urban Mystique in China", in N.N.Chen,C.D.Clarks,S.Z.Gottschang,and L.Jeffery(eds.):*China Urban:Ethnographies of Contemporary Culture*,Durham,N.C.:Duke University Press,2001,pp.123-142;Evans,H.:*Women and Sexuality in China:Female Sexuality and Gender Since* 1949,New York:Continuum,1997.

[3] 庞琴:《美国主要报纸中的中国女性形象》,《新闻爱好者》2007年12月下半月。

第一章　社会性别视角下的
中国女性形象

　　社会性别是一个基于生物性别属性的概念,但它更加强调性别的社会文化意义。① 这一概念形成于二十世纪六十年代的第二次女性主义浪潮时期,着眼于探讨社会实践对性别气质、性别关系的建构功能,以及女性在父权制社会中遭受的不平等现象。由于不同的社会具有不同的特性,分析社会性别的相关问题就必然强调具体的社会语境。这与形象再现的原则相一致,即对某一群体的再现需要遵循还原时代背景这一原则,以保证其形象具有"当时当地"的特质。因而,媒介对中国女性的再现就是文本生产者考查并建构中国语境下女性的处境、地位和角色的过程。也就是说,分析中国女性不仅要关注到她们在性别结构中的地位即与男性的关系,还要将研究视野放宽至民族国家发展的层面,考察她们在广阔的社会环境中所处的阶层地位,以及社会其他机制如何与性别机制相互作用,从而将女性置于更为特殊的境地,并造成女性的内部差异。本章即基于这一分析路径,解析《纽约时报》如何还原转型期的中国社会背景,并将女性置于这一宏观语境中加以呈现。

　　依照形象学的研究思路,形象可以视为一个金字塔形的、从微观到巨观的结构,形象的建构则呈现为一个系统的叙事过程。首先是通过对某些可视、可感的细节的描述形成浅层的、碎片化的表象,接着是通过各种策略将这些表象的、碎片的形象要件加以规整组合,形成能够体现人物或事物本质特征的形

---

① Sonya Andermahr, Terry Lovell, Carol Wolkowitz: *A Glossary of Feminist Theory*, London: Hodder Arnold Publication, 1997, p.102.

象。后一过程通常在更加宏观的叙事过程中展开。在形象学那里,这个过程被概括为"词汇——等级关系——故事情节"三个步骤,文本的话语层次相应的呈现为词汇群、主题的组织、叙事模式三个层面。本章借鉴以上思路,结合社会性别理论,从词汇群、主题、叙事模式三个层面分析中国女性形象。

研究者将文章对人物特质的描述、人物行为、行为结果、新闻主题分别进行编码,然后将新闻主题与行为结果、人物行为与行为结果进行交叉分析,总共形成三组数据,分别对应词汇、主题和叙事模式三个层面。之后对这三组数据进行分析,归纳出女性形象的类型。

第一节 词汇群与中国女性形象建构

对人物特质的描述进行归类主要是对人物自身的性格进行区分。在对样本的分析中,编码员尝试从每篇样本中选取三个对中国女性进行描述的关键词,之后对其进行归类,一共形成 15 类女性特质,表 1-1(见附录)列出了一些具有代表性的词汇。

通过统计发现,对中国女性的描述中,排在女性特质前三位的分别是"勤劳"(26.1%)、"积极主动"(18.8%)和"果敢坚强"(18.0%);"多愁善感"(0.4%)和"懒惰"(0.1%)分别排在最后两位。

由表 1-1(见附录)和图 1-1 可见,在所有报道中,"勤劳"这一描述出现 254 次,是所有关于中国女性特质描述中出现频率最高的,在所有对中国女性特质的描述中占到 26.1%,占样本总数的 42.5%;其次是"积极主动",出现 183 次,占所有女性特质描述总量的 18.8%,占样本总数的 30.7%;第三位是"果敢坚强"出现 175 次,占所有特质描述总量的 18.0%,占样本总数的 29.3%。出现最少的是"懒惰",全部 601 篇样本中只有一次提到中国女性是"懒惰"的。这组数据说明,《时报》倾向于将中国女性描述为具有正面特质的群体。

不同风格的报道中,对女性的描述也存在一些差异,将这一变量与报道风格做一交叉分析,结果如表 1-2 所示:

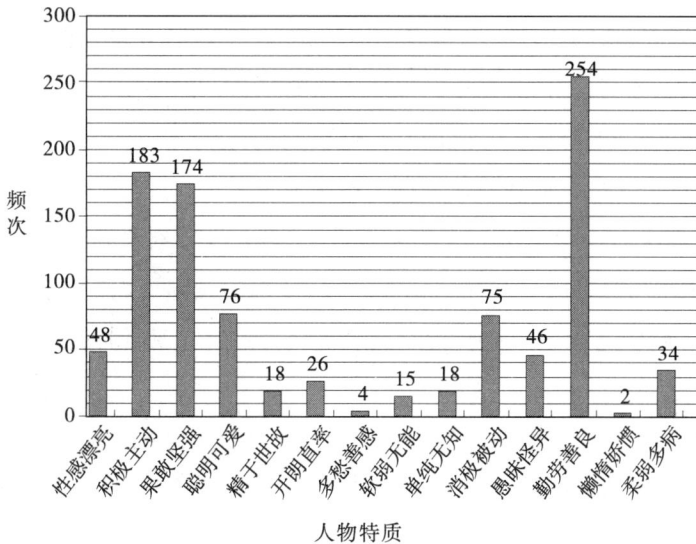

图 1-1　《纽约时报》对中国女性的描述

1-2　不同风格的报道对女性的描述

对女性的描述		性感漂亮	积极主动	果敢坚强	聪明可爱	精于世故	开朗直率	多愁善感	软弱无能	单纯无知	消极被动	愚昧怪异	勤劳善良	懒惰娇惯	柔弱多病	总计
报道风格	正面	9	25	18	14	2	5	0	3	3	9	8	27	0	1	124
	负面	17	52	36	16	4	4	1	1	6	24	12	66	1	7	247
	中性	22	106	120	46	12	17	3	11	9	42	26	161	1	26	602
总计		48	183	174	76	18	26	4	15	18	75	46	254	2	34	973

注:本研究允许一篇文章出现两种以上女性特质,故对女性特质的描述共973项。

　　由以上图表可见,在所有报道中,"中性"报道中出现"勤劳善良"特质的有161篇,出现"果敢坚强"特质的有120篇,有"积极主动"特质的有106篇。"负面"报道中强调女性特质最多的也是"勤劳善良",共有66篇,其次是"积极主动",共有52篇,认为中国女性是"果敢坚强"的有36篇,"消极被动"的有24篇;"正面"报道中出现最多的女性特质也是"勤劳善良",占27篇,"积极主动"排在第二位,占 25 篇。所有报道中,将女性描述为"懒惰娇惯"的只有 2 篇,负面报道和中性报道各有 1 篇,"多愁善感"的 4 篇,其中负面报道 1 篇,中性报道 3 篇。可见,无论是哪种风格的报道,《时报》均强调中国女性的勤劳、积极、坚强的特质。与此同时,"性感漂亮"这一被现代商业化传媒所强调的女性气质并没有得到强化。在女性主义者看来,性感漂亮更加侧重对女性身体的描述,由以上数据的分布状况看,该报并没有刻意突出女性的身体特质,没有表现出强烈的对女性物化或凝视、窥视的倾向。而"精于世故"、"愚昧怪异"、"软弱无能"、"单纯无知"这些被认为是女性气质弱点的描述也没有大量出现。

与此同时,将"对中国女性的描述"和"女性行为结果"进行交叉分析,以分析女性再现过程中的词汇选择与特定行为如何相结合,如表 1-3 和表 1-4 所示:

表 1-3 人物的行为结果

行为结果的性质	数 量	人物行为的结果	数 量	占样本的比重
正 向	245	获得成功	209	34.8%
		获得帮助	21	3.5%
		帮助他人	15	2.5%
负 向	180	未能成功	45	7.5%
		遭受损伤	117	19.5%
		伤害他人	8	1.3%
		被处罚	10	1.7%
不明确	132	未提及	107	17.8%
		未 知	19	3.2%
		其 他	6	1.0%
引发关注	44	引发关注	44	7.3%

由于样本数量比较大,且交叉数据结果分布比较分散,因此本书未能全部

对交叉结果进行分类统计,只选取其中前十位,以分析《时报》中出现的几种主要的中国女性形象。其中排名在前十位的如下表所示:

表1-4　对人物的描述与行为结果的交叉比较

排名	1	2	3	4	5	6	7	8	9	10
对人物的描述	勤劳善良	积极主动	果敢坚强	勤劳善良	积极主动	果敢坚强	聪明可爱	勤劳善良	消极被动	愚昧怪异
行为结果	获得成功	获得成功	获得成功	受到损害	受到损害	受到损害	获得成功	未能成功	受到伤害	引发争论
数量	92	63	57	51	44	34	28	22	20	17

以上两组数据说明,《时报》对中国的描述更加突出"勤劳善良"、"果敢坚强"等传统特质。较少涉及对"消极被动"、"愚昧怪异"、"软弱无能"等负面特质的描述。对文化作品中经常强调的女性"性感漂亮"的特质关注较少,呈现出新闻与其他媒介产品不同的特点。

第二节　主题设置与中国女性形象建构

主题指的是话语的纲要、主旨、要点或最重要的信息,[①]其作用在于暗示文本最高层级的意义。在新闻文本分析中,对主题的分析是对话语的全局性、宏观层次上的研究。就这一层面上的分析,梵·迪克提出了巨观法则:每个主题表现为一组命题,较低级的主题(即命题群)可以被归纳到较高层的主题中,以这一原则可以归纳出一个最高级的主题,文章的总体结构最后呈现出一种树状图。[②]

宏观规则从本质上说会删减信息。这种删减可有三种方式:首先,只需删除与文本其余部分无关的所有信息,如一些细部细节,即删略。其次,将一系列的命题用笼统的语言进行概括,比如不说养了一只猫、一条狗,而只是笼统地说养了宠物,即概括。最后,用表示行为或事件整体的宏观命题来代替通常

---

① [荷]梵·迪克:《作为话语的新闻》,曾庆香译,华夏出版社2003年版,第33页。

② [荷]梵·迪克:《作为话语的新闻》,曾庆香译,华夏出版社2003年版,第35页。

表示某件事情的具体情况、组成部分或后果的一系列命题。"我搭乘飞机去……"这一宏观命题简练地概括了去机场、安全检查、走向登机口等一系列的动作,即组构。删略、概括和组构可以被看作从文本中删减信息得出其主体的三条主要宏观规则。

本书借鉴梵·迪克的巨观法则,通过四个步骤从主题层面对《纽约时报》关于中国女性的描述进行了归类:

1. 由于在样本采集过程中,研究助手已经对研究总体进行了粗读并归纳出了文章大意,因此在拟定主题编目的时候,由作者根据文章大意,结合以往相关研究和本研究目的初步拟定了 42 个次级主题,然后依照删减规则得到 12 个大主题。最后所得主题如表 1-5 所示(见附录)。此外,在编码过程中,编码员凡是遇到有疑义之处,均与另一名编码员和作者共同讨论以确定主题所属。

2. 经过删减归类之后得出大主题,所占的比重情况如表 1-6 所示(见附录)。

进行主题分析的主要目的是研究女性形象如何与中国社会产生关联,这些联系有什么特殊之处,以便强化中国女性的"中国特色"。经过统计发现,在《时报》十年样本中,女性形象出现最多的主题是"日常生活",共有 186 篇文章,占文章总数的 30.9%,;其次是"体育"主题,共有 160 篇文章,占所文章总数的 26.6%;涉及政治议题的文章有 83 篇,占所有议题的 13.8%,进一步分析其中小主题的构成发现,涉及"人权问题"的报道有 37 篇,"参政议政"的 27 篇;报道中国女性最少的主题是教育,只有 5 篇,占 0.8%的比重。共有 22 篇文章专门报道人物,占议题总数的 3.7%。

3. 将"主题"(表 1-6)与"人物行为后果"(表 1-3)相交叉,如表 1-7 所示,以考察人物行为在不同主题中的结果。

经过以上数据处理发现,在可以明确判断人物行为结果的报道一共有 478 篇。其中有 246 篇对行为结果的描述是明显正向的(获得成功、获得帮助、帮助他人),明显负向效果的一共有 179 篇(遭受损伤、伤害他人、未成功、被处罚)。其中,正向效果中最多的是"获得成功"的行为,排在第一位的"体育"类议题共 85 篇,其次是"日常生活"议题共 56 篇,排在第三位的是"就业"议题共 16 篇,第四位是"政治态度及行为"10 篇。

　　负向效果中最多的是"遭受损害",共 117 篇,其中包括政治议题(36篇)、日常生活(24 篇)、就业(12 篇)、两性关系(9 篇)、卫生保健(15 篇)、国际事务(12 篇)等领域中遭受到的不公正待遇甚或身体的伤害,使她们在两性关系中被贬抑,疾病得不到有效的控制和治疗,在国际事务和国际社会关系中也会遇到一些不幸,人身安全得不到保障。

　　在以上数据分析的基础上结合叙事分析和话语分析的方法对各种议题中出现的典型形象进行分析。为使分析具有针对性和典型性,本章使用立意抽样法进行样本选取,选择的依据是:

　　1. 文章总长度在 800 单词以上;

　　2. 在文章叙事中,女性是新闻事件的行动者,即,对女性行为有完整的叙述、对其身份有比较完整的交待。

　　依据以上原则和步骤选取了以下日期的样本:12/13/2010,12/16/2004,01/16/2007,05/28/2001,12/03/2008,06/12/2009,12/14/2004,06/28/2002,10/31/2008,11/12/2001,12/11/2010,06/16/2005,08/04/2008,07/02/2002,01/13/2008,12/30/2001,12/21/2001,07/20/2003,11/21/2010,05/28/2008。

一、作为改革开放成就注脚的女强人

　　日常生活的去政治化、经济实力的提升,以及消费文化的扩散提供给女性更多的机会。她们积极加入到时尚、消费的大潮中,日常生活得到极大改善(56 篇),其中小主题分布包括饮食(2 篇)、购物消费(18 篇),文化生活(26篇)以及移民生活(10 篇)中享受到转型期中国社会的种种进步;在政治态度和行为主题中,有 10 篇是正面取向、描述政治领域中得到成功的文章,表明她们在参政议政(5 篇)、宗教(2 篇)、人权(3 篇)中获得主动权。教育主题中获得成功的有 3 篇。在就业主题有 16 篇描述到获得成功的女性。另外,在经济类主题也表现出女性的积极角色:积极创业、参与市场竞争(10 篇),其中一些人甚至成为富甲一方的女富豪(3 篇),造纸大王张茵①、台湾汽车业"铁娘子"

---

　　① DAVID BARBOZA:"Blazing A Paper Trail In China; A Self-Made Billionaire Wrote Her Ticket On Recycled Cardboard",New York Times,January 16,2007.

吴舜文、大唐袜业百万富翁董映红①),还有一些跨国企业的高管(1 篇),如雅芳的钟彬娴②,她们既是社会转型和改革的推动者,又是受益者。可以说,在各个领域,中国女性都成为推动中国改革的重要参与者。

市场经济改革拉开了中国改革开放的序幕,并且至今仍旧是推动中国发展的最主要组成部分之一,因此女性在经济领域中的作为很能够代表她们在改革开放中的角色。我们以这些在市场经济推进过程中产生的女性新富作为分析的案例,观察《时报》如何呈现女性在中国改革开放大潮中的角色。她们中刨除少数拥有社会基础的成功者,大部分人都是白手起家,在改革开放初期就投入市场经济大潮,从小商贩做起、实现资本积累的女强人(7 篇)。譬如,2004 年 12 月 4 日的《时报》刊登了一篇描述东南沿海地区农民依靠纺织业致富的消息,其中就描写了新富董映红的故事:

东南沿海地区的大唐靠着制造袜子和其他纺织品崛起,一些村民靠织袜子致富。在二十世纪七十年代,大唐还只是个拥有 1000 村民、以种植水稻为生的小村(In the late 1970's, Datang was little more than a rice farming village with 1,000 people),后来村民们自己在家里织袜子,拿到高速公路上去卖(who gathered in small groups and stitched socks together at home, and then sold them in baskets along the highway),最终发展成年产 9 亿双袜子的袜业城,(produces an astounding nine billion pairs of socks each year),造就了很多百万富翁:
And rags-to-riches tales abound in Datang. Just ask Dong Ying Hong, who in the 1970's gave up a ＄9-a-month job as an elementary-school teacher to make socks at home. Now, she is the owner of Zhejiang Socks-and a sock millionaire.③

(问问董映红(音译)就知道,大唐镇从赤贫到暴富的故事比比皆是。董映红在二十世纪七十年代辞去了月薪 9 美元的小学教师的工作,开始在家里

①　DAVID BARBOZA:"In Roaring China, Sweaters Are West of Socks City", New York Times, December 16,2004.

②　J. ALEX TARQUINIO:"Selling Beauty on a Global Scale", New York Times, October 31, 2008.

③　DAVID BARBOZA:"In Roaring China, Sweaters Are West of Socks City", New York Times, December 24,2004.

做袜子。现在,她是浙江袜业公司的老总,成了百万富婆。)

　　董映红的故事再现了中国社会从小农经济起步实现产业化和工业化的进程。自1978年进行改革开放之后,中国社会进入转型期,开始了从自给、半自给的产品经济体制向社会主义市场经济体制、从农业社会和乡村社会向工业社会和城镇社会转型的进程。确立了改革开放的方针之后,政府减少了对地方经济的直接管理,鼓励人民发挥积极性致富,一部分人群,主要是私有者和下岗工人积极行动,成为"先富起来"的那部分人。在中国对改革开放的官方描述中,让一部分人先富起来是实现共同富裕的第一步,也是由自给自足的小农经济和条块分割的计划经济向各取所需的共产主义社会过渡的必要过程。个人利益与国家利益实现统一正是改革开放宏大叙事的核心所在。

　　《时报》的相关报道也印证了中国主流话语对改革开放的叙事逻辑:即赋予个人争取和拥有物质财富的合理性,鼓励个人发挥主观能动性,鼓励个人发展,在行动者个人的奋斗、成功的轨迹与国家发展之间形成因果和互动,肯定了中国的经济体制改革产生的正面效果。

　　二、价值观念多元化的新女性

　　在日常生活、性别观念、就业观念变革方面,有些女性的行为越来越多之并引发了社会的关注,由此可见她们多样化的价值观念对社会的广泛影响。经过大主题与行为结果交叉分析,并与小主题的类属进行比对之后,我们发现,在职业主题中,女性"引发关注"的有3篇;在两性关系主题中,包括性观念和性行为在内的6篇文章描述了女性们引人注目或引发争论的行为;有2篇记录大陆妇女赴港生育的文章,也描述了事件引发的讨论。政治领域中的一些表现(7篇)都引发了公众的关注。尽管这些篇目并不算多,但却因为涉及一些比较敏感的议题,比如同性恋(1篇)、网络议政(1篇)、批判社会制度(2篇)、身体消费(2篇)、富豪征婚与"宝马女"(2篇)、大陆公众反对中央干涉香港立法(1篇),因而具有代表性的意义。

　　另外还有一些没有明确描述事件结果的文章也再现了女性多元的观念。譬如时尚消费(3篇)、"哈韩"文化(1篇)、美容整形(1篇)、在饮食和中医知识以及服装设计等方面与国外互动(5)篇,这些描述再现了她们视野开放、解放思想的形象。

与言论自由、生育行为、饮食出行等日常生活议题相比,性别观念和行为在考量女性形象时更具有代表性,因此我们以这一议题为例分析女性价值观念的变化。

在2009年6月15日的《亚太版》刊登的一篇文章报道了中国首个"'同志'骄傲节",作者描述的是一名男同性恋者的母亲,她与同性恋儿子一起参加这个活动。

Jin Ying, 49, Mr. Wang's mother, said she was a bit startled when he came out two years ago, but she was not entirely surprised. "I'm his mother, so I had my suspicions," she said. "If he's happy, I'm happy."①

(金英(音译)今年49岁,是王亮的母亲。她说,王亮两年前出柜时,她吓了一跳,但也不是完全出乎意料。她说:"我是他妈妈,所以早就有点怀疑。但只要他快乐,我就开心。")

在现实生活中,同性恋者一直受到医学、心理学、社会学等领域的关注。经历了被漠视、歧视、镇压、理解的过程之后,社会逐渐对同性恋者表示出宽容。但这整个过程一直伴随着争议。中国自古存在同性恋现象,不同社会对其态度不尽相同。但近代以来,民间对同性恋的异议极其明显,尤其是在文革时期,同性恋者被视为犯罪、精神病。1997年,中国政府认定同性恋不属于违法行为,但实际上同性恋者仍旧被视为少数人群,这一群体的活动也更加引人注意。近年来,在文化多元化语境中,人们对同性恋表现出更多的宽容和理解,越来越多的同性恋者开始"出柜"。"出柜"是同性恋者向社会表明身份和寻求社会认同的标志。同性恋者虽然试图自我肯定,却依旧不能超脱外界强加的概念,因而社会认同就成为他们完成自我认同的重要支撑点。② 在这个过程中,是否会向亲友公开同性恋身份可以反映出自我认同的接受程度,而这一行为往往会对家庭产生巨大的冲击力。一些父母接纳了他们,另一些父母

---

① ANDREW JACOBS: "Gay Festival in China Pushes Official Boundaries", New York Times, June 15, 2009.

② Tamagne F.: *A History of Homosexuality In Europe*, New York: Algora Publishing, 2006, pp. 13–18.

则难以接受。而更多的同性恋者会选择向家庭隐藏自己的性身份。①

金英对同性恋儿子的认同是她开放的性别观念的写照,她对儿子是同性恋这一事实"并不感到特别意外"。相反,文中写到的另一位男同性恋的母亲在儿子向她说明同性恋身份时,就"让他发誓远离男子"。

另一篇文章描写了都市中追求性感的年轻女性:

"Today's women, especially young women in the cities, *no longer think it's a bad thing to expose their bodies*," he said. "Five or six years ago, when some women started to wear clothes that exposed their midriff, most people couldn't understand why belly buttons should be regarded as beautiful and deserve public exposure. Today, young women think it is natural to bare their midriff."

(他②说:当今的女性,尤其是都市的年轻女孩,不再认为衣着暴露是多见不得人的事。可是五六年前,有些人开始穿露腰装时,大多数人都不理解肚脐有何美感,竟然值得一露。但是如今,年轻女性认为穿露腰装不足为奇。)

这些性感女郎不仅在现实生活中逐渐争得了社会的认同,并且成为时尚杂志的宠儿,因为她们的图片对读者有极强的吸引力:

Western luxury brands entering the Chinese market want to advertise in popular magazines and on Web sites that draw consumers. And in China right now, pictures of sex kittens draw.③

(为了吸引顾客,想打入中国市场的西方奢侈品牌也希望在流行杂志及网站上做广告。而现在在中国,性感女郎的图片就足以大赚眼球。)

由以上两篇文章的描述来看,一些女性不仅开始认同和支持同性恋,还开始重新审视自己的身体。这一现象的宏观背景是中国文化观念在改革开放以后日趋多元化,性观念越来越开放,从而使一些女性认为这种做法赋予身体合法性,而"不认为暴露自己的身体是坏事"(young women think it is natural to bare their midriff),对露腰装的认可实际上就可以视为一种身体解放的表达。

---

① 刘颢颢:《同性恋者性身份认同的影响因素分析》,华东师范大学 2008 年硕士学位论文。
② 注:这里指中国人民大学社会学教授潘绥铭。
③ DAVID BARBOZA:"The People's Republic of Sex Kittens and Metrosexuals", New York Times, March 4, 2007.

与此同时,媒介资本化运营越来越深入,这样一来,就出现了"性"和"性别"作为媒介文本构成要素与媒介资本流动相结合的现象。为了吸引受众,媒介将性议题作为招牌,很多时尚媒体开始刊登暴露的女性的图片。尽管在女性主义者看来,时尚杂志对女性的这种暴露充满了性的想象的窥视,是一种符号性的贬抑以及对女性物化、性欲化,但有些女性却对此有不同的理解。她们认为完全可以从另外一个视角观看时尚杂志中的女体,即女模特展露身体是一种表达自我意识的手段,而女性读者也可以获得阅读的快感并体认到身体及世俗生活的合法性。

此外,观念的变化还反映在就业理念上,一些女性不再是人才市场中的弱势群体,而是开始主动挑选工作,从工作环境、待遇、工种等方面提出诸多要求。以 2010 年 7 月 12 日"亚太版"刊登的文章《中国工厂争抢劳动力》(《Chinese Factories Now Compete to Woo Laborers》)为例,我们可以看到青年女民工在就业和生活方式方面的新观念和行为:她们"拥有中学文凭",精神生活丰富,与城市白领一样"去泡吧或者去当地的卡拉 OK 唱歌。晚上睡觉之前,她还会玩'偷菜'。"与此同时,她们还将更多精力转移到对自身的衣着相貌的修饰上。这篇文章对一位青年女工进行了如下描述:

With her iridescent fuchsia toenails and caramel-tinted hair, Liang Yali does not exactly fit the stereotype of the "*made in China*" worker bee.[1]

(梁雅丽(音译)的脚趾上涂着闪亮的紫红指甲油,头发染成了浅褐色,不符合人们对"中国制造"的工人的刻板印象。)

文章中呈现的梁雅丽等人代表了一些女工的新形象。实际上,梁雅丽所属的农民工群体一直在中国城市化进程中发挥着不可替代作用。自上个世纪 80 年代末以来,这些农民就开始脱离农业生产并试图进入城市体系。国内统计数字显示,目前外出务工的农民工群体总量已达到 1.5 亿人。其中,像梁雅丽这样的"新生代农民工"达到 1 亿人,占农民工总数的 60%。[2] 相对于老一

---

① ANDREW JACOBS: "Chinese Factories Now Compete to Woo Laborers", New York Times, July 13, 2010.

② 王萍萍等:《新生代农民工的数量、结构和特点》, "http://www.stats.gov.cn/tjfx/fxbg/t20110310_402710032.html"。

代农民工而言,他们学历更高、观念更开放、更渴望融入城市,也懂得维护自己权益,更希望能够实现农民向市民身份的转变。年轻的女工们的变化更为显著,她们不仅追求生活品质的改善,关注精神生活,积极向想象中的漂亮女性靠拢,并且拥有自我意识和主体性,追求更多现代性品质,追求更加自由和平等的婚姻关系,这一切都使她们迥异于其母辈:

No matter how difficult their marriage was, they would stick it out. For us, whether a bad marriage or a bad job, we'll leave it if it's lousy.

（无论婚姻关系多么糟糕,他们都会忍下去。但我们不行,不管婚姻还是工作,要是让人觉得讨厌,我们都离开走人。）

不过,她们对工作的要求也越来越高。一位叫王金燕(音译,Wang JinYan)的女工提出的要求是:

well-paid, slow-paced assembly-line work in air-conditioned plant with Sundays off, free wireless Internet and washing machines in dormitory. Friendly boss a plus.

（薪水合理,流水线速度缓慢,工厂有空调,周日放假,提供免费无线网和洗衣机的宿舍。最好老板人也很好。）

显然,她们的对劳苦的忍耐力已经大大降低,"不喜欢吃苦"(they don't like to 'chi ku,')。她们开始注重并维护自己的权益,学会和企业讨价还价,显得"自信而且自我意识很强",与渴望寻求更多经济收入而十分吃苦耐劳的第一代农民工完全不同。

不过,王金燕仍旧没有找到满意的工作:

As she eased her way along a gantlet of recruiters in this manufacturing megalopolis one recent afternoon, Ms. Wang, 25, *was in no particular rush to find a job*. An underwear company was offering subsidized meals and factory worker fashion shows. The maker of electric heaters promised seven-and-a-half-hour days. "If you're good, you can work in quality control and won't have to stand all day," bragged a woman hawking jobs for a shoe manufacturer.

（不久前的一个午后,在这座制造业繁荣的大都市,25岁的王小姐信步游走于一连串招工者之间,却并不急于敲定一份工作。一家内衣公司既提供工作餐,又举办员工时装秀;一家电热水器制造商则保证每天的工作时间只有7

个半小时；而一位来自鞋厂的女性招工人员则炫耀说："如果做得好，就可以在质量控制岗上工作，不用整天都站着。"）

Ms. Wang *flashed an unmistakable look of ennui and popped open an umbrella to shield her fair complexion from the South China sun*. "They always make these jobs sound better than they really are," she said, turning away. "*Besides, I don't do shoes. Can't stand the smell of glue.*"

（对此，王小姐报以显见的不屑，她打开伞挡着这座南方城市的烈日，护着她嫩白的皮肤："他们总是说得那些工作多好似的。再说了，我可不去鞋厂，我受不了那股鞋胶味。"）

在这篇文章中我们可以看出，新生代女工王金燕对工作不满的关键在于她"不喜欢"。实际上，由于一些农民工在家乡附近找到工作，另外，农村经济的发展也使得一些农民放弃了外出打工的想法，"珠三角"等地近年来已经出现了"用工荒"，供需平衡被打破，企业不断提高薪金待遇以争抢劳动力或防止跳槽。这给王金燕拒绝能够提供"诱人条件"的工作提供了合理性，她可以"并不着急"找工作。不过，王金燕对两家公司的"厌倦"不仅是因为她觉得用工方"总是说得好听"，而是因为"受不了胶水的味道"。

在对新生代农民工的研究中，一些研究者指出，新生代农民工的特征是"三高一低"，即受教育程度较高、职业期望高、物质和精神享受高、工作耐受度低。《时报》关于王金燕对工作挑剔的描述，一方面印证了新生代农民工"三高一低"的特征，另一方面也体现出中国年轻一代女性价值观的多元化，在工作中，她们更加追求个性化的兴趣和条件，恰如彼得·福特所言，中国的年轻一代正在领导一场摆脱工作就是一切的运动。①

三、举国体育体制下的巾帼英雄

《时报》十分关注中国女性体育方面的发展状况。体育主题一共有160，占所有主题的26.6%。其中对成功女运动员的描述有85篇。她们在奥运会和各种国际比赛中获得了好成绩，《时报》将她们视为美国的强劲对手。

---

① 王冲：《中国多元化的年轻人》，《中国青年报》2011年12月2日。

由于中国常常将体育作为一种职业加以培育和规范,中国职业运动员的行为往往被政治化,成为代表国家形象的一个要素。因此,关于体育的叙事常常将对运动员个人的描述编织到中国实现"体育大国梦"的宏观话语中:

For every gold medal Cheng wins, the state authorities are expected to reward her with more than $150,000 in cash and bonuses, *a huge sum in a country where college graduates are fortunate to earn $500 a month.* There could also be lucrative marketing deals.[①]

(程菲每赢一块奥运金牌,国家就会至少奖她15万美元的现金,这在中国可是一笔不小的数目,因为这儿的大学毕业生每月能挣到500美元就已经很不错了。另外还会有巨额的商业活动。)

But Chinese athletes are taught that they are competing for national glory, not individual achievement or future riches. And Cheng, puffy-cheeked with a penchant for reading military books, seems unlikely to pursue a career in the limelight.

(但中国体育运动员受的教育是要为国家荣誉而战,而不是为个人成就或将来的荣华富贵。所以程菲——这个两颊略显婴儿肥、痴迷军事类书籍的小姑娘,似乎并不想成为媒体焦点。)

Zhao, Cheng's former coach, said that in 1999 a national team coach saw Cheng perform on the vault and said: "Who's that kid? *Why not send her to the national team?*" That year, she moved up to the provincial team, and then, two years later, in 2001, she was recruited to join the national team.

(曾经担任过程菲教练的赵(汉华)说,1999年国家队的教练看了程菲的跳马动作,问省体工队的领导:"那孩子是谁? 为什么不送到国家队呢?" 当年,程菲就被破格录取为湖北省队的队员,两年之后,就是2001年,她被招入国家队。)

The hardships imposed on athletes in China's national sports system are well-documented. Under *pressure to produce gold-medal-caliber athletes*, coaches typically

---

① DAVID BARBOZA : "A Life of Sacrifice for a Vault of Gold", New York Times, August 4, 2008.

force children to endure painful stretching and muscle-building exercises.

（中国国家队运动员吃的苦有目共睹。在培养金牌种子选手的重压下，教练往往会强迫孩子们忍痛进行伸展及增肌训练。）

在这篇文章中，作者暗示中国体育的强大是体育政治化的结果。文章详细描述了程菲从事体操运动的经历:从个人动机看,程菲等这样优秀的运动员出于脱离贫困的原因投身体育运动,而在她的教练看来则是"为国家培养人才",这种对比暗示了中国特殊的体育文化逻辑:"妇女体育与国家命运的紧密结合,妇女体育与群体文化精神相互纽结"①。在西方国家,妇女参与体育运动是获得解放、建构主体性的手段,经历了器物、制度、价值三个层面充分展开的历史过程,形成了一种从个体启蒙到群体意识并上升为国家意志的体育文化结构。② 中国的体育体制则深受"苏联模式"影响,竞技体育发展完全在国家行政控制之下。譬如,在奥运会的问题上采用"奥运战略",以获得金牌为目的,一切工作都以此为中心,③《时报》关于程菲的叙事就反映了这样一种体育运动政治化、经济化的逻辑,即当健身强体成为国家的、政治的行为之后,经济上的奖励也成为一种政治回报,体育成为民族国家是否"强健"的符号。在这种体育文化中,女运动员身体力行,将为国争光内化为参赛的动力,弥补了西方妇女体育在"妇女与国家关系"的实践盲点,④同时也预示着中国女性运动员将面临着更为复杂艰难的处境。

四、职业性别化的牺牲品

通过对文本的量化统计,本研究发现,在社会关注的热点问题——就业这一主题上,女通常被呈现为弱势群体。她们中有人在就业中遭受挫折(12篇),其中有人受到性别歧视被拒之门外(1篇),有人受到来自资方的剥削和压榨(2篇),有人因为经济危机等原因失业(2篇),或者工作环境极其恶劣(1

---

① 赵海龙:《由雅典奥运会看我国女性竞技体育现状》,《体育成人教育学刊》第21卷第3期(2005年5月)。

② 董丽敏:《女性主义:本土化及其维度》,《南开学报》2005年第2期。

③ 赵海龙,《由雅典奥运会看我国女性竞技体育现状》,《体育成人教育学刊》第21卷第3期(2005年5月)。

④ 董丽敏:《女性主义:本土化及其维度》,《南开学报》2005年第2期。

篇），还有在生产过程中因为安全问题和缺乏法律保护遭受损伤（2 篇）的情况，还有一些人为了获得生存的空间和机会不得不采用各种手段，除了付出更加艰苦的劳动（3 篇），甚至选择卖淫作为职业（1 篇），以上情况都使这些女性遭遇到上升中的天花板。

以 2002 年 7 月 2 日的一篇①集中了卖淫、就业歧视、城乡差别、贫困等焦点问题的文章为例，从中我们可以看到某些生活在底层的年轻女性的困境：尽管从事性交易并非穷困妇女的首选，但是"因为工厂的活难找，并且条件恶劣，钱给得也少"（because factory work can be hard to find and it's brutal and doesn't pay well），很多人"都干这个"（lots of people from Sichuan do it）。龚小兰（音译，Gong Xiaolan）就是这样一个女孩。"17 岁长着一张娃娃脸的龚小兰"（Gong Xiaolan，a baby-faced 17-year-old）因为"父亲已去世，母亲无力供养她继续念书"（Her father was dead，and her mother could not afford the fees to keep her in school），不得不"很兴奋地离开了南巴"，"她原以为能在餐馆打工，可很快操起了皮肉生涯。"（Although she thought she would be working in a restaurant，she quickly adapted to soliciting sex）。她们往往沦为城市底层，只能从事卑贱的工作，被当地人歧视，"只有广东人感觉高人一等，欺负外地人"（It was just Guangdong people feeling superior and bullying migrants），而且外地人还要"为每一个社会不良现象承担罪名"（are blamed for every social ill）。尽管如此，仍旧有来自内陆乡村的妇女加入其中，目的是"为内陆农村的贫穷家庭提供生命线"（provide a lifeline to poor rural families throughout the interior）。

如果说来自农村的、贫困的、没有知识的女性只能屈就于生活压力，从事"卑贱"工作的话，有文化女性的境遇也不会好到哪去。在以一篇描述女性就业障碍的文章中，作者写了一位归国留学生的经历：

2010 年 11 月 26 日的文章《中国女性：机会越多，诱惑越大》（For China's Women，More Opportunities，More Pitfalls）中描述了一名遭受就业歧视的女性。冯安琪（音译，Angel Feng）毕业于法国的一所商学院，精通汉语、英语、法语和

---

① ELISABETH ROSENTHAL："Migrants to Chinese Boom Town Find Hard Lives"，New York Times，July 2，2002.

日语,希望能在薪水最高的私企中找到她人生中的第一份工作。

Yet along with freedom has come risk, as socialist-era structures are dismantled and powerful cultural traditions that value men over women, long held in abeyance by official Communist support for women's rights, return in force. *Many employers are choosing not to hire women in an economy where there is an oversupply of labor and women are perceived as bringing additional expense in the form of maternity leave and childbirth costs.* The law stipulates that employers must help cover those costs, and feminists are seeking a system of state-supported childbirth insurance to lessen discrimination.

（但是自由总是伴随着风险。重男轻女的传统文化价值一度因为政府保护妇女权益而销声匿迹,但随着社会主义时代公社制度的解体,这种根深蒂固的观念又卷土重来。在这种劳动力过剩的经济形势下,许多雇主都不招聘女性,因为女性雇员会因产假和生育费用给公司带来额外的支出。中国有法律规定,企业必须帮助女职员支付这些费用,女权主义者也在谋求国家生育保险制度的支持以减少这种对女性的歧视。）

"The boss would ask several questions about my qualifications, *then he'd say*: '*I see you just got married. When will you have a baby?*' It was always the last question. I'd say not for five years, at least, *but they didn't believe me*," Ms. Feng said.

（"老板会问我几个任职资历的问题,但最后一个问题总是'你已经结婚了,你打算什么时候要孩子?'我说,至少 5 年之内不会考虑生育,但他们都不相信我。"）

"但是"(but)否认了冯安琪所说的可能性,而"都"则暗示出女性被社会文化整体予以否认。这种状况的结果是:

The result is that *even highly qualified candidates like Ms. Feng can struggle to find a footing*. Practical concerns about coping in a highly competitive world are feeding into a powerful identity crisis among China's women.

（其结果是,即便像冯小姐这样优秀的应聘者都得付出很多艰辛才能勉强在职场立足。如何有效地在竞争残酷的社会中立足使中国女性的身份认同面临很大危机。）

这篇文章呈现了一个深受职业性别化负面影响的知识女性形象。在中国,尽管《宪法》和《劳动法》赋予女性劳动和工作的权利,但性别一直是导致女性就业不公平的根本原因之一。女性在就业中遭受到歧视基本上基于两个原因,一是认为行业和女性工作能力不协调,从而产生职业性别化的现象;另一个原因是考虑女性生育可能会对工作进程产生负面影响,导致一部分女性直接被排斥在就业岗位之外。如果说户籍造成了"制度性"边缘化,那么性别造成女性的就业歧视则可能造成另一种意义上的制度性边缘化。在职业发展中遭遇到性别制度压迫的女性往往面临被边缘化的困境,像冯安琪一样陷入"自身定位的危机"(powerful identity crisis)之中。

身份认同的危机往往意味着女性遭遇到人生和就业瓶颈,而这很可能是她们被边缘化的一个信号。社会学学者认为,在激烈的劳动竞争过程中会发生"竞争性边缘化"①,导致一部分劳动力被淘汰。这样的边缘化通常发生在老、弱、病、残这样的群体身上,但也经常扩展到女性身上,成为其在职业上升过程中的"玻璃天花板",或者使女性成为"下降流动者"。由于社会存在对女性的智力和体力方面的偏见,认为她们不及男性;更重要的是,社会仍旧保持着对女性独有的警惕心理——怀疑生育对职业过程的影响,女性也就往往成为职业性别化和就业歧视的牺牲者。生育的确使女性身份处于悖论之中,一方面承担人类繁衍的职责,被视为"大地之母",另一方面,也极容易被视为生育机器,导致身体物质化和精神矮化,生育和抚养儿童也成为女性被禁锢在家庭的重要原因。由于养育过程所需要的巨大的时间和精力投入,生育常常被用工者视为可能影响行业发展的障碍,也成为局限女性职业发展的重要因素。冯安琪就是这样一个职业性别化的牺牲品。

五、"疾病中国"隐喻下的病患女性

本研究的样本中涉及卫生保健主题的共有 33 篇文章,其中描述女性"受

---

① 注:李强和孟蕾在讨论中国社会边缘化与社会公正时提出"竞争型边缘化"和"制度型边缘化"两个概念,竞争型边缘化是指在竞争中被边缘化,比如由于工作能力或工作效率低导致的下岗;制度型边缘化是指由于制度设计导致的一部分人群被边缘化,譬如由于城乡户籍差异造成了农民工住房、受教育不公平等问题。参阅李强、孟蕾:《"边缘化"与社会公正》,《天津社会科学》2011 年第 1 期。

到损伤"的有 15 篇,在这一主题中所占比重最大,几乎占二分之一,加上"未能成功"的 2 篇,一共是 17 篇,在这个议题中,负面取向的消息占到一半以上。能成功战胜疾病的女性并不多(5 篇),而在病痛中获得帮助的则更少(2 篇),与此同时,她们还可能因为种种原因将疾病传染给其他人,譬如患有艾滋病的性工作者隐瞒病情传播疾病。女性与疾病的这种关系使她们在转型期的中国具有特殊的意义。我们可以用明确辨识种类的疾病来分析《时报》如何再现了疾病与女性在中国转型期的特殊象征意义。在所有这些涉及疾病的叙事中,能够明确辨识名称的疾病以艾滋病最多,占到 12 篇。由于这种疾病已经超出了生理、病理、性别、国别的范畴,凝结了更多的医疗制度、民众医疗常识、政府控制、民间力量抗艾等多种因素,相关议题的报道也具有很强的典型性。

在《时报》的叙事中,这些患艾滋病的女性有些因为卖血感染病毒(3 篇)①,另一些则因为卖淫而受到感染(2 篇),②彝族很多女性因贩毒感染艾滋病(1 篇),③有很多得艾滋病的性工作者为了赚钱隐瞒自己的病情(1 篇)④;包括女性感染者的一些病人因得不到有效治疗表示抗议(1 篇)⑤,但是她们却因为政府措施不力⑥而无法获得有效地治疗,中国政府对这种疾病讳莫如深,甚至出于怀疑而监视一些怀孕妇女(1 篇)⑦,一些民间抗艾人士被视为可能引发社会不稳定的因素而加以限制(2 篇),譬如 2001 年 5 月 31 的文章《AIDS Crusader's International Award Wins Scowls in China》描述了医学专

① ELISABETH ROSENTHAL:"Deadly Shadow Darkens Remote Chinese Village",May 28,2001.

② ELISABETH ROSENTHAL:"With Ignorance as the Fuel,AIDS Speeds Across China",New York Times,December 30,2001.

③ ELISABETH ROSENTHAL:"A Poor Ethnic Enclave in China Is Shadowed by Drugs and H.I.V",New York Times,December 21,2001.

④ JIM YARDLEY:"Chinese City Emerges As Model in AIDS Fight",New York Times,June 16,2005.

⑤ ELISABETH ROSENTHAL:"Spread of AIDS in Rural China Ignites Protests",New York Times,December 11,2001.

⑥ ELISABETH ROSENTHAL:"China Seems Uncertain About Dealing Openly With AIDS",New York Times,November 12,2001.

⑦ ELISABETH ROSENTHAL:"U.N.Publicly Chastises China for Inaction on H.I.V.Epidemi",New York Times,June 28,2002.

家高耀洁帮助河南患者抗击和治疗艾滋病而获得国际人道奖、但是中国政府对她却进行了诸多限制的事件。以上种种原因导致女性成为艾滋病患者中的弱势群体,在中国农村每年有许多女性死于艾滋病(1篇)①。

《时报》对中国女性艾滋病患者的这种描述与中国官方及媒体的路径不同。中国对艾滋病的叙事经历了一个道德化到非道德化的转变。"在抵御这一疾病的方式上,除了监控、防治和对科学技术作严密的跟踪外,(中国)早期都诉诸道德,将道德作为克服这种疾病传染性的武器,接下来不得不去道德化,改用理解和关怀的态度,最后到以人为本的综合防治、监控和社会干预方式。"②但《纽约时报》是将艾滋病与政治经济相勾连,将其视为一个民族国家经济及政治结构作用的后果,健康问题被转译成社会问题。这种叙事的后果是暗示艾滋病成为"贫困中国"的社会性问题,它体现出体制上的免疫缺陷症给女性带来的伤害——贫困意味着混乱,摆脱贫困的过程必然要付出一些代价,而女性在这一过程中承担的代价往往大于男性——因此紊乱的社会机制意味着女性弱势地位的强化。在本书的样本中,为了摆脱贫困进行卖淫、卖血是女性患病的两个主要原因,其中卖淫致病又反映出女性在艾滋病方面的双重弱势地位。

从总体上看,《时报》关于艾滋病的叙事结构是:女性在这一过程中基本上是受害者,她们为了摆脱贫困付出了很大的代价,这一代价为自己、家人带来了经济收入,却使自身陷于致命的健康危机中。从社会制度的宏观视角来看,她们往往是贫困中国和转型期的不健全中国的牺牲品。制度的不完善导致防治不力、制度化的贫困导致艾滋病女性患者的弱势、为了防止民间力量的扩大阻碍民间抗艾人士赴国外领奖,这些都是病态体制的象征。将艾滋病与女性作为政治经济事件描述的后果是女性延续了在媒介中的传统形象,即消极的、被动的弱者形象。

如果说艾滋病的叙事再现了无力的女性和"病体"中国的形象,那么对自

---

① ELISABETH ROSENTHAL:"China Seems Uncertain About Dealing Openly With AIDS", New York Times,November 12,2001.

② 杨慧琼:《谣言、大众传媒和国家价值取向———一项对中国艾滋病叙事(2003—2009)的话语分析》,《传播与社会学刊》第16期。

杀者的叙事则再现了存在严重"精神疾患"的中国的问题。2009年11月29日的一篇文章介绍了中国女性自杀的状况。文章介绍说，北京回龙观精神病院医生 Phillips 估计中国大约每年有28万7千人自杀（Dr. Phillips, a psychiatrist at the Huilongguan Hospital in Beijing, has estimated that 287,000 Chinese kill themselves each year ①），而女性自杀率尤其高：

China has one of the highest suicide rates in the world, particularly among women. *It is the only country where suicides among women outnumber those among men, and one of the few where rural suicides outnumber urban suicides.*

（中国的自杀率，尤其是女性自杀率位居世界首位。它是世界上唯一一个女性自杀人数高于男性的国家，也是农村自杀人数高于城市自杀人数的国家之一。）

这一描述基本再现了中国女性自杀的现状。国内一些学者的研究也证明了这一点。景军等人的研究发现，从1987年到1997年，农村女性自杀率明显高于农村男性，之后略高于农村男性，到2006年开始略低于农村男性。在导致自杀的风险因素中，女性社会地位低下、婚姻或恋爱挫折、人际关系冲突等可以视为严重负性生活事件，而农药的普遍可及性则为农村女性自杀提供了重要条件，并成为自杀的主要手段之一。② 文章对此也有涉及：

The study's authors, Dr. Michael Phillips and Dr. Zhang Yanping, wrote that the ready availability of pesticides and rat poison in rural homes made "self-poisoning an option for people who are experiencing acute and chronic stress." ③

（文章作者——迈克尔·菲利普斯和钟艳萍（音译）医生写到，在农村家庭，农药和老鼠药很常见，从而使那些长期承受巨大压力的人有机会实施自戕。）

由此看来，自杀不仅是一种个体行为，它背后还隐藏着各种社会原因。压

---

① ELISABETH ROSENTHAL: "Study Links Rural Suicides in China to Stress and Ready Poisons", New York Times, November 29, 2002.

② 景军、吴学雅、张杰：《农村女性的迁移与中国自杀率的下降》，《中国农业大学学报（社会科学版）》2010年卷第4期。

③ ELISABETH ROSENTHAL: "Study Links Rural Suicides in China to Stress and Ready Poisons", New York Times, November 29, 2002.

力过大和农药管理机制不完善都可能导致自杀行为,因此社会和国家也应承担相应的责任,应该采取措施来安抚大众并医治那些有精神疾患的人群,但政府在这方面恰恰缺乏作为。对此,作者做了如下描述:

Until now, the deep social stigma attached to both suicide and depression has prevented the government from mounting a systematic response. In the past, academic conferences organized to discuss the problems were held behind closed doors, and activists who dared to raise the issues risked losing their jobs.[1]

(直至今日,社会仍然对自杀和忧郁症怀有深刻的偏见,这也妨碍政府建立相应的机制。过去学术界曾经秘密组织过这方面的研讨会,但提出这些议题的人得承担失去工作的风险。)

在这样的社会中,个体的自杀行为固然是精神不健康的一种表现,社会的偏见和政府的不作为未免不是整个国家精神不健全的一种症状。

在国内女性存在很高自杀率的同时,一些中国女性移民也存在很多自杀行为。2006年11月8日的一篇文章描述了美国移民中中国女性的自杀状况。文章引用了亨特学院社会工作专业副教授钟艾琳(Irene Chung, an associate professor of social work at Hunter College)的观点。钟艾琳研究了中国移民的自杀现象,认为导致她们自杀的原因是文化障碍:

"Because of *cultural barriers*, trauma often goes untreated, undetected, ignored and suppressed," she said.[2]

(由于文化障碍,她们常常没有治疗和发现精神创伤,或者是忽视及压抑这些心理问题。)

她描述了一个身体和情感遭受亲属虐待的中国妇女(a woman who had been physically and emotionally abused by relatives)的案例:

The woman sought medical attention for chest pains that turned out to be psychosomatic symptoms. "Her untreated depression in turn prompted her to cut herself with

---

①　ELISABETH ROSENTHAL: "Study Links Rural Suicides in China to Stress and Ready Poisons", New York Times, November 29, 2002.

②　SEWELL CHAN: "Suicide in 2 Ethnic Groups Is Topic at Assembly Hearing", New York Times, December 8, 2006.

a knife when *she felt there was no one she could turn to for help*," Ms. Chung said.①

(这个妇女寻求治疗胸部疼痛的药物,但事后证明这是身心失调的症状。钟小姐说"抑郁情绪没有得到有效控制,导致她觉得没有人可以帮助她,就试图以刀自杀。")

移民妇女的脆弱性在于不能很好地应对本族和异质文化价值观冲突而带来的压力。一方面为了生存要极力融入当地文化,同时又不能完全背离既有的文化观念,②从而导致个人价值观系统的分裂。但是,对中国女性来说,也许有更深层次的原因导致自杀。在分析引发中国女性自杀的心理社会因素时,相关研究提出家庭因素、人格因素和社会因素是最重要的三个原因。如果说不能将不同的价值观同时内化是导致移民女性自杀的普遍原因,家庭因素则是导致中国女性移民自杀的较为特殊的原因。由于家庭因素在妇女生活中扮演着极为重要的角色,家庭矛盾和纠纷成为中国女性自杀的家庭根源。③ 本书中华裔妇女由于遭受来自亲属的虐待而自杀的个案充分体现了这一点。实际上,由文化冲突带来的不协调压力导致自杀只是此案的宏观背景,从本质上讲,这例个案更能体现出中国女性人格的缺憾。她们中很多人没有强健的自我意识,不仅习惯于依附男性,更习惯于依附家庭和家族,遭受亲属虐待极易导致产生自杀行为。

由此,在对疾病的叙事中,《时报》再现了遭受身体和精神创伤的中国女性,并通过这类女性的遭遇描述了一个仍未摆脱"病痛"的"他者"中国。

六、身心被规制的失语者

在本研究的文本中,女性被规制主要体现在两个方面,即政治领域中遭受

---

① SEWELL CHAN:"Suicide in 2 Ethnic Groups Is Topic at Assembly Hearing", New York Times, December 8,2006.

② 张杰、景军等:《中国自杀率下降趋势的社会学分析》,《中国社会科学》2011 年第 5 期。

③ 参阅崔树伟、何凤生、费立鹏:《自杀危险因素及预防研究的现状与趋势》,《中国公共卫生》2003 年第 1 期;沈敏、刘筱娴:《妇女伤害及影响因素》,《国外医学社会医学分册》2002 年第 4 期。

的思想钳制和性别问题中遭受的身心伤害。

虽然女性也参与政治领域事务,但在本书搜集到的样本中,女性在政治议题中并未呈现出让人乐观的结果。在所有 83 个政治类议题中,成功者只有 10 个。经过对具体样本的比对发现,其中有 4 篇是描述华裔女性在美国政治领域中的地位的:有 2 篇是描述美国的华裔政治家赵小兰、1 篇描述华裔女性在美国当选议员,还有 1 篇描述了偷渡到美国之后实现"美国梦"的年轻女性金晶。这意味着政治领域的女性参与行为是受到限制的。她们在政治领域遭受的不公平待遇或损伤(36 篇),包括参政议政(1 篇)、抗议示威(5 篇)、人权(6 篇),或者为了防止引发民间广泛关注而被拘禁(3 篇),另外还有被剥夺言论自由(1 篇)、上访受阻(2 篇)、计划生育(9 篇)、西藏问题(1 篇)、性别失衡(2 篇)。同样针对女性的压制和伤害还发生在宗教活动中(6 篇)。

而在性别角色建构中的关键变量——"两性关系和性观念"这一主题中,一共有 29 篇文章,其中有 9 篇描述了女性遭受损害的状况,她们或被拐卖(6 篇),或被迫、被骗卖淫(3 篇)。这意味着女性处于弱势地位的状况仍旧比较明显。在《时报》的相关议题中,关于计划生育的议题很好地诠释了中国女性在国家政治权利、传统文化以及性别失衡中的特殊地位。这些文章暗示,尽管改革开放 30 年中妇女获得了很大的自由,社会地位也得到了极大改善,但是在生育权方面却是深受限制,"所有的女性在生育小孩的时候,还是必须要提出申请",而且一旦超生,妇女将面临苛刻的惩罚:

Thirty years after it introduced some of the world's most sweeping population-control measures, the Chinese government continues to *use a variety of coercive family planning tactics*, from financial penalties for households that *violate the restrictions to the forced sterilization of women* who have already had one child, according to a report issued by a human rights group.[①]

(根据一家人权组织发布的报告所言,中国政府推行世界上最全面的人口控制措施已经有 30 年,但仍然有些官员在使用种种强制性的计生手段,包

---

① ANDREW JACOBS: "Abuses Cited in Enforcing China Policy of One Child", New York Times, December 21, 2010.

括向违反生育限制的家庭处以罚金,甚至强迫有一个小孩的妇女做绝育手术等等。)

The report, published Tuesday by Chinese Human Rights Defenders, documents bread winners who *lose their jobs after the birth of a second child*, campaigns that reward citizens for reporting on the reproductive secrets of their neighbors and expectant mothers *dragged into operating rooms for late-term abortions.*

（维权网周二发布的这份报告记录了许多侵权案例,比如一家之主因生育二胎而失业、政府组织邻里相互揭发秘密超生的行动并奖励揭发者,以及孕妇被拖进手术室做晚期堕胎手术等。)

Not uncommon, according to the report, are the experiences of women like Li Hong-mei, 24, a factory employee from Anhui Province who was at home recovering from the birth of her daughter when *a dozen men employed by the local government* carried her off to a hospital for a tubal ligation. "I promised I would have the surgery when I got better *but they didn't care*," Ms. Li said in a telephone interview. "*I screamed and tried to fight them off but it was no use.*"

（这份报告描述了 24 岁的安徽省女工李红梅(音译)的经历。李红梅生了女儿以后在家休养,不料当地政府雇的一帮人却强行拉她去医院做输卵管结扎手术。"我向他们保证说身体好点后就去做手术,可他们根本就不理这茬。"李女士在接受电话采访时说。"我使劲喊,想把这些人赶走,可一点用都没有。"根据这份报告,这种事情在中国并不罕见。)

尽管李红梅"使劲喊",但是这呐喊却似无声。她的呐喊是否被听到与喊声大小没有任何关系,因为"他们根本就不理这茬",所以即使有人听到也不会把它当回事。在这种情形下,她只能成为一个失语者。

Although *most of the abuses documented in the report are not new*, its authors are seeking to highlight the darker side of birth-control restrictions at a time when the public debate has largely focused on whether China's family-planning policy has been too successful for its own good. This year as the nation marked the 30th anniversary of the so-called one-child policy, officials have been praising such measures for preventing 400 million births. *A smaller population*, they argue, has helped *fuel*

China's astounding economic growth by reducing the demands on food production, education and medical care.

（虽然这份报告里记录的大多数恶行并不算新闻，但报告的执笔人试图强调人口控制措施较为黑暗的一面。当前，公众针对这一话题的讨论主要集中在中国的计划生育政策是否过犹不及。今年是中国实施所谓一胎政策的30周年，党政官员一直赞扬这个政策，声称这些措施使中国少生了4亿人口。他们说，人口规模小了，就减少了对粮食生产、教育和医疗服务的需求，进而推动了中国惊人的经济增长。）

在这段描述中，生育被再现为关系到中国发展的根本问题：计划生育的逻辑是"少的人口＝少的消耗＝大的经济增长"。这篇文章写道，为了保证计划生育的落实，官员无所不用其极，除了迫使妇女堕胎、绝育之外，还将生育本身制造成人民内部矛盾，发动邻居告密；计划生育已经远远脱离了"生育"这一维度，从私人事件放大至民族国家的政治事件，从生育权衍生出隐私权、人权等各种问题，而官员们各种"胁迫式"的方式则促成了国家在这一问题上的威权和武断。

政府对生育问题的干预是西方社会看待中国生育问题时关注的焦点。在中国，自20世纪50年代至今，计划生育观念经历了五十年代鼓励生育、六十年代提出计划生育、文革期间生育失控、七十年代末推广"晚、稀、少"的政策、八十年代初紧缩"一胎化"政策、1984年调整"一胎化"政策，一直到二十世纪九十年代的生育政策多样化，中国完成了向低生育水平的转变。① 这半个多世纪以来，计划生育一直是政府主导行为，一些关于中国的研究就此提出以下观点："计划生育"或"生育控制"含有的权力意味在于不允许妇女随意受自然的吸引而结婚并做母亲，或者不允许在国家利益的范围之外进行这些活动，而是只鼓励在国家利益范围之内进行这些活动。② 《纽约时报》的相关报道将这一观点延伸至人权层面，显得更加犀利。实际上，该报有很多关于堕胎的讨论和报道，不过在讨论到美国国内的堕胎问题时大多集中于生育权和出生权，偏

---

① 马小红、孙超：《中国人口生育政策60年》，《北京社会科学》2011年第2期。

② ［美］罗丽莎(Lisa Rofel)：《另类的现代性》，黄新译，江苏人民出版社、凤凰出版传媒集团2006年版，第141页。

向于将其与政权对女性身体的控制这一议题相剥离。涉及中国的生育议题时往往与计划生育相勾连,建构起政府强力控制生育的叙事框架,将生育问题处理成私人事件、卫生健康事件、国家发展事件相遇的节点,突出国家对私人身体的规制,暗示生育政策最大程度上压制了身体的私有属性并造成身体国家化,使女性最终成为一个建构民族国家的部件;而女性在这一过程中遭受了双重压制,她们既没有身体的自由,也无力发出质疑的声音,因为根本没人在意她们说了什么。

与此同时,女婴被选择性流产和贩卖(4 篇)也表现出计划生育和性别观念对女性的淘汰。《时报》对"对立冲突"的两性关系的描述特别能体现"中国特色"。在一篇描述由性别偏见导致的贩卖女童的文章里,作者开篇就写了这样一个故事:刘义宏(音译,Liu Yihong)是榆林人,已经有两个女儿,但是还想要生一个男孩:

"You can take medicine to end the pregnancy," he explained *matter-of-factly*. "Otherwise you have the baby and if it's a female, you try to find another family who will take it, or you just put it up for sale." [1]

(他平静地说:"可以药流。要是生了女孩,可以送给那些想收养孩子的人家,或者卖了就行了。")

由以上叙事可见,在谈到可以出售亲生女儿的时候,父亲的态度是冷淡的、无所谓的(matter-of-factly),显示出重男轻女的思想是如何根深蒂固。文中描述了一些选择性流产行为,这些行为彻底剥夺了女婴的出生权。在刘义宏所处的这样贫困的山区,很多人都为了生育男孩使用了各种办法:鉴定胎儿性别、选择性流产、重复生育。另一些女婴生下来就被出卖,这种行为在贫困地区较为普遍,以至于贩卖女婴已经形成一种完整的运营机制。文章接着描述了警察破获一起贩卖女童案的情形:

In March, the police here in Guangxi Province found the *shocking fall out* of son worship packed away in the back of a long-haul bus: 28 unwanted baby girls from

---

[1] ELISABETH ROSENTHAL: "Bias for Boys Leads to Sale of Baby Girls in China", New York Times, July 20, 2003.

Yulin, 2 to 5 months old, being transported *like farm animals*, for sale.

（三月份，警察在广西发现一辆长途汽车，里边有 28 个被遗弃的女婴。这些孩子有两到五个月大，来自榆林。她们像动物一样被装在后车厢——这就是对男孩极度偏爱带来的恶果。）

The girls *had been* swathed in quilts and then stuffed, two to four together, into nylon bags. When the police, following a telephone tip, raided the purple vehicle, one girl had already *died of suffocation*; the rest were blue from lack of air. Twenty passengers on the bus were arrested for trafficking. All of the babies *had been purchased* from the same distributor in Yulin, *most sold* by poor farmers so their parents could have another attempt at a son.

（这些女婴裹着棉装在尼龙袋里。每个袋子装两到四个。警察接到报警电话后搜查了这辆紫色客车，发现一个女婴已经窒息而死，其他的婴儿则因缺氧脸色发紫。警察对车上的 20 名乘客以贩卖人口罪实施了拘捕。这些孩子都是从榆林的人贩子手里买来的，大部分是被那些想要再生个儿子的贫困户卖掉的。）

一系列的被动句描述出女孩的悲惨命运：对男孩的偏爱已经将女孩贬抑到动物一样的境地；文章其余部分接着描述了对女儿的歧视：儿子像小上帝（sons are gods），女孩则是负担（daughters a burden）。

以上这篇文章突出地显示出中国性别失衡的恶劣后果。由于传统性别理念和生育观念的影响依旧强大，加上传统社会长期以来形成的生产方式、养老方式和婚居方式的影响，使得男性在劳动力、养老保障、家庭家族安全等方面的价值仍旧高于女性，很多中国人也因此延续着特殊的男孩偏好观念。《时报》的叙事呈现出这种生育的实用主义哲学和国家政策对生育行为的控制造成的双重影响，即女孩们被遗弃、贩卖，成为重男轻女思想的牺牲品；成年女性遭受来自政权对身体和心灵的规制，并为计划生育政策承担了不可挽回的损失。

第三节　叙事模式与中国女性形象建构

分析叙事模式过程时以"人物行为+行为结果"的思路界定不同的叙事结

构类型。这一过程分为以下几步：

1. 对"人物行为"进行编码，如表 1-8 所示；

2. 将"人物行为"与"行为结果"进行交叉分析，如表 1-9 所示；

在这一组统计数据中，对人物"职业行为"行为描述最多，有 266 篇，其中成功者有 150 名，处于第二位的是"未成功"（30 篇），遭受损伤排在第三位（25 篇），引发关注的是 17 篇，没有明确结果的是 37 篇。不过值得注意的是，在将"人物行为"与"职业"进行交叉比对之后发现，"就业"行为中有 152 篇是关于运动员职业行为的描述，对普通女性就业行为的描述是 117 篇。

排在行为描述第二位的是"消费及日常生活"（93 篇），其中成功的有 13 篇，"遭受损伤"的有 19 篇，"引发关注"的有 8 篇，另有 35 篇没有提及具体结果；

排在行为第三位的是"社会活动"（41 篇），其中对"获得成功"的描述有 5 篇，"引发关注"的描述有 5 篇，"遭受损伤"的有 4 篇，有 23 篇没有提及具体后果；

"人身遭受伤害"在所有行为中排在第四位，共 30 篇，其中只有 3 篇描述了这些女性受到帮助，4 篇的结果是"引发关注"，其余 22 篇的后果都是"遭受损伤"；

"经营家庭生活"排在第五位，共 27 篇，其中"获得成功"的是 14 篇，"遭受损伤"的是 5 篇；

"维护权利"的行为为 19 篇，其中有 5 篇描述了维权的成功，有 6 篇描述的是最终受到伤害，3 篇没有成功；

"违法违规"一项一共有 18 篇，其中"被处罚"的有 9 篇，"伤害他人"有 4 篇，"遭受损伤的"有 2 篇；

其余行为中，"生病就医"一项（12 篇）中有 9 篇最终"遭受损伤"，只有 2 篇结果是得到成功治疗；"卖血卖淫"（8 篇）中有 6 篇最终"遭受损伤"，有 1 篇是"伤害他人"。

从总体上看，在行为结果中占有突出比重的是"获得成功"和"遭受损伤"两项。"获得成功"的行为所占比重最多，排在前四位的是"职业行为"（150 篇）、"经营家庭生活"（14 篇）、"消费及日常生活"（13 篇）。从这一数据分布结果看,《时报》一方面比较看重成功女性的职业表现,另一方面仍旧非常看重对她们私生活领域的描述,这使得该报对成功女性的叙事呈现分化的倾向,但总体上看还是表现出较明显的刻板程式。就女性形象看,她们在职业上获得成功的几率非常大。

其次是"遭受损害"的行为(117篇),其中,"就业"一类行为所占比重最大(25)篇,"人身遭受伤害"一类行为排在第二位(22篇),第三位是"消费及日常生活"(19篇),另外,"参政议政"有8篇、生病就医9篇、维权6篇、宗教活动6篇、家庭生活5篇、卖血卖淫6篇,生育4篇。

3. 在以上归纳的基础上,本书采用叙事分析和话语分析的方法对各种议题中出现的典型形象进行分析。为使分析具有针对性和典型性,本章使用立意抽样法进行样本选取,选择的依据是:

(1)文章总长度在800单词以上;

(2)在文章叙事中,女性是新闻事件的行动者,即,对女性行为有完整的叙事、对其身份有比较完整的交待。

依照以上标准选取以下日期的样本:07/03/2002,11/032009,11/30/2003,03/27/2007,06/16/2009,10/25/2003,08/04/2008,10/01/2010,07/29/2003,,04/06/2008,07/15/2006,06/03/2005,09/23/2003,03/01/2001,07/02/2002,12/13/2010。

一、女精英

2001年到2010年的《时报》以分别突出篇幅描述了一些具有深远影响的女性,包括宋美龄、赵小兰两位女政治家,黄柳霜、关南施、张曼玉、刘玉玲四位电影明星,张爱玲、谭恩美两位作家,民间抗艾专家高耀洁,商人钟彬娴、张茵和吴舜文,运动员程菲、陈跃红、何雯娜,以及指挥家张小英和香港时装女王乔伊斯(Joyce Ma)等。她们分布于政治、经济、文化等领域,拥有独特的性格特质和巨大的影响力,往往被视为一个时代或某个领域的象征。以2003年10月25日一篇关于宋美龄的讣闻为例:

Madame Chiang Kai-shek, *a pivotal figure* in one of the 20th century's great epics—the struggle for control of post-imperial China waged between the Nationalists and the Communists during the Japanese invasion and the violent aftermath of World War II—died on Thursday in Manhattan, the Foreign Ministry of Taiwan reported yesterday. She was 105.①

（台湾外务部昨天发布公告,蒋介石夫人于星期三在曼哈顿去世,享年105 岁。在日本侵华及二战的强烈余波中,国民党和共产党为争夺中国后帝国时代的控制权而斗争,成为二十世纪的一部伟大史诗,而她是这部史诗的一个关键角色。）

Madame Chiang, *a dazzling and imperious politician*, wielded immense influence in *Nationalist China*, but she and her husband were eventually forced by the Communist victory into exile in Taiwan, where s*he presided as the grande dame of Nationalist politics for many years*. After Chiang Kai-shek died in 1975, she retreated to New York City, where she spent the rest of her life.

（蒋夫人是一位耀眼而又专横的政治家,在国民党统治中国期间发挥了举足轻重的影响,但最终由于共产党夺得胜利而被迫和丈夫流亡台湾。多年来,她以第一夫人的身份主持国民党政务。1975 年蒋介石去世,之后她就退居纽约并在此度过余生。）

文中写道,宋美龄身出名门,拥有西方教育背景并信仰基督教(As a fluent English speaker, as a Christian),拥有政治天赋,热爱追逐权力(Loves power)。就她和蒋介石的关系,文章做了细致的分析:

她与蒋介石的婚姻则是一场政治联姻(Soong Mei-ling's rise to power began when she married Chiang in an opulent ceremony in Shanghai in 1927)。她并非只是蒋介石的助手,而是蒋的"政治伙伴"(a political partner to her husband)。她推动蒋介石建立空军(pushed her husband to build up the Nationalist air force),发起新生活运动(New Life Movement)。在她的影响下,蒋介石常常诵念《圣经》,与宋美龄一起塑造了一对完美的基督徒伉俪形象。在整个二十世纪三、四十年代,宋美龄对政治的积极参与影响了中国政治的发展方向和前

---

① SETH FAISON: "Madame Chiang Kai-shek, a Power in Husband's China and Abroad, Dies at 105", New York Times, October 25, 2003.

景,即使在定居纽约以后还把握国民党的政治脉动(kept her finger on the pulse of Nationalist politics),是一个名副其实的女政治家、野心家。

另一篇描述体操运动员程菲的文章则塑造了一位对中国体育具有强大影响力的"领军式人物":

She is also a three-time world champion on the vault, having performed one move so difficult that it now bears her name.①

(她在跳马项目上勇夺世界三连冠,在比赛中成功上演了难度卓绝的、以她的名字命名的"程菲跳"。)

Friends say it was a glimpse into the character of a young gymnast who, initially driven by her parents and the state, *now pushes herself to the limit.*

(熟悉程菲的朋友们都说,这件事从某种程度上反映出了年纪轻轻的程菲身上的一些特质。最初她是为了父母和国家利益练习体操,现在则是努力挑战自身极限。)

在不断获得各种奖牌之后,"她不再是当年的那个小女孩",前奥运冠军,在 NBC 电视台长期担任评论员的蒂姆·达格特(Tim Daggett)评价程菲说:

"She's a formidable gymnast — very beautiful and very powerful."

("她是一个优秀的体操运动员——非常美丽,非常强大。")

与宋庆龄这样的政治精英、程菲这样的体育明星不同,另一些人的成功在于她们以非同一般的勇气和坚强的品质获得人格的独立,成为有知识、有思想、有能力的新女性。2008 年 4 月 6 日的文章《中国单身母亲的艰难前行路》(Single Mothers in China Forge a Difficult Path)中描述了一位堪称城市知识精英单身母亲谢静(音译):

In many ways, Xie Jing, 33, a newspaper *reporter* in Shanghai, is typical of an emerging generation of single mothers who are professionals and *whose choices on child-rearing are eased by their financial security.*②

---

① DAVID BARBOZA: "A Life of Sacrifice for a Vault of Gold", New York Times, August 4, 2008.

② HOWARD W.FRENCH: "Single Mothers in China Forge a Difficult Path", New York Times, April 6, 2008.

（在很多方面,现年 33 岁的上海某报社记者谢静,都算是一名典型的新生代单身母亲。这个群体都是专业人士,有可靠的经济来源,因此可从容选择以何种方式来抚养子女。）

单身母亲这一深具女性特质的身份使谢静的经历具有性别政治的色彩:由于中国宏观语境中的性别和婚姻观念的变化——从宏观上看,女性的经济和社会地位得到了极大提升,社会对性行为和非婚生育的包容性在扩大,核心家庭逐渐成为家庭结构的主要形式,与此同时,离婚率也逐渐提高——单亲家庭尤其是单身母亲逐渐增多,譬如,中国 90% 的单亲家庭就以女性为主,从而使得"母职"在女性生命中的地位重新得到强化。谢静就是这样一位单身母亲:

Ms. Xie said that she became pregnant while she was engaged, but that her fiancé's ambivalence over the unexpected news prompted her to set her own course. When her former fiancé asked her, "What is the point of having a child if we are no longer together?" she had a ready answer: raising the child alone.

（谢小姐说,她订婚后有了身孕。但是她未婚夫对这个突如其来的消息表态很模糊,这使她决定和他分道扬镳。当这位前任问她"我们都不在一起了,你为什么还要这个孩子?"时,她早已有了回答:独自把孩子养大成人。）

在谢静的未婚夫看来,男女结合的重要目的之一就是抚育孩子,孩子是婚姻之中两性关系的结果,是婚姻的意义(point)所在,因而婚姻与生育的关系重于婚姻与两性的关系①。这种观点是父权制社会对婚姻的主流观点,因此当男性们不想进入婚姻关系时,也就可以顺理成章地推脱抚育孩子的任务,单身母亲出现的很大一部分原因就是男性不愿承担抚育的责任。但能否很好地承担母职则是传统社会衡量一个女性是不是好女人的重要指标。如同女性主义者所言:"母职"是男权社会对女性进行规制的重要手段,是对女性的异化,②但

---

① 费孝通:《乡土中国生育制度》,北京大学出版社 1998 年版,第 126 页。

② 注:激进女性主义主认为母职制度是父权制统治秩序的重要组成部分,家庭和性这两者都是男权统治的工具。存在主义女性主义认为,女性之所以沦为"他者"和"第二性"很大程度上源于母职的束缚,相对于妻职而言,母职更会妨碍女性的发展,甚至是女性获得解放和独立的最大障碍。参阅[美]凯特·米利特(Kate Millet):《性政治》,宋文伟译,江苏人民出版社 2000 年版。

是谢静并没有怀疑"生下这个小孩"的意义,没有像女性主义者所说的那样认为"母职"是将女性弱化的一种原因,也没有生活在"未婚夫意外地提出分手"的阴影之下:

"My quality of life isn't so bad, *so I don't want to lower myself to staying with another person just for the sake of being together*," Ms.Xie said."If that means I have to sacrifice a lot, so be it.But *I am in a good situation now with my baby, and I'm not willing to lose it.*"

("我的经济条件不差,所以我没必要放下身段凑合着和另一个人一起生活。"谢小姐说,"即便要做出很多牺牲,我也在所不惜。何况现在我和宝宝过得很好,我很珍惜现在的生活。")

在上述描写中,谢静独立多于依赖,理性多于情绪化。在虽然声称保证妇女自由但实际上却"很少考虑到女性权利"(China has lacked anything like a broad current of thought about women's rights)的中国,谢静代表了那些否认将自己作为生育孩子的机器、自己决定自己命运的新女性。

《时报》塑造的这些女性精英对社会发展有着重要的影响作用,她们的一举一动往往成为改变整个行业甚至整个社会发展轨迹的支点,她们在智力、性格、能力、财产等方面均超过大多数普通人:"守纪律、注意力集中"(remarkably disciplined and focused)、"用功"(hard-working),并且不断树立更高的目标,认为"自己可以做得更好"(I think I can do better)[1];她们中有些有"男孩子性格"(looked like a boy)[2],有的则是张爱玲这样比较"孤僻"(isolated)的人,但她们对世界的影响力都是"独一无二"(unique)[3]的。

二、阶层流动中上升的女性

一些女性利用勤劳和智慧赢得成功的机会,提升了女性在社会结构中的

---

[1]　DAVID BARBOZA:"A Life of Sacrifice for a Vault of Gold", New York Times, August 4, 2008.

[2]　DAVID BARBOZA:"A Life of Sacrifice for a Vault of Gold", New York Times, August 4, 2008.

[3]　JOYCE HOR-CHUNG LAU:"Chinese Writer Cements a Legacy", New York Times, October 1, 2010..

地位。这些人有可能已经获得好的工作(130篇),拥有幸福的家庭(13篇),日常生活幸福美满(13篇)。但也有很多人遭遇到各种挫折,在职场和日常生活中挣扎。她们可能因为技术原因在职业活动中失败(27篇),或者是因为个人生活及自然灾害影响了职业生涯(2篇),或者是因为性格原因与其他人产生矛盾(3篇),也可能是身体健康出了问题(2篇),但总的来说,她们还没有到遭受制度性贬抑的地步。她们往往经历了或经历着一个从边缘至中心、从底层向上层的流动过程。在这一过程中,她们表现出自立、勇敢的精神,聪明智慧则是获得成功的重要保障。

在2003年7月9日的一篇文章中,作者描述了一位通过艰苦创业获得成功的女性——金小琴(音译,Jin Xiaoqin)的形象。金小琴在义乌从事小商品生产和销售:

Buying and selling inexpensive goods was a tradition in the area, only partly suppressed in the Mao era, and Ms. Jin had trading in her blood. As a youth with her family in the late 1970's, as petty commerce was allowed, she crafted crude sunglasses. "You had to sell on the sly, "she said. "Back then, selling sunglasses was considered decadent." ①

(这里自古以来就有贩卖廉价小商品的传统,只是在毛泽东时代稍受限制,而金女士似乎骨子里也有经商的天分。70年代后期已经允许做小买卖了,年轻的金女士就和家里人制作粗糙的太阳镜。"你得偷偷摸摸地卖,"她说,"那时候,人们觉得戴太阳镜是腐化堕落。")

Her future husband roamed the country with an uncle, each carrying all the useful little products, like sewing needles and thread, they could carry in a blanket." They'd sell everything, come back to Yiwu and buy more, and go out selling again, "she said.

(她未婚夫和叔叔来到这里,两个人都带着各种实用的小商品,比如针、线等可以裹在毯子里的东西。"他们什么都卖,卖完了就回义乌去进货,再回

---

① ERIK ECKHOLM: "Tide of China's Migrants: Flowing to Boom, or Bust?", New York Times, July 29, 2003.

来卖。"她说。）

　　金小琴和她的丈夫成婚于 80 年代,之后两个人便从当地的一个市场转战到另一个市场,用肩膀挑着各种货物。他们又在义乌市开了一个固定的小铺子,出售各种袜子;后来,他们又改为经营手工艺品,因为这种商品的市场潜力看起来更大一些。四年前,他们办起了自己的塑料制品工厂,专门制作宗教人物小雕像;他们还从一个国外商人那里得到了一个模子和一张大宗订单。很快,他们便制作出了自己的雕像模子,按金小琴的说法,他们的事业"自去年起才真正地走上了正轨"（business really took off last year）。他们向工厂里的工人提供 60 美元的月薪以及免费食宿,来这里求职的人络绎不绝。金小琴对市场有敏锐的感知,对产品质量也有明确要求:

This year, their hottest products are painted figurines of Jesus and Mary, sold to buyers from the United States and South Korea.

"The glow-in-the dark statues sell pretty well, but not as well as the painted ones," Ms.Jin noted, perusing her display in Yiwu city's vast wholesale market for small goods of every kind.

　　（今年,他们最畅销的商品莫过于耶稣和玛利亚的彩色小雕像了,它们远销美国和韩国。在义乌巨大的小商品批发城里,金女士一边盘点货品一边说"那种能够发光的雕像卖得也挺不错的,但还是不如这些彩色雕像销路好。"）

The real problem, she said, is finding people skilled enough to paint the eyes of Mary and Jesus.

"You really have to paint the eyes just right," she said. "Foreigners care a lot about the expressions on the faces."

　　（金女士说,最大的难题就是找不到熟练工给耶稣以及玛利亚的雕像画眼睛。"必须得好好画好眼睛",她说,"外国顾客非常在意雕像的面部表情。"）

　　金小琴的创业经历映射了一批白手起家的女商人形象。这篇文章描述了她身上的中国传统女性吃苦耐劳的女性特质,这些特质赋予她们特殊的韧性和智谋,使她们能够脱离小农经济的窠臼,成功融入到国际市场结构中。在文章的叙事中,金小琴辗转多个城市靠着勤劳致富,而年轻时候制作太阳镜,并不在乎它是不是代表着胸无大志,只要可以盈利甚至可以"偷偷摸摸"地卖,这又表现出一种实用主义精神。从街边小贩到工厂厂长,金小琴成为"资本家"之后仍旧延续了这种实用主义精神,她雇了很多贫穷的民工,只给他们很少的工资:

Through 15 years of hard work and keen attention to the fickle global market for trinkets, she and her husband have climbed from street peddling to owning a plastics factory with 50 workers, all migrants from poorer regions.

(过去十五年,她和丈夫艰苦打拼,时刻关注着变幻莫测的全球市场中小商品供需情况,如今,她们已经从沿街叫卖的小贩变成塑料制品厂厂主,工厂有近50名工人,这些工人都是来自贫穷农村的民工。)

They travel for work because they have no alternatives and because they dream of better days.

(他们四处奔波寻找工作,因为别无选择,他们也希望能过上好日子。)

The migrants face numbingly low wages as they scramble to save for marriage and a home and, in their wildest dreams, a little shop back home. A clever and lucky few gain skills that help start them up the modern economy, on a long ladder.

(这些民工的工资低得可怜,为了娶媳妇、盖房子他们只能拼命攒钱。他们最大的梦想也不过是回家开个小店。但有少数头脑灵活、运气不错的人能学到可以在现代经济中立足的手艺,然后开始漫长的攀爬。)

作者又写道,在义乌及周围的60万民工中,想要再沿着金小琴的道路获得富裕生活的机会并不多。他们"只不过是一天又一天地重复着机械的劳作,而自己原本就不多的收入却还在日益减少"。但是金小琴凭借吃苦耐劳、思维活跃而又有商业头脑很快获得了成功,尽管"那辆货车既用于家务,也用于商务"、女儿上大学以后"学费问题对我们来说仍然是个难题",但她仍旧算得上是一个比较成功的民营商人。

《时报》塑造的金小琴代表了一批在经济改革早期创业成功的平民形象:

80年代以后经济改革幅度日渐扩大,意识形态在政治生活中的统治性力量大大弱化,资本和资产阶级不再是被批判的对象,转而受到前所未有的欢迎。金小琴正是凭着"血液里"就有的商业意识加入了创业潮流,成为第一批成功的冒险者。

　　值得注意的是,金小琴经营的商品实际上体现了性别化的职业结构中典型的"女性职业"的特质,即从事手工业和小商品行业。不过,尽管"太阳镜"在渴望创造大事业的人看来是胸无大志的代表,但这毕竟是从无产到有产的有效路径,甚至是实现资本积累的大胆象征,金小琴本着这样的实用主义精神实现个人利益最大化,成为社会中"先富起来"的人。

　　另外还有更多的女性像其他无数社会成员一样需要为了维持生计或扩大发展空间而努力:

　　她们希望能获得更好的职位:李博宇(音译)20 岁,她考上了上海财经学院,希望以后能够到一家大保险公司工作)(Li Boyu,20,attends the University of Finance and Economy in Shanghai and hopes to become an actuary in a large insurance company.[1]);

　　她们努力读书为了获得更好的未来:像无数其他青年人一样,没有什么关系和资源,只能努力学习英语,将来有可能到跨国公司去工作,这样才能有去旅游、挣钱甚至出国的机会。(Without connections or wealth,she grabbed on to English for the same reasons that many other striving young Chinese do-the possibility of a job at a multinational corporation and with it a chance to make more money and to travel,or even live,abroad.[2]);

　　她们为了给孩子买车而努力工作,为了给孩子一个好的未来到国外陪读(thousands of Chinese women—no one is quite sure of the precise number—have brought their children for schooling to Singapore.)[3],为了维持生计不得不从事繁重的体力劳动,each woman was able to assemble 3,600 clips a day.[4])。

　　《时报》没有告诉我们这些女性的未来如何,却展示了出无数小人物在社

---

　　①　"The Student;A Tantalizing View Of a Bright Future."New York Times,July 15,2002.

　　②　JIM YARDLEY:"Why Is That Woman Reading Aloud in Heavy Traffic?"New York Times, June 3,2005.

　　③　JANE PERLEZ:"For Chinese Mothers With a Dream,Hard Knocks",New York Times,September 23,2003.

　　④　WILLIAM K.RASHBAUM:"Chinese Firm Pleads Guilty In Labor Case",New York Times, March 1,2001.

会潮流的裹挟下努力求生存和发展的形象。

三、被边缘化的"她者"

在本书所有样本中,负面取向的新闻占到180篇,其中"遭受损伤"的有117篇,"未能成功"的44篇,"伤害别人"的8篇。经过与原文进行比对发现,这些文章不是全部描写底层女性,但其中有一些文章的确再现了这类女性形象。在此我们选择最具代表性的"遭受损伤"的群体进行具体分析。她们或者是遭受社会制度压抑,或者是遭遇疾病、自然灾害而无力反抗。在这些样本中,以日常生活、职业行为和人身遭受损伤的样本居多。她们或者遭受来自传统文化观念的束缚(14),甚至受政治制度的压迫(33),或者因为社会保障体制的完善而遭受各种伤害(32),自然灾害(10篇)、疾病(10)、经济危机(7)、战争(7)以及巨大的生活压力(4)也是不能抗拒的因素。一些人则陷入经济上的贫困(4篇),还有一些人为了获得生存的空间和机会不得不采用各种手段,譬如被迫卖淫或组织卖淫(1篇),还有的通过心理暗示求得精神安慰(1篇)。有时候她们甚至遭受威胁,被绑架、杀害、逮捕等(8)。而日常生活中,她们也不得不遭受高涨的物价(1)、城乡差异带来的歧视(2篇)以及户籍政策和档案政策带来的不便(3篇)。这些因素使她们日常生活、就业、就医诊治等方面遭受损失而无力反抗。在这些样本中,由于制度因素遭受损伤的案例所占比重最多。其中包括对女性的性别制度压制、现有政治制度的压迫、社会保障体制不完善带来的伤害,如上文所示,一共有79篇。以下一篇文章集中了老年化、城乡差别、贫困、医疗保障体制不健全等焦点问题。这篇文章描述了"空心村"的年老体弱的妇女的贫困生活:

一位名叫周志文(音译)的55岁的村妇(Zhou Zhiwen, a 55-year-old woman)说自己生活太穷了(We're deadly poor):

"We grow just enough food for ourselves to eat, with no surplus grain. We don't have to pay the grain tax anymore, but our lives aren't much better."①

---

① HOWARD W.FRENCH:"Lives of Poverty, Untouched by China's Boom", New York Times, January 13,2008.

（种的粮食刚够填饱肚子,没有余粮。尽管不用交粮食税,但生活没也有好多少。）

由于不能在家乡过上好日子(If people lived well at home,who would want to migrate),几乎年轻人都出去打工了(All of our young people are working elsewhere),她有时候靠外出打工的亲戚的接济(received help occasionally from relatives who had migrated elsewhere for work.)

作者借周志文的话描述了中国城市化进程中颇为引人注目的"空心村"问题。由于大量中青年劳力相继进入城市加入日渐庞大的农民工队伍,很多农村变成了以老年人和儿童为主要留守人群的"空心村"。他们不能应付繁重的农业生产活动,一些偏远山区还没有足够的粮食,健康也成了问题。这篇文章还描述了一个生病的老年农妇李恩兰的故事。李恩兰(音译)年老体弱,但她从来不去买药:

When she gets sick,LiEnlan,78,picks herbs from the woods that grow nearby instead of buying modern medicines.*That is not a result of some philosophical choice*,*though*.She has never seen a doctor and,like many residents of this area,lives in a meager barter economy,seldom coming into contact with cash.

（杨庙村民李恩兰今年 78 岁,她生病的时候不买现代化的药品,而是到附近树林里采草药。虽然这并非明智之举,但她从未看过医生,连接触现金的机会都很少。与住在这个地方的许多人一样,她过着一种落后的物物交换的生活。）

"We eat somehow,but it's never enough,"Ms.Li said."At least we're not starving."

（"我们好歹有吃的,可也不充足。"李老太说,"还好没挨饿。"）

两位农妇的遭遇深刻体现出农村中贫困老龄化、性别化的现象。作者分析了她们陷入困境的原因,认为归根结底是因为官员的腐败:

For many villagers,the central government is out of touch with rural realities in places like this,and the local government is filled with venal officials who shower spending intended for the rural poor on provincial towns and cities or simply take the money for themselves.

（对于许多村民来说，中央政府是天高皇帝远，而地方政府满是贪官污吏，那些本应该给农村贫困群体的钱却被这些官员们大把地投向本省城镇，甚至是直接塞进了自己的腰包。）

还有文章则同时涉及资本对女性的压制、就业性别化、政府不作为、缺乏法律保障、社会保险制度不健全、贫困、教育制度不合理等诸多问题：

一些外出打工的女孩遭受资本家的剥削，不仅从事枯燥的工作，还被圈禁在工厂(The metal doors of their third-floor factory were kept locked and its windows—all but one—were enclosed in iron cages①)。由于从事的是轻体力付出的"女性"工作，这些来自农村的女孩报酬低微：

Each eyelash was assembled from 464 inch-long strands of human hair, delicately placed in a crisscross pattern on a thin strip of transparent glue. Completing a pair often took an hour. Even with 14-hour shifts most girls could not produce enough for a modest bonus.

（每个假睫毛都是从 464 英寸长的头发上截下来的，要精心地排放在透明的十字形薄胶带上。做一对得要一个小时。即使每 14 个小时换一次班，大多数女孩也做不到足够的数目，拿不到奖金。）

"When we started to work, we realized there was no way to make money," said MaPinghui, 16. "They were trying to cheat us."

（马萍慧（音译）16 岁，她说"一开始工作，我们就觉得挣不到钱。他们就是想骗我们。"）

She and her friend Wei Qi, also 16 and also a Chinese farm girl barely out of junior high school, had been lured here by a South Korean boss who said he was prepared to pay ＄120 a month, a princely sum for unskilled peasants, to make false eyelashes.

（她的朋友魏琪（音译）和她一样，今年也是 16 岁，也是从中国农村出来的女孩。俩人都刚高中毕业，都被一个韩国老板骗到这里来。那个韩国老板说让她们做假睫毛，每个月给 120 美元的工资，对一个没有技术的农民来说，

---

① JOSEPH KAHN: "Chinese Girls' Toil Brings Pain, Not Riches", New York Times, October 2, 2003.

这算是高工资了。)

　　在经济全球化过程中,中国由于人工低廉、人数众多,成为世界工厂劳工蓄水池,这些农村女孩就是国际劳工的一个重要群体。但由于性别及文化水准的限制,她们中很多人选择小商品生产之类的工作。她们希望借此过上好日子(hoped they could still earn good money),却深陷资方剥削,为了逃脱黑工厂不得不冒险跳楼逃跑:

These girls' ill-fated foray to work at Daxu Cosmetics and their attempt to flee one moonless night in May illustrate how even rudimentary workers' rights lag far behind job creation and profits in China's surging economy.

　　(这些不幸的女孩都到大圩化妆品公司(Daxu Cosmetics)工作,在五月一个月黑风高的夜晚,她们试图逃跑。由此可见,在中国经济的急速发展中,工人们的基本权利与她们的工作及其创造的利润是何等不匹配。)

　　但逃跑并未成功,还摔伤了腿(Ms. Ma and Ms. Wei were found to have broken legs and displaced vertebrae),最后她们只能回到家乡:

That is not the view of Ms. Wei, who has since returned penniless to her home village in rural Liaoning Province. "What they called a company was really a prison."

　　(魏小姐身无分文地回到辽宁农村的家乡。她说"他们说的公司就是个监狱。"实际上不光魏小姐这么说。)

　　面对女工的不幸遭遇,政府和中方管理人员选择了回避,对资方的剥削行为视而不见:

Ms. Ma and Ms. Wei said they called the county labor bureau that arranged their jobs to ask for help. They said they were told someone would be sent to deal with the problem. Weeks went by and no one came.

　　(马小姐和魏小姐说她们给县里的劳动局打电话求助,当时就是局里给她们安排的这个工作。他们说会派人去解决问题,但是好几个星期过去了,一个人都没来过。)

　　这篇文章向读者展示了一幅发展中国家女性不幸遭遇的图景:女工不仅在选择工作时受限于性别和文化,进入传统的"女性"行业,还遭受来自发达国家资本的剥削。一般来讲,男女同工不同酬是世界范围内存在的现象,而中国劳工又比发达国家劳工低廉很多,国际资本正是看中这一点,在中国大量聘用农村女工。引进外资给中国经济发展注入强大动力,但在这个巨大经济发展齿轮上,像魏小姐这样的廉价劳动力根本微不足道。

　　当然,还有很多妇女也过着节俭的生活,她们不去银行,只买必需的生产设施和家电。由于对"短缺经济有深刻的体会",加之现实社会"缺少有效的社会保障体系"(memories of scarcity and a tattered social safety net that forces people to save up for education,retirement and medical costs),她们不得不"把其他的一切都预留给养老和可能的医疗花费"(Everything else is set aside for their retirement and for potential medical costs)。尽管政府实现了 GDP 的强劲增长,但由于各种体制不健全,在很多人的现实生活里 GDP 不过是一个抽象的数字。她们的消费意愿在不断下降,得省吃俭用,因为"必须开始为孩子攒上大学的学费"(I have to start saving for my child's college education)。①

　　另外,教育体制的弊端给年轻人造成了重大压力。有关统计数字显示,到 2011 年,全国各类高等教育总规模达到 3167 万人,高等教育毛入学率达到 26.9%,普通高等教育本专科共招生 681.50 万人,在校生 2308.51 万人,比 2010 年增加 76.71 万人,增长 3.44%;毕业生 608.16 万人,比 2010 年增加 32.73 万人,增长 5.69%。② 尽管如此,备受争议的高考制度仍旧将备考和考试变成一个重大挑战。对女孩来说,她们还不得不处理生理周期与考试时间可能存在冲突的问题:有些女孩为了避免在高考期间月经来潮,提前采取了停经措施(Some girls take contraceptives so they will not get their periods during the exam)。为了圆满完成具有仪式意义的考试,她们准备了富有象征意义的早餐——一根长棍面包加两个鸡蛋,象征满分 100 分(a bread stick next to two eggs,symbolizing a 100 percent score.)。得到高分的女生小李非常开心,不过对高考她仍然心有余悸:

But Ms.Li,a hardened veteran of not one but two gaokao ordeals,had a ready re-

---

① 　Andrew Jacobs:"China's Economy,in Need of Jump Start,Waits for Citizens'Fist".New York Times,December 3,2008.

② 　《2011 年全国教育事业发展统计公报》,中华人民共和国教育部网站:"http://www.moe.edu.cn/publicfiles/business/htmlfiles/moe/moe_633/201208/141305.html"。

tort: "Come on. *Even if my mother kneels down before me, I will refuse to take this test again.*"①

（小李经历了两次高考的折磨，可谓久经沙场，不过得知成绩后，她反驳说：得了吧。就算我妈妈给我下跪，我都不会再复读了。）

高考为普通中国人向上层流动提供了一个重要渠道，每年炎夏的高考不仅是一种个体行为，还是一场文化事件和社会事件，无论对全体国民还是考生个人和家庭，它都具有仪式性的意义。这个仪式中，女孩们用近乎严酷的方式处理身体与考期的冲突，"就算……都不会"的假设中透露出她们对体制的无奈、顺服及抵抗，富有象征意味的早餐则从某种程度上表现出不自信和畏惧。

另一些年龄相仿的年轻女孩——大学毕业生则奔波在求职和寻找更好的发展机会的路上。刘洋（音译，Liu Yang）就是这样一个年轻的拼搏者。② 她是一个矿工的女儿，年轻而充满激情，到北京寻找工作的时候怀着"所向披靡的勇气"（an air of invincibility），但当看到那些像"草草搭建的兔子窝"（ramshackle neighborhood）一样的住宅区及其周边散发出臭味的垃圾时，一直"被溺爱着、监护着，也受到被严格的管教"（had been coddled, chaperoned and intensely regimented.）的刘洋充分感受到了现实的严峻以及与想象的巨大落差。

来到北京的一个重要原因是家乡的国有企业改制使城市发展陷入停滞，"萧条萎靡的城市"（anemic cities）里的生活是可以想象的空白和沉闷，因此刘洋加入了"前所未有的遍布全中国的年轻劳动力的大军"（an unprecedented wave of young people all around China）。这些年轻的劳动大军在 2010 年达到 630 万人，比 2009 年的 6l1 万多 19 万人，他们面临的就业形势非常严峻③。但是对年轻人来说，对北京的想象和对个人未来的想象交织在一起，大都市意味着大空间，上海、北京、广州这样的城市充满了诱惑和机遇。因此刘洋雄心勃勃，对未来充满向往。但是，和其他大学毕业生一样，她的境况并不乐观。

① SHARON LaFRANIERE: "China's College Entry Test Is an Obsession", New York Yimes, June 12, 2009.

② SHARON LaFRANIERE: "China's Army of Graduates Faces Struggle", New York Times, December 13, 2010.

③ 王珺:《破解"用工荒"和"就业难"并存的悖论》,《北京青年工作研究》2010 年第 4 期。

包括户籍限制、住房、工资水平、行业限制都将刚刚毕业的刘洋们拒之门外,大大弱化了她们向上层社会流动的可能性。大学毕业生大大贬值,不得不住进稠密街区的地下室里,成为"蚁族":

Emerging from the sheltered adolescence of one-child families, they quickly bump up against the bureaucracy of population management, known as the hukou system, which denies migrants the subsidized housing and other health and welfare benefits enjoyed by legally registered residents.

(离开独生子女家庭的庇护,他们很快就碰到了人口管理体制的麻烦,也即户口体制的限制。在该体制下,依法登记户口的居民能够享受的住房补贴,医疗保险及福利津贴等,流动人口统统无权享有。)

最后,"坚强(irrepressible)的刘洋"因为承受不了巨大的压力,"从方便面公司辞职之后也没能找到其他的工作,于是她选择了放弃返回了家中。"(After quitting the noodle company and finding no other job, she gave up and returned home)。

作为廉价的劳动力,她们变成中国经济体制改革中的劳动力蓄水池,并被排斥在现代化都市的发展体系之外。

在这些"问题性"报道中,报纸基本上将中国女性呈现为无力、矛盾、失望或绝望的"弱者",并从侧面再现了不断分化的社会结构。实际上,阶层分化已经成为当下中国面临的最大难题之一。"两个阶级一个阶层"已经转变为由国家和社会管理者阶层、经理人员、私营企业主、科技专业人员、办事人员、个体工商户、商业服务业人员、产业工人、农业劳动者和失业半失业人员等十个阶层构成的社会阶层结构,而分化还在持续,从而使社会结构滞后经济结构约 15 年。① 这些人群中,工人的数量处于上升趋势,截止到 2009 年年底,仅由农民转化而来的新产业工人——农民工的人数就上升到 2.1 亿人。另外,大学毕业生进入劳动力市场也使白领阶层大大增加。② 他们中有很多人遭遇到各种障碍。以上的文本就展示了中国女性在阶层分化过程中受到的资本和

① 参见李强、孟蕾:《"边缘化"与社会公正》,《天津社会科学》2011 年第 1 期。
② 张翼:《中国社会阶层结构变动趋势研究——基于全国性 CGSS 调查数据的分析》,《有中国特色社会主义研究》2011 年第 3 期。

既有权力结构方面的压力或贬抑。她们不仅面临着所有流动人口都会遇到的户籍限制、贫富差距加大、地域保护主义等问题,而且还承担着性别歧视带来的额外负担,面临性别就业歧视和贫困性别化等多重危机,使不利的处境雪上加霜,丧失了向上流动的机会并不断被边缘化。

在《时报》的叙事中,这类女性的个体经历充满了对现实的无奈,她们在苦难中无路可走,无力改变自身处境,成为主流阶层的"局外人"。由于个人无法与体制相对抗,这些无力的女性形象也就更具有典型性。

四、秩序的违规者

描述"违法违规"行为的文章共有 18 篇,包括练习法轮功(2 篇),卖淫(1 篇)、吸毒(2 篇)、非法移民(5 篇)、违法行业规范(3 篇)、违反法律(5 篇)。她们常常公开或隐蔽地对现有制度或道德体系发起挑战。如果她们发现现存的社会结构不能满足个人需求,或者对自己的影响力崩溃,违规行为就发生了。[1] 有些是出于贫困:在没有办法摆脱贫困的境遇时,有人就不得不把卖淫作为一种脱贫的出路。人们很少一开始就从事性交易(The sex trade is rarely anyone's first choice),很多人都做过其他工作(they too had tried other jobs),收入却少得可怜:

Qu Chaoxuan,who had lived in the Guangzhou area since 1993,found work in a chemical plant where she worked six days a week for about $50 a month.[2]

(曲超宣(音译)自 1993 年起就到了广州,她在一家化工厂打工,每周工作六天,每月工资 50 美元。)

于是,曲超宣就和哥哥一起组织几个家乡小妹开始卖淫,后来被警察逮捕,哥哥被判死刑。曲超宣的妹妹曲朝珍对这个判决感到十分震惊:

"This kind of business is extremely common all over the south so I was shocked at

---

① 　Merton,Robert K.:"The Unanticipated Consequences of Purposive Social Action", *American Sociological Review*,1936,1,转引自张兆曙:《非常规行动与社会变迁:一个社会学的新概念与新论题》,《社会学研究》2008 年第 3 期。

② 　ELISABETH ROSENTHAL:"Migrants to Chinese Boom Town Find Hard Lives",New York Times,July 2,2002.

these sentences".

Noting that many girls from Nanba "fall into the trade" at some time, she added:
"You know it's not easy being a migrant. There are so many of us Sichuanese here,
we don't count for anything."

（"这种事在整个南方都很常见,所以听到这个判决时我很意外"。她说
南坝来的很多女孩到后来都得做这种交易,又说:"做民工很不容易。很多像
我们这样从四川来的女孩什么都不算。"）

More than 100 million rural Chinese have now migrated to cities, and a government
survey recently estimated that more than half have ended up here in the southern
province of Guangdong, forming a vast new urban underclass. Seldom able to
become legal residents, they are limited to menial jobs, have few rights and are
blamed for every social ill, from crime to pornography.

（在中国,一亿多农村人口已经涌入城市。政府最近一项调查显示大概
有一半左右最终留在中国南部的广东省,形成了一个庞大的城市底层阶层。
他们很少有机会成为合法居民,仅能做一些卑微的工作,没有什么权利,却要
因各种社会疾病——从犯罪到卖淫——饱受苛责。）

文章又写到,在很多中国农村从事性工作这种事情很常见(as a financial
backstop for millions of China's rural migrants)。当她们没有什么能"指望"
(don't count for anything)的时候,"生存伦理"最终战胜了"道德经济学"。

但有些人颠覆社会规则却是因为欲壑难填。一篇文章描述了被称为"黑
社会大姐大"的谢才萍被捕的新闻:

Xie Caiping, known as "the godmother of the Chongqing underworld." Prosecutors
say she ran 30 illegal casinos, including one across the street from the courthouse.
She also employed 16 young men who, according to the state-run press, were ex-
ceedingly handsome and obliging.[1]

（谢才萍被称为"重庆黑社会的教母"。据一个官方记者说她经营着 30

---

[1] ANDREW JACOBS: "Chinese Trial Reveals Vast Web of Corruption", New York Times, No-
vember 3, 2009.

个非法赌场,其中一家还在法院对过。她还雇用了 16 个体贴温顺的帅男。)

　　值得注意的是文章不仅强调她的"黑社会"身份,还特意指出谢才萍雇佣"帅男"的行为。这些男青年"非常英俊"(handsome),而且"体贴温顺"(obliging)。在国内一些媒体中,谢才萍的行动被解读为"女老大包养 16 个男人"①,凸显出谢对传统性别权力结构的颠覆。《纽约时报》同样采用了这个叙事框架。此外,"教母"(godmother)这个词则体现出女性对权力的主控权。由此看来,英俊的男青年对谢才萍"体贴温顺"是因为她掌控着金钱与权力。于是,在《时报》的叙事中,谢才萍既是违反法律制度的违法者,也是一个违反性别制度的违规者。

　　《时报》还描述了一些在日常生活、社会生活中违反传统道德规范行为的人。在社会性别框架中考察会发现,这类人群往往乐于颠覆传统文化和制度对女性的想象,并且以不同于主流价值观念和行为的方式标新立异,引起社会关注。2003 年 11 月 30 日的文章描述了转型期中国出现的一个特殊的、引起广泛争议的人物木子美:

　　木子美是个叛逆的角色,她吸"万宝路香烟"(Marlboro),"称她有权跟她乐意的男人上床并写出来"(she defended her right to sleep with as many men as she pleased)。她对自由的性关系的追求实际上早已经为杂志所知晓,"编辑们都知道她很熟悉这个话题"(editors knew she was familiar with the subject),因此被邀请作为撰稿人,负责一个专门描述关于"真实生活"("reallife" issues)的性专栏。性议题在中国传统社会和传统媒介几乎不被女性书写,因而木子美的详细描述被视为"兜售色情"(peddling smut),但她的态度却逐渐坚决和明朗起来:从最初为杂志撰稿的"遮遮掩掩"(are not explicit)到在网络上公开描述与各种男性建立起来的"临时关系"(temporary relationships)的细节。一夫多妻以及男性在两性关系上的优越感遭到她尖锐的批判:

---

　　① 注:国内一些具有较大影响力的门户网站刊登了此类主题的新闻,比如人民网转载、环球网刊登的"全球'黑老大'不为人知的秘密",http://sn. people. com. cn/GB/216136/16135968. html;腾讯网的"谢才萍情人罗璇高大威猛 被一眼相中",http://news. qq. com/a/20091015/000090.htm;搜狐网的"重庆黑帮老大文强弟媳谢才萍包养 16 个男人",http://news.sohu.com/20090926/n267007552.shtml,等。但事后这个消息被证明是假新闻。参阅贾亦凡、陈斌:《2009 年十大假新闻》,《新闻记者》2010 年第 1 期。

She said she never realized her that online diary would be so widely discovered, or that it would grow into a national controversy. *But she defended her right to sleep with as many men as she pleased—and to write about it.*[①]

"*If a man does this,*" she said, "*it's no big deal. But as a woman doing so, I draw lots of criticism.*"

(木子美说,她从来没有想到她的在线日记会传播得这么广,也没想到这日记竟会招来全国的非议。但是,她争辩道,她想和多少男人睡觉就和多少男人睡觉,想记录艳史就记录艳史,这些都是她的权利。

她说,"男人这样做就没什么大不了的。但是,女人这样做就会招致很多非议。")

如此出格的言论很快引发了网民的关注。她的文章在网民当中如野火般迅速蔓延,并很快在多家喜欢这类话题的报纸中成了头条(The entry was posted at a popular online discussion board, spread among China's "netizens" like wildfire and was quickly picked up in the gossipy newspapers that feed China's growing celebrity culture),新浪网在 2003 年 11 月购买了她的版权,在推广的 10 天期间内,网站的访问量上升了 50%。

在这篇文章的叙事里,木子美之所以引发广泛的关注是因为她的怪异行为挑战了传统观念对女性的道德规范。在木子美这里,对身体感受和愉悦的探险式经历的表达同时承载了两个层面的意义,一种是观念上的,即对男权的抵抗,一种是生理上的,即对身体的认知。在女性主义者看来,"身体"承载着巨大的意义。她们认为身体的感受是被建构的,而身体也是被话语建构的。[②]因此,许多女性主义者,包括弗吉尼亚·伍尔夫(Virginia Woolf)、西蒙娜·德·波伏娃(Simone de Beauvoir)、露西·伊利格瑞(Lucy Irigaray)、埃莱娜·西苏(Elena Ceausescu)都强调女性的"身体写作",这赋予女性性特征和性爱对男权社会的颠覆意义,恰如木子美在遗情书里写到的:

---

① JIM YARDLEY:"Internet Sex Column Thrills, and Inflames, China". New York Times, November 30, 2003.

② 注:女性主义者萧珊娜·费尔曼(Shoshana Felman)提出,由于男性居于意识形态的主控地位,语言符号也沾染了男权主义特征,女性则失去了表达身体的权利。

She said her generation of Chinese grew up with little or no sex education."some learned it from videos,"she said."Why not from words?"

（她说她们那一代人几乎没有受过性教育，"有些人是通过看片儿学的，那为什么就不能通过文字学呢？"）

木子美的"身体写作"对男权社会构成了真正的挑战。她的写作不仅是为了表达存在感，还表现出作为主体的女性对性权利的灵活掌控，从而解决了"传统审美标准下"女性身体书写的悖论。"传统审美标准"与女性身体写作是女性主义者西苏讨论过的一个重要问题，她认为在上述标准下，妇女利用身体所进行的艺术创作只能被贬值或视而不见。更为糟糕的是，即便妇女意识到这种贬值，也逃脱不了厄运，因为，妇女在那命中注定足不出户的幽居生活中，身体是唯一可以被用来作为自我表现的媒介。① 也就是说，女性的身体抗争呈现出一种悖论——处于男权体制中，属于男性的女性"身体"无论如何都不能实现实质性的颠覆。女性可以表现自己的身体，但可能只是被动地展示，或者干脆就被忽略，这是因为传统审美文化已经固化了人们对女性身体的态度，人们很难从身体写作中看到抵抗色彩，女性也很难通过这种形式获得主体性。

木子美之前也曾出现过几位以"身体写作"著称的作者，比如陈染、林白等作家，以及卫慧、棉棉和九丹等新锐写手。但木子美的写作风格与她们完全不同，与竹影青瞳和芙蓉姐姐等"网络脱衣舞娘"也有根本的差别。她不仅否认将其行为视为道德沦丧的表现，还"认为这样做很好玩"，在"嚣张与狂妄"的身体写作中获得了主体性，成功击败了"被看"所遭受的蹂躏。②

在《时报》的叙事中，谢才萍这样的人是法律秩序的违规者，曲超宣是社会道德秩序和法律秩序的颠覆者，而木子美则是传统性别秩序的违规者。三者的行为都颠覆了社会秩序框架，却是各自出于不同的原因，由此也可以窥见她们不同的社会地位。与此同时，我们也可以看出这些文章的暗线，即无论个

---

① ［美］苏姗·格巴：《空白之页：与女性创造力问题》，张京媛主编《当代女性主义文学批评》，北京大学出版社 1992 年版，第 167 页。

② 廖述务：《越界狂欢：肉体献祭之谵妄及消解——对木子美等网络现象性别政治的文化解读》，《海南师范大学学报（社会科学版）》2009 年第 4 期。

体的违规属于哪种性质,原来稳定的社会秩序已经开始松动,社会整体已经开始分化。

五、勇于抗争的"小人物英雄"

英雄式的女性人物在《时报》样本中表现为两种,一种是面对与外界的冲突直接采取对抗的姿态;另一种则表现为意识形态上的对峙或对抗,譬如宗教问题、少数民族问题中的女性。

"维护权利"的行为集中表现了人物的抗争精神。在本书的研究里一共发现 19 篇直接描述人物抗争行为的文章。其中包括 7 篇描述维护工作权利,1 篇涉及器官捐献,1 篇描述了少数民族女性的抵抗行为,5 篇描述了女性对政治权利的维护,3 篇是关于维护房地产权利和反对生活环境污染的,还有 2 篇分别描述了中国女性抵制计划生育和裹足的行为。在本书搜集的样本中,这类女性虽然只占少数,却具有较强的典型意义,因为她们抗争的对象大部分是外部强大的权力结构。

《时报》通常采用冲突模式来处理这类女性人物的再现。我们以近年来引发国内外舆论广泛关注的"钉子户"事件为例来分析这一类人物的形象。

For weeks the confrontation drew attention from people all acrossChina, as a simple home owner stared down the forces of large-scale redevelopment that are sweeping this country, blocking the preparation of a gigantic construction site by an act of sheer will.①

(数周以来,整个中国都在关注一件事,一位普通的户主怒目冷对横扫全国的拆迁行动,仅凭着个人意志就阻止了一项庞大的地产开发项目。)

What drove interest in the Chongqing case was the uncanny ability of the homeowner to hold out for so long. Stories are legion in Chinese cities of the arrest or even beating of people who protest too vigorously against their eviction and relocation. In one often-heard twist, holdouts are summoned to the local police station and return

---

① HOWARD W.FRENCH:"Homeowner Stares Down Wreckers, at Least for a While", New York Times, March 27, 2007.

home only to find their house already demolished. How did this owner, a woman no less, manage? Millions wondered.

（对"重庆事件"人们感到好奇的是这个房主何以坚持这么久。在中国，因为抵制拆迁而被逮捕甚至被殴打的事不胜枚举。人们也常常听说，抵制拆迁的人会被召集到当地的警察局，可一回家却发现房子已经被拆掉。所以很多人想知道这个房主是怎么做到这一切的，要知道她只是一介女流。）

Part of the answer, which on meeting her takes only a moment to discover, is that *Wu Ping is anything but an ordinary woman. With her dramatic lock of hair precisely combed and pinned in the back, a form-flattering bright red coat, high cheekbones and wide, excited eyes, the tall, 49-year-old restaurant entrepreneur knows how to attract attention*—a potent weapon in China's new media age, in which people try to use public opinion and appeals to the national image to influence the authorities.

（跟吴苹（音译）待一会儿就可以发现她决不是一个简单的女人。头发一丝不乱地梳起来，别在脑后，穿着鲜红的大衣，高颧骨，眼睛大而有神。这位49岁的高个子餐馆老板深知如何吸引公众关注——在中国的新媒体时代，这可是一个利器。当下，人们可以利用公众舆论和政府改善国家形象的需求来影响当局的决定。）

"If it were an ordinary person they would have hired thugs and beat her up," murmured a woman dressed in a green sweater who was drawn by the throng. "Ordinary people don't dare fight with the developers. They're too strong."

（一位穿绿毛衣的妇女从人群中挤出来，说"要是一般人，早就被那些开发商雇来的流氓打了。一般人不敢跟开发商斗，他们太厉害了。"）

Earlier this month the National People's Congress passed a historic law guaranteeing private property rights to China's swelling ranks of urban middle-class homeowners, among others. Some here attributed Ms. Wu's success to that, as well as her knack for generating publicity.

（本月早些时候，全国人民代表大会通过一项具有历史意义的法律，旨在保护日渐增长的城市中产阶级财产所有权。有人把吴女士的成功归根于此，而善于吸引公众的注意力也助她一臂之力。)

作为草根群体,"钉子户"吴苹创造了自己独特的表达机制。她懂得以"保护私有财产的法律"(guaranteeing private property rights)对抗资本的侵蚀;她年过四十,却知道利用"中国新媒体时代的有力武器"(a potent weapon in China's new media age)制造"公共舆论"(public opinion);她是一个具有理性控制能力的人,清楚这种行为的目的并非挑战或颠覆政治制度,只是要维护住房安全,所以,她并没有采用更加激进的行为,而是"怒目冷对"(stared down)那些拥有强大力量的开发商(stared down the forces)。

吴苹这样的"钉子户"已经成为中国近年来抵抗权力和资本无限扩张的一种象征。作为弱势群体的一员,他们被排除在社会公共资源之外,又缺少疏解不满情绪的渠道,采用这种对抗手段就成为利益诉求、维护房屋所有权的唯一方式。这种带有权宜性、政治模糊性①的维权行为使她变成一个"草根英雄"。

美国媒介认为,理想的个人应该能够战胜逆境并克服更强大的力量,所以那些白手起家和战胜贫困或官僚体制的人们常常成为新闻赞赏的焦点。② 这恰好是吴苹最吸引人的品质。更重要的是,她"只不过是一介女流(a woman no less)"。文章特别指出这一点,以强化她与那些流氓(thugs)开发商对峙的勇气。她不是一个"普通人"(ordinary person),她的相貌与传统文化中温婉柔弱的女性相去甚远:"头发一丝不乱"(precisely combed)、"鲜红的毛衣"(bright red coat)、"高颧骨"(high cheekbones)、"眼睛大而有神"(wide, excited eyes),这些特质都过于鲜明、凌厉。美丽的女性总是有着"柔软的曲线",而邪恶、丑陋、冷艳的女性才有"高颧骨"、"圆眼睛",以至于在西方童话中这些特

---

① 注:应星认为,草根行动者是一个既不完全认同精英,也不完全代表底层,而是一个有着自身独特目标和逻辑的行动者,草根行动者所进行的草根动员,使农民群体利益表达机制在表达方式的选择上具有权宜性,在组织上具有双重性,在政治上具有模糊性。草根动员既是一个动员参与的过程,同时也是一个进行理性控制并适时结束群体行动的过程。参阅应星《草根动员与农民群体利益的表达机制———四个个案的比较研究》,《社会学研究》2007 年第 2 期。

② [美]赫伯特·甘斯(Herbert J. Gans):《什么决定新闻——对 CBS 晚间新闻、NBC 夜间新闻、〈新闻周刊〉及〈时代〉周刊的研究》,石琳、李红涛译,北京大学出版社 2009 年版,第 62 页。

征常常被作为女巫的"经典性符号元素"①。由此可见,《时报》呈现的吴萍绝不是一个"简单的女人"(anything but an ordinary woman),那些外貌特征使她更像一个拥有魔力的、不美丽却很强大的女英雄而不仅是一个"普通房主"(simple homeowner)。

另一篇描述"邓玉娇事件"的文章也塑造了一个女英雄的形象,但她与吴萍不同。在《中国公民意识的网络表达》(Civic-Minded Chinese Find a Louder Voice Online②)中出现的邓玉娇是湖北巴东县一家卡拉 OK 厅的女服务员。她与木子美这样身居都市的专栏作家不同,也与有着坚强意志的钉子户不同。她来自农村,通过做服务员脱离了农业生产。但服务业是一个混沌含糊的称呼,这个行业本身是社会现代化和城市化的产物,对出身农民的服务员来说,这个身份跨越了农业社会和工业社会,既非农业生产所属,也没有完全进入"市民"阶层,而女性在其中的地位尤其尴尬:她们被要求提供"特殊服务",因性别关系时遭贬抑和剥削。邓玉娇就遭遇到了这样的事:

On the night of May 10, Ms. Deng said, she was in the room washing clothes, when a local official, Huang Weide, came in and demanded that she take a bath with him. She refused, and after a struggle fled to a bathroom.

But Mr. Huang and two companions — including a second official, Deng Guida, who was not related to Ms. Deng—tracked her to the bathroom, then pushed her onto a couch. As they attacked, Ms. Deng said, *she took a fruit knife from her purse and stabbed wildly.* Mr. Deng fell, mortally wounded.

(邓小姐说,5 月 10 日晚她在房间里洗衣服,当地官员黄伟德③进来要求陪他一起洗浴,她拒绝了,经过一番扭打,她逃到一间盥洗室。但黄先生和他的两名同伴——其中包括另一名官员邓贵大(并非邓小姐亲属)一直追她到盥洗室,然后把她推倒在沙发上。邓小姐说,面对他们的侵犯,她从手袋里掏出一把水果刀拼命挥刺,邓贵大受到重伤。)

---

① 陶斌:《论迪斯尼动画角色中的女巫原型》,《当代电影》2012 年第 2 期。

② MICHAEL WINES:"Civic-Minded Chinese Find a Voice Online",New York Times,June 16, 2009.

③ 注:《纽约时报》错写了当事人姓名,正确的名称应该是黄德智。

同样是对男权的反抗,邓玉娇与木子美的表现截然不同。她的反抗导致"中共干部"的死伤并因涉嫌杀人被捕,引发了网民强烈不满,最终被宣判为出于自卫而免于刑罚。邓玉娇被网络塑造成"民族英雄",代表的是那些缺乏主动改变性权力结构意识的女性。邓玉娇与吴萍也不同,她并没有只是"怒目冷对",而是采用极端的手段处理了外界的威胁。这篇文章又写到,邓玉娇案是"许多类似的案件"的中的一起事件,从而暗示出女性尤其是农村的年轻女性作为性别权利结构弱势的存在。

英雄"是做出伟大业绩的男人或女人"①。但邓玉娇和吴萍这类的女性原本是无名之辈,她们的反抗是由于利益受到威胁。她们是不断加剧的阶层分化的受害者,是一些被迫承担改革成本的弱势群体,在把控社会机会和资源、参与社会生活和公共政策的制定方面远远不及强势群体,自我维护能力弱,正当利益要求往往被边缘化,②于是,在与社会发生激烈的冲突之后,她们的反抗意识被激醒。她们这种对抗是一种自发性的抗争③,是一种被迫触发的反击行为,却十分具有典型性。通过对原文进行比对我们发现,这些女性的抗争基本上都涉及制度层面的问题:就业歧视、人权问题(包括上访、计划生育和器官捐献)、房产权利和环境污染(涉及私有财产权)、对女性的歧视(包括裹足和性侵)。在这种与权力对抗的关系中,她们体现出坚定地捍卫自由和尊严的精神,她们的行为被塑造成凡人的英雄事迹。在这类文章中出现的女性常常被置于激烈的对立冲突中,她们的对手是官方,或者是强大的资本力量,因而反抗行为也就显得更加有英雄色彩。

还有一些文章虽然没有直接描述人物对自身权利的维护,却也将其处理成英雄一样的人物。这一类的人物主要是在意识形态上与中国主流价值观不

---

① [美]丹尼尔·布尔斯廷(Daniel J.Boorstin):《形象:美国伪事件指南》,黄承英译,《文学与文化》2013年第1期。

② 孙立平:《失衡—断裂社会的运作逻辑》,社会科学文献出版社2004年版,第8页。

③ 注:在讨论工人抗议活动的时候,陈峰提出:"我们现在讨论的工人抗议活动与研究社会运动的学者所提到的'社会运动'并不完全相同。西方学者通常把社会运动定义成一种集体性的挑战,它以共同的目的和社会团结为基础,通过精英、反对者和权威的持续性的互动表现出来。当前工人抗议活动不是这种意义上的社会运动,它只是一种自发的抗争性聚集。参阅ChenFeng:"Industrial Restructuring and Workers' Resistance in China",*Modern China*,Vol.29,No.2,2003,转引自吴清军:《国企改制中工人的内部分化及其行动策略》,《社会》2010年第6期。

同,或者在宗教、少数民族问题上持不同观点。由于这些问题关系到更加宏观和深层的制度性问题,这类女性对抗体制的勇气也更加明显。

六、平常人

在所有样本中有 65 篇文章中出现的女性可以视为平常人。以西方新闻标准来看,这些籍籍无名之辈并不符合成为新闻人物的标准,大多数情况下她们能够保持常态的生活,没有面临特殊的难题,没有遭受来自制度的冲击,有时候也是一些政策的受惠者,大多没有面临特别的困难。作者选择这样的人物可能只是将她们作为一个解释抽象事件的具体人物。

在国际传播中考察女性形象就是要在跨文化语境中审视这个集社会性别、生理性别、种族、阶级以及民族国家等多种身份于一身的变量。① 从本章梳理分析的结果来看,《时报》基本上再现了以上诸种变量带来的差异,呈现出多个女性亚群体的形象。

总体上看,《时报》对中国女性的描述以勤劳、善良、勇敢等正面性格居多,并没有过多强调消极、被动、软弱等负面特质。有三分之一左右的女性被再现为成功者或努力向上层流动的人,她们在职业、家庭、日常生活和社会活动中获得成功,成为社会主义改革开放的推动者和受益者;四分之一以上的女性有过失败经历或受到伤害,相对与其他行为或社会领域而言,这种情况在参政议政、就业、疾病防治和人身伤害方面表现比较明显。如果这种负面后果是由制度性因素或疾病、自然灾害引发的,女性就没有足够的力量解决这些问题,成为社会底层;与此同时,也有少数女性表现出对传统观念的颠覆,推动社会观念向多元的方向发展,但她们的行为引起较大的关注,被视为挑战道德规范的人。

---

① 注:在分析美国媒介对古巴及古巴裔美国妇女再现时,肖哈特(Shohat)认为媒介往往是从跨文化的女性主义框架中展开考查,这些女性的身份涉及社会性别、生理性别以及国家等等,是个复杂的变量。参阅 Shohat, E. and Stam, B.: "Unthinking Eurocentrism: Multiculturalism and the media", New York: Routledge, 转引自 Molina Guzman: "Discursive Re-embodiment: Latina Femininity, Sexuality, and Domesticity in News Conveage of Cuban American Women", *Conference Papers, International Communication Association Annual Meeting*, 2004.

第二章 民族国家视角下
中国女性的再现

当我们在全球化语境中谈论国家形象和女性形象时,就不可避免地将二者置入民族国家叙事的框架中。本书的第一章已经分析了《纽约时报》如何从中国语境出发再现中国女性,本章将从民族国家视角入手,分析新闻文本如何基于中国女性同美国关系的角度建构中国女性的"她者"形象。

第一节 作为美国的"她者"的中国女性

《纽约时报》一方面再现了中国语境中的各种女性形象,一方面将美国作为描述"中国女性"的背景,以完成基于美国视角的"民族国家"叙事。这种叙述实际上是将"中国女性"描述成"我们美国"之外的群体的过程。对如何通过话语建构"他们"与"我们"关系的问题,梵·迪克提出,在呈现"他者"的过程中常用的一个方法是通过"两极化"手段建构起"他们 VS 我们"的关系结构,在新闻写作中通常表现为"积极的自我陈述和消极的他人陈述。"[①]本章将依梵·迪克的话语分析理论和方法,在前文基础上解析《时报》里的中国女性与美国之关系的象征模式和基本态度。

本章同样采用了量化分析与质化分析相结合的方法,一共分为三步:

1.选取与美国进行比较的文章作为分析对象,将"女性行为"与"女性行

---

① Teun A.van Dijk:*Ideology and Discourse:A Multidisciplinary Introduction*,Barcelona:Pompeu Fabra University,2000,pp.42-60.

为与美国关系"进行交叉分析,共得样本 258 篇;

2. 对这 258 篇样本进行归类,主要是为了廓清中国女性形象与美国之间的关系,归纳出《纽约时报》在以美国角度观察中国女性时呈现的几种类型。如表 2-1 所示(见附录)。

3. 采用立意抽样的方法进行质化分析,抽样的原则是:

(1)全文长度超过 800 个单词;

(2)文中出现的女性与"美国"产生了某种联系。

依据以上原则抽取的样本包括 10/25/2003,12/05/2004,07/05/2008,01/06/2008,05/28/2006,01/11/2004,12/05/2004,03/28/2010 等日刊发的相关稿件。

通过量化及文本分析,本书发现《时报》建构了四种叙事框架。在这些叙事框架中,"中国女性"这一形象系谱被演化成一系列关系模式,这一模式体系是基于中美比较建构起来的,包括基于两国不同的意识形态、文化传统、政治经济制度,以及在上述各种因素影响下造成的女性地位、社会角色、性格等方面的差异。

一、美国的竞争者与对抗者

在"他者"与"我者"的关系中,竞争者和对抗者处于两个极端位置。《纽约时报》的叙事中这一类型的女性人物包括质疑美国、与美国构成竞争或对美国造成负面影响的中国女性。其中一大部分是关于中国女运动员①的描述。经过将"职业"和"女性行为与美国关系"这两个变量的交叉分析发现,与美国构成竞争关系的文章中,有 97 篇是关于运动员的(表 2-2,见附录),由此可见,美国将中国女运动员视为劲敌。其他的对抗者分别包括质疑美国政治体制、教育方式,以及在经济危机中给美国就业带来压力的女性。

在所有美国的竞争者和对抗者中,最极端的是"邪恶"的女性。描述这些女性的文章整体叙事呈现出基于美国视角的"邪恶者与正义者"模式,美国往

———————

① 注:这一类女性对应的行为分类是在"就业"中,因为《纽约时报》对她们的再现基本上都是对赛事或运动生涯的描述。

往扮演着正义者甚至受害者的角色。在《时报》2001 至 2010 年十年的文本中出现的最具代表性的邪恶者是宋美龄。对宋美龄的描述，《时报》从几个角度展开叙事：

作为女性的宋美龄的魅力体现为年轻时"一个苗条美女，开始穿着紧身长（旗）袍。"（a slender beauty and taken to wearing full-length, body-hugging gowns）婚后则是"头号贵妇"（grande dame）。借史迪威之口，作者描述了一个"爱权"的女人：

Gen. Joseph W. Stilwell, who worked closely with her when he commanded American forces in China during the war, described Madame Chiang in his diary as a "*clever, brainy woman.*"①

"Direct, forceful, energetic," he wrote. "Loves power, *eats up publicity and flattery, pretty weak on her history. Can turn on charm at will and knows it.*"

（约瑟夫·史迪威将军在战争期间指挥在华美国军队，期间曾和她密切共事。他把蒋夫人描述为一个"聪明多智的女人"。"直率、坚强、精力充沛，"他写道，"爱权力，占尽风头、谄媚，也曾经非常脆弱。只要乐意，就可以装出魅力，而且她也知道这一点。"）

作为一名政治家，宋美龄是一种"可怕的存在"（a formidable presence）。"她的技巧要么是娇媚，要么是邪恶"（Her skill as a politician, alternately charming and vicious）；在定居美国后的私人生活也充满了政治仪式感，她"带着一帮黑衣卫士，他们在她每次进出位于格雷西广场的豪宅时都在大厅为她开路"（with a pack of black-suited bodyguards who cleared the lobby of her Gracie Square apartment building every time she entered or left）。

在美国人眼里，宋美龄是一个拥有东方文化背景的西式女性，既拥有东方气质又有西方精神，充满异域风情又富有亲和力和魅力：她可以流利的使用英语，是虔诚的基督教徒，她谴责传统的迷信，倡导现代化的生活方式，并且拥有激情、决心和迷人的容貌，是许多美国人心中理想的中国女性的模特儿，很多

---

① SETH FAISON: "Madame Chiang Kai-shek, a Power in Husband's China and Abroad, Dies at 105", New York Times, October 25, 2003.

美国人对她着迷：

She seemed to many Americans to be the *very symbol of the modern*, *educated*, pro-American China they yearned to see emerge—even as many Chinese dismissed her as a corrupt, power-hungry symbol of the past they wanted to escape.

（在很多美国人看来，她是他们乐于见到的有现代思想、受过高等教育、亲美的中国人的楷模。不过许多中国人认为她贪腐、嗜权，是他们渴望挣脱的旧时代的化身。）

但宋美龄还有让美国人非常痛心和痛恨的一面。她背叛了美国，滥用美国的政治捐款，当美国拒绝继续募捐时，她却回以谩骂和不满。在这个叙事中，宋美龄被呈现为一个忘恩负义的实用主义者。与此同时，文章还提供了一个细节，证明她是一个残暴的政治家，打着民主的旗号实行着暴政：

Although Madame Chiang developed a stellar image with the American public, President Franklin D. Roosevelt and other leaders *became disillusioned with her and her husband's despotic and corrupt practices*. Eleanor Roosevelt *was shocked* at her answer when asked at a dinner at the White House how the Chinese government would handle a strike by coal miners. *Madame Chiang silently drew a sharp finger-nail across her neck.*

"She can talk beautifully about democracy," Mrs. Roosevelt said later. "But she does not know how to live democracy."

（虽然蒋夫人在美国公众中树立了一个明星般的形象，但是罗斯福总统和其他领导人逐渐看清她和她的丈夫的暴虐和腐败。在一次白宫的晚宴上，当宋美龄被问及中国政府如何处理煤矿工人罢工时，埃莉诺·罗斯福对她的回答深感震惊。当时，蒋夫人一言不发地用她那尖尖的指甲划过自己的脖子。

"她能高谈阔论地谈论民主，"罗斯福夫人事后说，"却不知道如何付诸实施。"）

以上描述呈现出一种邪恶——正义的框架，表达了美国人对宋美龄复杂的感情。对她亲近美国和西方文化那部分，他们很"渴望"（yearned to see），而对她的精明多智，他们又心怀畏惧，感觉难以驾驭，只能对她的权力欲和政治手段表示厌恶。这种复杂的感情纠结在一起，使宋美龄成为一个可怕的存在，一个玩弄政治手腕、利用美貌、西式文化和宗教信仰骗取同情的伪善者。这些异类品格是美国主流文化不可能接受的特征，宋美龄从而成为美国人一个难以摆脱的心魔。

由以上分析可见，在民族国家层面上看，《纽约时报》描述出来的邪恶者或者表现为对美式民主和价值观念的敌视，或者不见得与美式的民主和价值观念相冲突，却会对美国利益造成威胁。也就是说，判断中国女性与美国是否处于不可调和的对立面，要从国家利益角度审查，即是否对美国利益造成威胁，这是评价这些女性是否"邪恶"的标准。

从文本透露出来的感情色彩看，邪恶者框架建构了"憎恶"的基本态度。由于邪恶来源于自我利益、贪婪、渴望、怨怒、权力欲望、怯懦等罪恶动机①，必然会对现存制度和利益格局造成负面影响，因此《时报》对这类女性的描述往往充满了对"他者"的排除和抵触。

二、美国的追随者与同盟者

在《时报》的叙事中，一些女性的行动流露出对美式文化和生活方式的认同，或者热衷于追随美式自由民主的价值观念。对文化领域中出现的女的描述表现最为明显。

文化全球化使一些文化形式在世界范围内扩散，但这些扩散的文化形态要想在另一些语境中获得生存的机会就要进行本土化的改造。罗兰（音译，Luo Lan）就是一位承担了这种责任的女性。一篇名为《从色情到健身：钢管舞走红中国》②的文章描述了罗兰引进并改造钢管舞的故事。

罗兰在"到处乱逛"时第一次见到钢管舞，马上被迷住了：

A nightclub activity mostly considered the domain of strippers in the United States, pole dancing—but with clothes kept on — is nudging its way into the mainstream Chinese exercise market, with increasing numbers of gyms and dance schools offer-

---

① 涂文娟：《邪恶的两张面孔：根本的邪恶和平庸的邪恶——汉娜·阿伦特对极权主义制度下的邪恶现象的批判》，《伦理学研究》2007 年第 1 期。

② JIMMY WANG："From the Erotic Domain, an Aerobic Trend in China"，New York Times，July 25，2008.

ing classes.

（在美国夜总会，脱衣舞被视为色情舞蹈，然而，仅比它多一层衣服的钢管舞却开始在中国主流的健身市场大行其道，开办钢管舞课程的健身学校和舞蹈学校与日剧增。）

转折词"but"提出了中美不同的文化语境如何表现同一类文化形式——钢管舞。在美国，脱衣舞并不出现在高档娱乐会所，而是"夜总会"这样混杂各阶层、各式人群的场所。暴露的衣着和特别的动作使这种舞蹈充满了性暗示，中上层的白人妇女是不会做脱衣舞娘的。但这种舞蹈经过改造——给脱衣舞穿上一层衣服变成钢管舞——迅速在中国走红，成为都市白领热衷的健身项目。

实际上，两者之间的差别在于一层衣服，而这层衣服是最意味深长的，或者说，在脱衣舞中，衣服的功能不在于遮蔽而是引发观众去除遮蔽的想象。罗兰·巴特（Roland Barthes）在《脱衣舞的幻灭》中分析脱衣舞的意识形态：它以遮掩的方式展露身体，使身体神秘化和想象化；而它的仪式性与挑逗性都意在延宕身体出场，使窥伺/阅读尽可能地处于嗷嗷待哺状态。① 罗兰给经典的西式脱衣舞穿上了一层衣服，使它保留了一部分中国传统文化——保守、稳重。这种脱衣舞的变体使世俗的、色情的裸体变得健康、合理，并且拥有了拒绝被"窥视"的能力，使"我们"美国的舞蹈在"她们"中国发生了性质上的某种变化。但从根本上讲，这种变化也是在"我们"美国倡导下发生的，因为美国已经将这种舞蹈发展成一种健身运动：

Ms.Luo, who *quickly* discovered that pole dancing for fitness was popular in America, realized that if she could take away the shadier aspects of the erotic dance and repackage it into an activity more acceptable to mainstream Chinese women, she might create a Chinese fitness revolution. Here was an exercise that would allow women to stay fit and express their sexuality with an *unprecedented degree of openness and freedom.*

---

① ［法］让·波德里亚（Jean Baudrillard）:《象征交换与死亡》，车槿山译，译林出版社2006年版，第163页。

　　(罗兰很快发现,跳钢管舞健身在美国已经成为一种潮流,她马上意识到如果剔除掉这种色情舞蹈中的污秽成分,将它包装成多数中国女性能接受的体育活动,她就很可能引领一场中国的健身革命。这种舞蹈能让女性保持苗条,并且以一种前所未有的开放和自由的尺度来展现自己的性感。)

　　以"前所未有的开放和自由的尺度来展现自己的性感"(unprecedented degree of openness and freedom)意味着女性可以承认和感受自己身体的合法性,罗兰"很快"(quickly)发现这一点。这样的叙事肯定了罗兰的聪明和胆识:她迅速发现了一条新的解放中国妇女的路径。

　　因此,罗兰不仅是家庭的叛逆者:父母是大学物理老师,但她却从事过将近 20 个不同的职业,"没有遗传父母的科学头脑"(I'm not good at science like my parents),她和一些钢管舞健身的支持者"其实代表着价值观与父母完全不同的新一代城市青年"(urban youths whose values are changing from those of their parents);而且背叛了中国传统文化。传统中国要求女性稳重、忠诚、衣着得体,而她成了另一类完全不同的人物。深受罗兰影响的蒋莉(Jiang Li)也不赞同以儒教和道教为代表的中国传统文化:

"A lot of people expect Chinese women to be subdued and faithful, that we should marry and take care of kids at an early age," she said. "*But* I don't think that way — I want to be independent. I've been studying traditional Chinese dance for many years, but this is totally different. I feel in control when I do this. *If I learn this well, I feel I can be a superstar. I want to be a superstar.*"

　　("很多人认为中国女性就应该含蓄、忠诚,应该早早结婚生子,"她说,"我可不这样想——我希望独立。我学了很多年的中国民族舞,不过钢管舞和民族舞完全不一样。跳钢管舞时我总是感觉一切尽在掌握。如果学得好,我觉得自己有机会成为大明星。我希望成为一个超级明星。")

　　蒋莉接连两次地使用否定词"but",表达了对传统文化对女性身份要求的极度反感。而"If"从句做出的假设旋即被后一句"I want"的回答加以肯定。

　　通过引用蒋莉的话,文章加深了钢管舞对女性解放和赋权功能的意义。因为传统中国文化——在这里以民族舞蹈为代表,压抑了女性的独立性,西方的文化——在这里以钢管舞为代表——则给了她们自由以及成名的机会。与此同时,作者通过一些辅助词,譬如转折词 but、副词 quickly 等,以及一些情节上的呼应突出并肯定了以罗兰为代表的新女性对西方文化的热情,赋予其改造西方文化、突破传统束缚的英雄角色,同时也反衬出传统中国文化对女性的压制和贬抑。在这一过程中,"美国"还引导了罗兰们将色情化的舞蹈改造成健身项目,教给她们如何发挥创造性并影响他人,对女性来说,这是一种解放的力量。

对西式的追随一方面表现为文化观念上的认同,一方面表现为对美式民主和经济制度的赞同。这些主人公通常是在中国经济体制改革中的受益者,譬如,上文中分析的关于金小琴的文章就采用了这种叙事框架。

在这类文本的叙事中,改革开放,尤其是自由市场经济的展开和推进经常被作为历史背景。"市场经济"在中美对比的视角中特别重要,原因是美国认为市场经济是美式经济体制的代表,因此文章经常得出结论:得益于中国自由主义市场经济体制改革的女性实际上是受惠于美式经济体制理念。

对行动者个人形象的塑造来说,"在市场经济的大潮中游泳"意味着脱贫致富,对隐含于女性形象的中国形象来说则意味着肯定计划经济制度。奋斗者个人积极加入市场经济是社会主义国家接洽市场经济的小小实验,是其尝试接受资本主义经济逻辑规则的表现。奋斗者的成功不仅是个人成功,更为西方世界流行的自由市场经济制度在社会主义中国的可行性提供了证据。

通过对这些女性的描述,文章再现出以美国为代表的"西式"文化向"东方"中国的转移和扩散,而这些女性本身被呈现为美国的追随者。因此,"同盟者与追随者"形象的本质是这些形象及其所代表的价值观、行为方式以及利益关系不构成对美式观念和价值体系的威胁,很有潜质成为"内化的他者"。"追随"蕴含着可以消除的异己性,意味着改造的可能性,这正是美国在对中国女性的态度上体现其引导者角色的一种方式。

三、被美国救赎的弱者

弱者那些是无力的、极有可能被边缘化的群体。在美国立场上,中国社会中的被边缘化女性是可以被"救赎"的她者,她们是"无力"、"无能"的,需要施以同情。对美式文化来讲,这些无力者背后是中国社会制度和社会文化,它们带有使民众无力的原罪,或者迫使其顺服于威权之下的暴力。

对一些由于特殊原因受到美国救济和帮助的人,包括被美国家庭收养的女孩、出于逃避计划生育政策偷渡美国的家庭主妇,《时报》通过表示对这些群体的同情和怜悯,暗示中国无力为公民提供良好的生活、精神环境,不得不接受美国的救济,从而建构一种类似父/子关系的结构,流露出美式"恩抚主义"。

在本研究搜集到的样本中,共有 2 篇谈到美国收养中国女孩,其中一篇谈到三个美国女性分别收养了三个中国女孩,文章用一个中国古老的传说形容她们与孩子们的相遇:

"There is an ancient Chinese myth that people who are destined to meet are connected from birth by invisible red thread.①

(有个古老的中国故事,说的是无形的红线会使有缘人相聚)。

一名养母这样描述她去领养女儿时的情景:

"It was still dark as we headed out, and we were all in our private bubbles of nervousness and joy. We were going to meet our babies. As it got lighter, I marveled at the countryside — the water buffalo, the fields, the little villages — I wanted to memorize the surroundings to describe to my little girl in the years to come. She, after all, would be raised in Brooklyn(along with two of her crib mates), and not one of these farm villages we passed, although she may well have started out there."

(出发的时候天还黑着,我们每个人都很激动、兴奋:就要见到我们的女儿了。天渐渐亮起来,我惊奇地欣赏着那些乡村景致,水牛、田地、小村庄。我试着记住这些景致,以后好告诉我女儿。毕竟,她以后(和其他两个小伙伴)要在布鲁克林而不是这个遥远的小村庄长大,虽然她生于此地。)

通过对女儿出生地的乡村景色的描述,文章建立起一个东方/西方、乡村(country)/城市(Brooklyn)的关系图。养女来自中国偏远的村庄,但"毕竟"(after all)她要去美国大都市生活。这根"无形的红线"将她们编织到一起,也把"乡村"女孩、"乡村"中国和美国更先进的城市编织起来。

---

① BROOKE HAUSER:"Fortune's Sisters", New York Times, January, 6, 2008.

像文中这样被"红线"牵到美国家庭的中国孩子自 1992 年开始每年大概有 70000 名。① 另据美国国务院发布的《收养签证统计（adoption visa issuance）》显示，美国家庭 2009 年从中国大陆收养了 3001 名儿童，占美国全年跨国收养儿童总数的 23.5%。中国成为美国家庭跨国收养的第一大来源国。②《时报》另一篇关于跨国收养的文章中写道，在这些被收养的中国孩子中，其中大部分是被遗弃的健康女孩，或者有病残的孩子，而女孩被遗弃的原因是，由于中国计划生育政策严格，人们更愿意要男孩，③因此那些被遗弃的女孩经常成为美国家庭收养的对象。

收养这些孩子的美国人试图保持联系或积极参与中国传统文化生活。2007 年 1 月 25 日的一篇文章描述了一个这样的故事。在文中，一位叫芬顿的美国人收养了一个中国女孩，他给孩子取名叫 Lily Zhong Wei。收养了这个孩子以后，芬顿加入了美国全国性组织——"领养中国孩子家庭协会"（Families With Children From China）。他们定期举行聚会，尤其是在春节这个特殊的日子，很多这样的家庭会聚在一起吃中餐，这是一个仪式：

Chinese New Year, the two-week celebration that began on Feb. 18, is different. It reminds families of the leap in the dark they took when they chose to adopt a child of a different race and different culture and brought them to America for a *challenging role in the modern American family*.

（中国的春节的确是一个独特的日子。节日从 2 月 18 日开始，整整持续两周。它提醒这些美国家庭：他们当初决定领养一个来自不同种族、有着不同文化背景的孩子到美国来，成为现代美国家庭的一员，是非常大胆的举动。）

实际上，春节之独特在这里不是因为它是中国传统的节日，而是一个美国和其他民族国家之间差异的象征。一个家庭有来自不同民族的成员会给日常生活带来巨大的挑战，而参与国际收养的美国家庭之所以敢于面临这种挑战，很大一部分原因是他们可以为出生在贫困中国的不幸女孩们提供救济：

As the Chinese become more affluent, they may look on foreign adoptions as expor-

---

① 《收养健康中国孩子变难了》，《纽约时报》2010 年 3 月 28 日。
② 毓哲、余娉：《美国收养为何"相中"中国孩子？》，《世界博览》2010 年第 15 期。
③ 《收养健康中国孩子变难了》，《纽约时报》2010 年 3 月 28 日。

ting their heritage and ban them altogether, said Mr. Fenton.①

"In that case," he said, nuzzling Lily's cheek, "*we will have been very, very lucky.*"

（芬顿认为，随着中国人越来越富有，他们会将跨国领养视为把后代当产品输出，因而会完全禁止这种行为。"如果这样的话"，他一边刮着丽莉（音译）的脸蛋一边说，"我们就太幸运了。"）

由这段文字的描述可见，芬顿十分怜爱丽莉，因为很多像丽莉这样的女孩曾经是贫困中国的负担，被美国收养是她们获得健康生活的好出路。他又觉得十分幸运，因为在中国有能力抚养这些孩子的时候她们就不再是"产品"，不需要救济，而像他这样的家庭也会丧失救助中国女孩的机会。这里隐含着某种奇特的逻辑：因为中国贫困，才有芬顿与丽莉幸运的相遇。救助行为在此被赋予超越国界的色彩，丽莉这样的中国女孩则被塑造成双重边缘化的人——第三世界国家的第二性。

另一些需要救济的对象则是出于躲避计划生育或因为言论自由、宗教自由等遭受迫害逃往美国的中国女性。一篇文章描述了美国警方在长岛解救了一名来自中国偷渡者的故事。长岛是纽约地区非法入境者聚居的地方，偷渡者往往被迫在这里至少进行3年无偿或报酬低微的工作以偿还偷渡费用。美国反人口贩运专责小组在这里解救出一名偷渡的中国妇女：

The one victim that the task force has rescued is a 37-year-old woman from China, where the government generally penalizes couples who have more than one child. *The woman, who asked to be identified only by her nickname*, Tracy, because she fears retaliation, said she fled China in May 2000, *leaving behind her husband and son*, after government officials forced her to abort her second child and undergo sterilization.②

（专案组已解救的一名受害者是来自中国的37岁女子，该名女子名叫翠西。因为中国政府往往惩罚那些超生的夫妇，她害怕遭到报复，因而要求报道

---

① ANTHONY RAMIREZ: "Raising a Child With Roots in China", New York Time share, February 25, 2007.

② JULIA C. MEAD: "A Slow War on Human Trafficking", New York Times, May 28, 2006.

时使用化名。政府官员强迫她打掉第二个孩子并做了绝育手术,她就于 2000 年 5 月抛下丈夫和儿子逃出中国。)

"I had nowhere else to go," she said in an interview, aided by a police interpreter.

（在一次有警局翻译协助的采访中,她表示,"我无处可去"。)

Her family agreed to pay ＄12,000 to a so-called snakehead—a human smuggler—to bring her to America, she said, and she spent the next five years working 12 hours a day, 6 days a week in Chinese restaurants for ＄250 a week to repay the money.

（她说,家人同意给蛇头——实际上是人贩子——12,000 美元带她到美国。接下来的五年里,为了偿债,她在一个中国餐馆打工,每周工作 6 天、每天 12 小时,每周拿 250 美元。)

After developing back and leg problems from the long work hours, she said, she met a woman in Flushing who came from her native region in China who told her about easier, better-paid work in massage parlors.

（她说,长期工作引发腰腿不适的毛病,后来,在法拉盛遇到了一个来自中国的女人,那个女人是她同乡,告诉她在按摩院工作可以更轻松些,报酬也更高一些。)

When she reported for work at a Wantagh parlor in February 2005, she said, the owner ordered her to complete every massage with a sexual act. When Tracy refused, she said, the woman threatened to have her deported. "I was afraid," Tracy said. *"I couldn't go back to China."*

（2005 年 2 月,她应招到旺托的一个按摩院,但是老板却要她每次在做按摩的时候提供性服务。翠西说,如果她不同意,那个女人就威胁她说要举报她,把她驱除出境。翠西说,"我很害怕,我不能回中国。")

She was arrested for prostitution twice in the next four months, but was initially too afraid of deportation to tell the police her story. It took her lawyer, a detective and a prosecutor —*all promising her that she could remain in the country* — *to change her mind.*

（接下来四个月里,她因为卖淫两度被捕,但又害怕被遣返回国而不敢跟警察讲她的经历。后来,她的律师、一名警探和一名检察官都向她保证说她可以留在这个国家,她才同意作证。)

"My lawyer said this is a *free country*, and if I tell the truth,nothing bad will happen,"she said."She said,'We're all here to help you."

("我的律师说,这是一个自由的国家,说实话不会惹上麻烦,"她说,"她说,'我们都是来帮助你的。'")

可以说,翠西的遭遇比中国女孩丽莉更能体现双重边缘化人群的特征。她的出离是因为违法计划生育政策。众所周知,生育行为对女性身体的伤害常常使她们成为强迫堕胎的牺牲品。翠西就有这样的经历。在被迫打掉第二个孩子以后她偷渡到美国,即使给蛇头巨额费用也在所不惜。到了美国,她仍旧遭受来自中国同胞的剥削和陷害,甚至被迫卖淫——这通常也被视为女性地位低下的后果。站在女性角度上看,无论在中国还是在美国,翠西的遭遇都极为糟糕,令人同情。这个时候,"自由的"美国(free country)不仅接纳她,还帮助她彻底逃出中国政府的控制、解除来自其他中国人的威胁。

以上文本中流露出来的"救赎"观念一方面来自男权制思维特质,体现出男性对女性的关心。美国人认为,中产阶级白人男性勇猛、正义,富有智慧和力量,应当履行保护女性的义务;另一方面则来自美国的恩抚主义观念。恩抚主义通常表现为将成人视为孩子,在民族国家层面则表现为将其他民族视为孩童,将自身作为慈善的拯救者,其实质是美式思维中的家长制观点。这种观念不只是针对中国,也同样体现在美国对其他国家,特别是对亚洲国家的态度上。但以这种态度对待中国的时间更长,渗入程度更高。① 无论是恩抚主义,还是性别政治的隐喻,中国女性在中国遭受的压制都被以"弱"的形式体现出来。《时报》以对这些"弱"女子的建构强化了美国的强大和正义形象。

四、异域风情中的"东方娃娃"

在本研究搜集到的样本中,一共有 10 篇文章描述到富有异域风情的"东

---

① [美]T.克里斯托弗·杰斯普森(Jespersen T.C.):《美国的中国形象(1931—1949)》,姜智芹译,人民出版社 2010 年版,引言。

方娃娃"形象,全部都是对中国女影星的描述。这些女星都具有国际影响力,都在好莱坞电影中扮演过角色。《时报》将她们塑造成深受西方公众喜爱的"东方娃娃"形象。在一篇关于首位好莱坞华裔女星黄柳霜的文章中,作者对她做了如下描述:

Her *eclectic elegance*, *both on and off screen*, is also exerting a renewed influence on fashion. The American couture designer Maggie Norris cites Wong's dazzling fusion of classical Chinese dress and 1930's Hollywood chic as inspiration for her spring 2004 collection. And the two new biographies, along with the filmography "Anna May Wong," by Philip Leibfried and Chei Mi Lane, attempt to sort out Wong's *baffling mixture of proto-feminist strengths and come-hither exoticism.*[①]

(她在银幕内外兼收并蓄的优雅,也再次对时尚产生了影响。2004 年的春季发布会上,美国时装设计师玛吉·诺里斯(Maggie Norris)就借鉴了她那兼具中国经典服饰和二十世纪三十年代好莱坞时髦别致的风格。另外,有两本新传记和由菲利普·雷布弗雷德(Philip Leibfried)和陈密磊(Chei Mi Lane)撰写的名为"黄柳霜"的电影作品年表,也试图勾勒出黄那混合着原始女权主义者强势和异国情调的幻化气息。)

从上文对黄柳霜的描述中可以看出《时报》对"东方"的中国女性所具有的神秘、性感、美貌的爱慕。黄柳霜是第一位美籍华人好莱坞影星,被称为 C.C.C(好奇的中国娃娃)。她从影 40 多年,拍摄了包括《巴格达窃贼》《旧金山往事》《爱比刀更利》《蒙特斯佩托利:城市蝴蝶》等在内的共 50 余部作品。她塑造了邪恶的"龙女"、蒙昧无知的婢女、受种族歧视自杀身亡的满洲公主,以及抗战期间救国救民的新女性等华人女性形象。正如她担任的角色一样,在好莱坞,她的"东方娃娃情韵"——清汤挂面式的直发配猩红的嘴唇、高耸的颊骨代表了典型的富有东方情调的现代女性,《纽约时报》称她为"不可思议的纯情玉女"[②]。实际上,在东西方文明交流史上西方一度拥有"东方情

---

① LESLIE CAMHI:"A Dragon Lady and a Quiet Cultural Warrior", New York Times, January 11, 2004.

② 程乃珊、郭怡红:《黄柳霜:首位闯荡好莱坞华人女星的凄凉遭遇》,《档案春秋》2006 年第 8 期。

结”,对东方表现出向往、迷恋。自古希腊开始,东方就被称为是"神奇的地方",《马可波罗游记》、《消失的地平线》等作品中描述的富饶美丽、世外桃源似的中国已经成为"西方看东方"的经典案例。从东方寻找灵感和精神寄托也促成了欧洲的全球性视野,成为现代性扩张的动力之一,这种情结往往通过女性加以具象化。对"混合着原女权主义者强势和异国情调的幻化气息"的赞美、倾慕也成为《时报》对这类女性叙事的主要基调。

黄柳霜式的"东方情调"在好莱坞延续至今。二十世纪六十年代的关南施、八十年代的陈冲、九十年代的巩俐以及随后进入好莱坞的章子怡,在西方文化中均是拥有"中国娃娃情调"的东方女性。[1]《时报》对她们的描述也集中于此。在一篇描述中国电影的特稿中,作者描述了巩俐、章子怡和张曼玉等中国女影星。文章将巩俐描述成集美貌和智慧于一身的新时代女星:她是张艺谋的"情人"(lover),拥有一种"生机勃勃的魅力"(burgeoning glamour);并且,她不仅只有美貌,还有聪明的头脑,足以成为创建某种电影风格和电影文化的参与者:

Ms.Gong did more than play Mr.Zhang's muse; *she helped establish his brand and*, by extension, that of the emerging movie industry.*She was a glamorous ambassador for the new China, even if the new China was sometimes uneasy with what she was selling.*[2]

(巩俐不仅是张导电影里的谋女郎,她帮助他建立起自己的风格,并且助其进军刚刚兴起的电影产业。她是新中国迷人的形象大使,尽管有时新中国仍旧不适应她的作品。)

由此可见,巩俐也拥有一种"混合着原女权主义者强势和异国情调的幻化气息",成了中国电影走向西方的重要标志。当美国银幕充斥着"装腔拿调和空洞的眼神"(hungry mouths and empty eyes)的时候,当代表着性感美的梦露"永远离去"(By the time Marilyn Monroe laid down her peroxide head for good

---

① 程乃珊、郭怡红:《黄柳霜:首位闯荡好莱坞华人女星的凄凉遭遇》,《档案春秋》2006 年第 8 期。

② MANOHLA DARGIS:"Glamour Lives, in Chinese Films", New York Times, December 5, 2004.

in 1962)的时候,"魅力也消逝了"(glamour was a goner)。但东方女星却再现了只有二十世纪三、四十年代才有的性感美。在巩俐之后,章子怡又通过性感和迷人的东方魅力,给商业化的好莱坞留下了无限的想象空间:

There are images of Ms.Zhang in "Flying Daggers" that look as if they could have been shot by Hurrell. With her *alabaster skin and dark pooling eyes, her body adorned in rich brocades, and bathing alfresco while discreetly veiled by green woodland*, Ms.Zhang doesn't just look bewitchingly lovely; she looks like an MGM pin-up.

（章子怡在"十面埋伏"里塑造的形象,仿佛已被胡瑞尔定格下来。她有着如雪的肌肤和水汪汪的黑眼睛,身着豪华锦缎,在绿色丛林掩映下露天而浴,章看起来不仅是小可爱,更像是米高梅的美女照。）

《时报》在这里借用了电影化的语言实现了对章子怡的性感化描述①。我们从中也可以看出西方文化对中国女性建立起的支配性关系,这种关系复杂而暧昧,最具有代表性的是对肉体的想象和秀丽景观的描述:"如雪的肌肤和水汪汪的黑眼睛",身着华缎露天而浴,充分展现了章子怡这个东方女人具有迷惑性的肉体形态,而"绿色丛林掩映下"的露天而浴则再现了一个具有距离感和神秘气息的空间环境。在以规范化、操作化为写作规则的新闻类作品中,这类具有"窥视"欲望的描述无疑是对巩俐、章子怡这类中国女性爱慕之情的表达。

第二节　女性的再现对"他者"中国的建构

新闻文本不同于虚构文本之处在于其写实性和客观性,因此在新闻文本

---

① 注:在分析西方对"他者东方"的再现时,巴柔指出文本通过不同的形式,包括空间的断裂(以便更好地享受异域的美景:摄取那些被注视者文化视为风景秀丽的棕榈树、沙滩,以及自然区等);戏剧化:这是上述现象的结果(将他者的属性与文化变成舞台上的场景、画面,以便更好地标示出观察者的距离,标示出已被转化成配角的他者,形变后的他者勉强可以被识别出来);性感化:他能支配他者并能建立起一些暧昧、复杂的关系:闺房的空间、人为的肉体想象。参阅[法]达尼埃尔-亨利·巴柔:《形象》,孟华主编:《比较文学形象学》,北京大学出版社2001年版。

中并不会出现将女性形象作为或等同于中国形象的明显的痕迹。但是,通过特殊的专业化的写作方式,《纽约时报》将中国女性作为一种叙事手段,间接地塑造中国形象,使"女性"与"中国"形成复杂微妙的互文关系。

一、还原时空背景

时间和地点是再现新闻事件和新闻人物的基本要素。新闻稿件告知受众新闻事件发生的时间、人物所处的地点,除了显示新闻事件的客观性,还可以为我们建构感受现实生活的参照系。

在新闻文本中,时空概念有两层意思,一是媒介文本中出现的特定时间和地点,一是媒介文本在历史宏观叙事的意义上对新闻事件和人物所处时空位置的衡量。前者体现为具体的新闻要素以及新闻背景,后者则是一个具有比较意义的概念,比如传统之于现代,东方之于西方。

媒介对异国人物形象的描述是一个呈现"他者"、建构"差异"的过程。具体到《纽约时报》对中国女性的再现,就是媒介文本塑造出一系列"有别于美国"的人物形象,建构起"他们中国的"女性的形象。这一过程中,"差异"首先来自对具体时空的描述,文本此时明显地表现出民族国家之间政治、经济、文化等方面的差异,这种描述给新闻提供了一种客观性框架,使其写作具有可操作性,看起来也更真实公正。但从本质和历史宏观叙事的角度看,时间和空间都是一种观念性存在,也就是说,空间不仅是地缘政治的结果,而是提供了一种"内部"和"外部"的地标,比如美国媒体在描述巩俐、章子怡以及张曼玉等影星时往往突出其与白人女影星不同的东方特质,将其塑造成具有"异域风情"的形象。在这里,地缘差异实际上还是一种价值和审美观的差异。时间不仅是日期先后的比对,而是要消弭具体的、片段化的时间,建构一种历史框架,可以直接兑换为社会发展的先后顺序。因此,采用线性时间观的文本就容易对"他者"做出先进/落后的判断,比如,美国媒体往往将追求时髦的中国女性塑造成受西方现代文化影响的群体,建构起一种"先进文化"引领"后进文化"的意象;一旦将形象置于这样的宏观视角下,产生的结果就是将很多形象碎片连缀起来,形成一个认知"他者"所处的社会和时代的叙事线索,将社会整体塑造成"后进"的形象。时空概念的这种复杂性使新闻稿件在还原时空情景时产生了建构特定时空观念的效果,其作用不限于提供客观的事实,而是引发人们的对比,建立起自身与报道对象之间的联系。

由以上分析可见,新闻作品中出现的一些将女性污名化、矮化的现象实际上是由于作者没有关注到当地的时空场景。如果只关注女性如何受父权压迫而忽视了女性所处的宏观语境,就有可能陷入将女性问题孤立化、普遍化,将女性形象刻板化的陷阱。中国女性问题及其产生原因是有异于其他国家尤其是西方国家的。在西方,女性主义和女性运动的兴起属于民主问题,考察近代中国的女性问题则需要以民族国家为前提,注意到中国女性主体性的发现和发展是中国自救的需要。因此如果以西方女性主义或西方白人女性为对照来评价中国女性就有可能将之再现为被动的、保守的、受压迫的群体。

在本研究中,《时报》通过提供新闻人物所处的地点、时间还原了中国女性所处的特定语境,在很大程度上保证了新闻表现形式的客观性,与此同时还为美国及其他国际受众提供了一个对比中美两国女性的参考系统。这一点可以从新闻背景的利用上集中表现出来。新闻背景既可以介绍事件本身的历史,也可以介绍同类事件的历史或现状。对事件本身历史的介绍可以在纵深层面展示人物,对同类事件历史和现状的介绍则可以在横向层面展示人物,两者都具有对比的效果。在本研究中,有162篇没有提及中国的背景,提及"相关专业领域背景"的有232篇,占36.0%;对"民国至解放前"(27篇,4.2%)和"文革"(29篇,4.5%)关注也比较多;以"澳门回归"为背景的只有1篇,所占比重最小。如表2-3所示(见附录)。[①] 通过这种对比,文章再现了处于异质文化中的女性的地位和角色,使读者对中国女性的认知更为深刻。与此同时,通过有选择地使用这些背景,《时报》建构了中美之间的"现代/非现代"、"西方/东方"、"发达/欠发达"的关系结构体系。

二、突出制度性因素

还原中国背景这一宏观的叙事往往使文章显得抽象。通过使用各种关键词,譬如共产党、社会主义、市场经济改革、中国政府、北京等来突出制度性因

---

① 注:在本书中对新闻背景的编码允许多个选项。

素,则可以实现从个人再现到国家再现的转换。这一倾向可以从报道中出现以上关键词的频率得到证明。在本书的统计分析中,文中出现"共产主义"一词的有 21 篇,提到"共产党"一词的 86 篇,提到"社会主义"(socialism)有 6 篇,出现"独裁"一词的有 8 篇。

突出制度因素的目的是为了证明社会对个体的作用。这种叙事模式往往是把个人经历作为社会机制运作后果的例证,使个体经历与社会整体产生明确的关联,将"社会"这一抽象概念再现为具体的、客观可感的个体,并且使新闻事件具有生活化的色彩,从而贴近普通的受众。这种方式往往赋予女性个体经验各种中国特色——"东方的"、"共产主义的"、"市场经济改革"、"纠结的政治体制"、"复杂的性别观念"等。以一篇描述农民工被城市住宅制度隔离的文章为例:农民工宫道翠(音译)是住在北京郊区的民工村的居民,但她居住的地方被却围起来以区分于城市居民区,以"防止街上的流氓混混进来"。(preventing street loiterers from trespassing)。

GongDaocui, who arrived in Beijing from Chongqing in 2006 to live with her son, said: *"We are all workers. What say do we have in the policies they make?"* ①

(宫道翠 2006 年从重庆来到北京,和儿子住在一起。她说"我们都是打工仔,在政府决策方面哪有什么发言权啊。")

She sells skewers of vegetables and meat cooked in a spicy soup along the main alley of Banjieta Village, which will soon be enclosed. "If the business can keep going, so be it, " she said, smiling and looking away. "If it can't, I will pack up everything and retire to my hometown."

(她在半截塔村(Banjieta Village)街上卖麻辣烫,包括蔬菜串和肉串。半截塔村马上就会被围起来。她笑着看看远处,说:"如果生意能做下去,我就接着干;如果不行,我就收拾东西,回老家。")

在这里,宫道翠是一位典型的第一代女农民工。因为受到性别和年龄限制只能从事烧烤生意。"如果……如果"(if…if)的假设显示出她对生活的不

---

① Helen Gao: "Migrant 'Villages' Within a City Ignite Debate", New York Times, October 23, 2010.

确定感。

宫道翠这样的女工是典型的被制度边缘化的农民工群体。由于缺少自我赋权的意识、能力和机会，他们在很多方面都受到社会文化和制度的规制，女性还面临着性别身份和制度身份带来的双重障碍。一些研究发现，城市中的农民工社区里居住的女性民工大多是小学或初中文化程度，往往只能在门槛较低的服务业工作，对于一些孩子已到学龄或者更年长一些的女性而言，年龄似乎是无法逾越的障碍。① 因为年龄和性别的原因，宫道翠选择了烧烤这样一份不太稳定和收入也不丰厚的工作。另一个让她感到不安的事情是，她的住所随时都可能被隔离。对宫道翠这样的打工者而言，流动性是她们身份的重要特征，因为流动，所以更需要一个稳定的居住地，但在很多城市，她们的居住地被与城市社区隔离，并且时常面临被拆迁的可能，从而成为她们生活的另一个难题。

住房是阶层分化极为明显的标志物，它们时刻提醒着打工者自己的身份。都市高昂的住房成本和户籍造成的购房限制将其与城市主流生活相隔离，形成居住隔离②。这些社区周边有许多典型的城市住宅楼、高级住宅区，二者形成强烈的视觉冲击。地域上的边缘化标示了外来流动人口较低的经济地位和社会地位，强化并内化社会分层的差异感。③ 宫道翠的话隐含着对这种状况的不满。她的感情是复杂微妙的。文章采用反讽的手法，使用"微笑"一词描述出她的态度。也有人对官方的建设围城村是防止犯罪的说法提出质疑"这种贫民窟是阻止农民工在城市定居的刺目标志"（critics have seized on the ghetto like villages as a jarring sign of the barriers facing rural migrants settling in urban areas），宫道翠显然感受到这种"被不和谐"气息，只能对这种类似"种族

---

① 张翠娥、付敏：《社会性别视角下移民社区农村女性城市融入研究》，《中州学刊》2011年第9期。

② 注："居住隔离"是指都市居民基于种族、宗教、职业、生活习惯、文化水准或财富等差异形成的区域性居住状态。在以上变量的影响下，相类似群体的人们聚居于某种特定地区，不相类似的则彼此分开，产生隔离，甚至彼此产生歧视或敌对。参见［美］彼特·布劳（Peter M. Blau）《不平等和异质性》，王春光、谢圣赞译，中国社会科学出版社1991年版，第395—396页

③ 张翠娥、付敏：《社会性别视角下移民社区农村女性城市融入研究》，《中州学刊》2011年第9期。

隔离"的现状表示无奈。文中的直接引语充满抱怨之情,表示出这些群体对政府的不满。

因此,对打工生活,宫道翠表现并没有表现出特别的留恋。她对城市生活表现出一种选择性的适应。实际上,很多女农民工中进入城市只是其生活历程的短暂片段,是一种过渡。很多外出务工的农村女性将城市经历视为一种获得经济利益和提高自身能力的手段,而最终的归宿仍旧是返回农村。对宫道翠来说,农村就是她可退守的城堡。作为一名年长的女性,她显然比年轻的女工更理智,对人生的规划也更有弹性。但不管怎么样,她并不十分满意这种状态。

值得注意的一点是,在负面报道中使用这种方式能够赢得受众对报道对象的同情,从而将中国各种体制、背景的评价上升为道德性或人道主义的批判。因此,尽管《时报》表现出避免简单化、两极化的倾向,但在负面报道中通过突出制度对女性的规制或压抑作用,就能够激发受众对个体遭遇的同情,也就越可能在弱化报道政治色彩的同时渗透对中国政治制度的批判。

三、强化个人经验

强化个人经历与突出制度因素构成了《纽约时报》在建构中国女性形象时实现性别与国别之间转换的相对应的两种方法。

强化个体经验①很多时候是新闻写作常用的有效的技巧,它可以使个体形象更为鲜明,使女性超越其所处的语境,并弱化社会整体结构对个体的影响。西方媒介尤其善于对个人的描写,但同样是强调个人经历,西方媒介和中国媒体的报道倾向却存在很大差异。赵月枝分析了中国小报对中国下岗工人的报到,她发现,突出个人原因能够极大弱化制度性失误给个人带来的损失,引导人们将下岗归因于个人的能力不足和不努力等消极因素,同时极力倡导个人展开有针对性的措施以弥补自己的错误。本书的分析发现《时报》为了

---

① 注:安东尼 V.梅内德斯·阿拉孔(Antonio V.Menendez Alarcon)分析了西班牙等媒介对欧盟的再现,发现在涉及欧盟困境的描述时,媒体往往尽力将相关议题个人化,因为受众个体不必了解关于欧盟的种种争论的大背景。参阅 Antonio V.Menendez Alarcon:"Media Representation of Eruopean Union", *International Journal of Communication*, No.4,2010.

突出一些特殊的中国女性形象也采用了个人化的手法,但与中国媒体存在着不同的倾向:在讲述女性正面经历时,往往突出个人原因,弱化制度的影响;在讲述负面经历时,往往强化制度原因。以一篇描述汶川地震的报道为例:

Then a dirge began playing over the loudspeaker, and all at once the women doubled over in agony, a chorus of 100 mothers wailing over the loss of sons and daughters who, *because of China's population control policy*, were their only children. The husbands wept in silence, paralyzed by the storm of emotion.[①]

(之后,扩音器开始播放哀乐,而100多名失去了子女的母亲们也突然放声痛哭,哀嚎声淹没了哀乐。因为中国的计划生育政策,这些母亲只有一个孩子。丈夫们也在默默地抽泣,陷入无法自拔的悲痛之中。)

文章首先做了上述的细节描写,紧接着对其中一个母亲做了特写:

"We worked so hard to raise you and then you left us so suddenly," a woman screamed, pounding the ruins of the Juyuan Middle School with her fists. "How could you leave us to grow old alone?"

("我们辛辛苦苦把你养大,你突然就这么走了,"一位妇女一边哭诉一边捶打着聚源中学的废墟,"你怎么能丢下我们,我们老了以后怎么办啊?")

紧随这一特写的则是家长们对政府官员的愤慨:

Parents of the estimated 10,000 children who lost their lives in the quake have grown so enraged about collapsed schools that they have overcome their usual caution about confronting Communist Party officials. Many say they are especially upset that some schools for poor students crumbled into rubble even though government offices and more elite schools not far away survived the May 12 quake largely intact.

(据估计,大约有1万名儿童在这次地震中罹难。这些孩子的家长因为学校的倒塌愤怒万分,一反平日面对共产党政府官员时的小心谨慎。很多家长说,一些穷人孩子就读的学校在地震中化为废墟,而距离不远的政府机构和许多精英学校却在5·12地震中幸存下来,这让他们非常难过。)

① ANDREW JACOBS: "Parents' Grief Turns to Rage at Chinese Officials", New York Times, May 28, 2008.

The parents whose children attended Juyuan were mostly farmers and factory work-ers, who have now lost their homes and jobs, *as well as their children.*

（聚源中学学生的父母大都是农民和工人，他们现在没了家，没了工作，也失去了孩子。）

The protests threaten to undermine the government's attempts to promote its response to the quake as effective and to highlight heroic rescue efforts by the People's Liberation Army, which has dispatched 150,000 soldiers to the region. Censors have blocked detailed reporting of the schools controversy by the state-run media, but a photo of Mr. Jiang kneeling before protesters has become a sensation on some Web forums, bringing national attention to the incident.

（示威者威胁要破坏政府意图树立的好形象，比如更有效地应对地震、强调15万解放军在灾区的英勇救援行动等等。审查人员封杀了国家媒体对争议学校的详细报道，但是，那张蒋先生跪对示威者的图片在一些网络论坛上引起了轰动，重新引起了全国对这次灾难的关注。）

在这篇报道中，失去孩子的母亲悲痛的人生经验被置入社会制度的大环境中。文章将大部分学校的倒塌与权力机构的自私以及金钱带来的优先权联系起来：政府机构和精英学校建筑损坏远远小于平民小学。这意味着阶层分化导致了严重的生存权不平等，贫富分化不仅将农民和工人边缘化，还夺去了孩子的生命。但政府不仅没有完善公益设施，反而罔顾平民利益，只顾一己之利，甚至大难临头还顾着面子问题。

这篇文章还强调了另外一个引起这些母亲悲愤的原因，即如果没有政府对生育行为的过度干预，她们可能会有两个甚至更多孩子，失去其中一个也不至于后半生无依无靠。所以，在文章的描述中，母亲们认为灾害的破坏力最主要的不是大自然，而是人为因素，因为那些"精英学校"损坏就小得多，这意味着官员的渎职；第二是政府面对灾难的不作为，导致那些可以活下来的孩子死亡；第三是政府的虚伪，它尽顾着树立好形象，而不顾孩子们的死活；第四在于，计划生育使她们只有一个孩子，而失去孩子的悲伤是难以承受的。在这一场惨烈的灾害中，国家至少要承担三个方面的责任。《纽约时报》通过自己的叙事表明观点：如果没有这样一个虚伪、腐化、不近人情的政府，大地震的破坏远没有这么严重。

由以上分析可见,该报通过描述一个具有典型性的个体经验,将生育制度、阶层问题、执政方式问题等三个非常敏感的议题集中起来,充分凸显了制度性问题对人性的摧残。

与突出悲惨的个体经历相反,突出个体成功的经验,客观效果是弱化制度和社会整体环境对个人的影响,尤其容易弱化国家和社会的正面形象,使人认为成功是个人努力的结果。"人物"题材采用这种叙事方式时效果较为明显。对华裔女星赵小兰、造纸女王张茵、体操选手程菲等人的描述都突出其个人成就。这些女性的生活经历充满英雄和传奇的色彩,社会则成为她们经验的助推剂、机会提供者,或者赋予其个人经历独特的文化心理因素。这种叙事的效果在于一方面能够强化女性个体经验对国家形象的隐喻功能,使中国国家形象的再现更为客观,从而尽可能地弱化文本中可能潜藏的民族国家意识形态,另一方面能够凸显文本的人本主义追求,激发受众的阅读兴趣。

四、利用刻板印象

刻板印象是"一种涉及知觉者的关于某类人群或事件的知识、观念与预期的认知结构"[①],是人们对特定事物的简单化、固定化的印象。沃尔特·李普曼在《公众舆论》中提出,"大多数时候,我们并不是先看东西,后下定义,而是先下定义,后看东西,对于外界的混乱嘈杂,我们总会先套用我们已有的文化框架进行解读,我们倾向于用我们已有的文化形式来感受外面的世界。"[②]通常,刻板印象是指负面的印象,但田岛(Tajima)等人在研究美国的亚裔妇女时提出"刻板印象可能是正面的"[③],此外,穆恩·李(Lee Moon J.)等人也提出

---

① Hamiltion, D.L.&Trolier, T.K., "Stereotypes And Stereotyping: An Overview Of The Cognitive Approach", In J.F.Dovidio & S.K.Gaertner(eds.), *Prejudice, Discrimination, And Racism*, Orlando, FL: Academic Press, 1986, pp.127-163.

② [美]李普曼(Walter Lippman):《公众舆论》,阎克文、江红译,上海人民出版社 2002 年版,第 67 页。

③ Tajima, Renee: "Lotus Blossoms Don't Bleed", *Making Waves: An Anthology Of Writings By And About Asian American Women*, Asian Women United Of California(ed.), Boston: Beacon, 1989, pp. 308-317.

存在正面刻板印象。① 由此可见,刻板印象既可以引导人们对认知客体形成偏见,也有可能引导人们形成良好的印象。在本研究的文本中,《时报》利用人们对中国特殊时期或者特殊事件形成的刻板印象作为女性个体经历的背景,以强调特殊历史时期女性的处境,或社会事件对女性的影响,从而形成关于民族国家的宏观叙述和女性个体经历的微观叙述相结合的结构。这种互文从侧面勾勒出中国特殊时期的国家形象。在分析《时报》是否含有意识形态时,特别需要注意的是以下具有典型意义的背景,它们分别对应不同的象征意义:

　　改革开放及"中国模式":经济上废除计划经济和小农经济,向自由市场转轨。由于美国经常将社会主义与计划经济对等,因此,"市场经济"往往被处理成"社会主义资本主义化"的符号,但是在资本扩张的过程中,尤其是吸引外资的过程,人民付出了巨大代价,因此,市场经济的含义是极其丰富的,既代表了中国向资本主义的靠拢,又代表着这种改革过程给普通农民、工人以及城市平民带来各种利益损失。改革开放的其他显著后果包括文化上趋向多元化,西方流行的一些文化艺术形式开始传入中国,有的被加以改变,这些文化产品和艺术形式对中国文化形成一定影响;言论上趋向自由化,但是仍旧有很多地方存在言论禁忌,存在美国所推崇的言论自由主张与中国新闻制度的矛盾,在这一方面,言论自由往往成为《时报》暗示中国及共产党舆论钳制、独裁的概念;计划生育无一例外地被用来说明中国忽视、压制人权,以民族国家发展的名义剥夺妇女生育权和胎儿出生权,严重危害妇女身心健康,等等。这些无比复杂的现象被归结为"北京模式":

China's living standard is rising as the rest of the world watches the apparent success of the so-called *"Beijing Model"* — *authoritarian politics plus fast economic growth*。

　　(中国的生活水平在不断提高,全世界都在看着所谓"北京模式"——威

---

① 　Lee, Moon J., Bichard, Shannon L., etc. : "Television Viewing And Ethnic Stereotypes: Do College Students From Stereotypical Perceptions Of Ethnic Groups As A Result Of Heavy Television Consumption?" *The Howard Journal of Communications*, Vol. 20, No. 1, 2009, pp95 - 110. 参阅廖圣清、景杨、张帅:《大学生的媒介使用、社会接触和国家印象:以刻板印象为研究视角》,《新闻与传播研究》2011 年第 1 期。

权政治外加高速经济增长——的巨大成功。)

　　香港回归:资本主义在中国某一部分领土上的胜利,与之相伴的是,大陆对香港造成威胁,不仅是意识形态上的不同,大陆还开始抢夺香港优厚的社会福利资源,并享受充分的生育权利,本研究发现3篇为了躲避大陆的计划生育政策而到香港生育的文章。还有一篇是关于内地劳动力低廉而影响香港就业市场的。

　　偏远地带是落后、保守、愚昧的象征。这些地方经济、教育、医疗等各个方面都不发达,人们无知,存在一些前现代社会的观念和行为方式。经济落后的地区就有可能构成单一媒介形象,如果经济总体发达,但人均收入不高,比如河南、四川以及安徽,就成了媒介负面监督报道的重点;经济发达的地区容易留下正面、丰富、多元化的印象,例如最发达的上海、北京、浙江。此外,一些特殊地区也由于一些影响深远的事件让人们形成一种刻板印象,譬如,与西藏有关的主题主要是宗教与民族,其诱因在于达赖喇嘛1959年的叛乱事件,与河南相关的是艾滋病村与卖血事件,而与山西相关联的就是矿难以及与此有关的改革与贪污事件等。① 以本研究中涉及艾滋病的文章为例。在本书分析的样本中一共有12篇描述中国艾滋病防治状况,每一篇都提到农村(rural, village),11篇文章中提到的具体地区只限于河南(7篇)、云南(5篇)、新疆(1篇)、四川(2篇)、深圳(1篇)这几个地方,对患病原因的解释集中于卖血(blood selling)、卖淫(prostitution)、缺乏知识(With Ignorance as the Fuel),每篇文章都提到政府防治不力(political leaders have not seriously gotten on board、They do not seem to see what a problem this is going to be for China)。这些叙事建立起一个关于艾滋病的叙事:政府防治不力+贫穷+无知=艾滋病难以控制。再比如,本书一共发现15篇涉及西藏的文章,其中6篇涉及民族冲突和宗教压迫,1篇涉及性别失衡,1篇涉及艾滋病,1篇涉及怒江大坝移民对当地藏族人的影响。

　　毛泽东及"毛泽东时期":"构想实现一个以平均主义为特征的社会主义社会"。② 新中国成立后的毛泽东时代,毛泽东的思想仍旧沿用了"延安模

---

　　① 江根源、季靖:《地区媒介形象:传统、权威与刻板印象》,《新闻与传播研究》2006年第4期。

　　② 王明生:《"大跃进"前后毛泽东分配思想述论》,《南京大学学报(哲学人文科学社会科学版)》2002年第4期。

式",而"延安模式的本质就在于斗争精神和牺牲精神,在于经济工作中的分散经营、群众动员、平均主义、自力更生以及对农民美德所给予的重视,建国以后毛泽东时代的经济思想不过是延安模式的普遍化,'大跃进'和'文化大革命'都体现了'延安模式',并使毛和他的许多战友分道扬镳①;"广大人民群众也愿意相信,有党和毛泽东的领导,似乎中国没有什么事情是做不到的。"②

　　文革:独裁专制、社会生活泛政治化、愚民、非理性。美国中央情报局在研究中国文化大革命时提出,"无产阶级文化大革命"是为解决困扰中国的主要问题而设立的"全能方程式",也是毛泽东为恢复自己的至高无上的权威而开出的"灵丹妙方"。③ 美国学者白鲁恂也提出,"中国的政治调子一直是狂热的,运动不断,损伤亦不断"。④ 多数美国人认为,红卫兵运动代表了"文化大革命"戏剧性的一面———一群狂冲乱闯的青年学生,置国家法律于不顾,试图颠覆以中国共产党为代表建立起来的国家权力机构。⑤ 美国政府和学者对"文革"后期知识青年上山下乡运动的评价多为负面的,其要点为:(1)一项临时的安排城市青年就业的权宜之计;(2)继续扩大城乡差别;(3)造成了农村和城市社会秩序的混乱;(4)中断了中国高等教育的正常途径。⑥

　　以下面一篇文章为例我们可以看到该报利用对毛泽东、文化大革命的刻板印象来描述中国社会文化的变迁。文中描述了改革开放以后流行文化在中

---

　　① 　王景伦:《毛泽东的理想主义和邓小平的现实主义———美国学者论中国》,时事出版社 1996 年版,第 321 页。

　　② 　汤应武:《建国后党为实现现代化做的五次重大部署》,《北京党史研究》1995 年第 4 期。

　　③ 　Memorandum for MR.Bundy 1964. 11. 16,Text of Cable from Hong Kong(1988) ,美国盖尔(Thomson Gale)公司网络数据库,解密文件参考系统(Declassified Documents Reference System) ,Communist China-U.S.Policy Assessment,DDRS,DN:CK3100400794。转引自王朝晖:《美国对中国"文化大革命"的研究(1966 — 1969)》,东北师范大学 2005 年博士学位论文。

　　④ 　Lucian W.Pye:"Coming Dilemmas for China's Leaders" , Foreign Affairs , Vol.44,No.3,April 1966,p.391.

　　⑤ 　王朝晖:《美国对中国"文化大革命"的研究(1966—1969)》,东北师范大学 2005 年博士学位论文。

　　⑥ 　注:有关知识青年山上下乡运动的研究参见 Thomas P.Bernstein:Up to the mountains and down to the villiages:the transfer of youth from urban to rural China,New Haven,Conn.:Yale University Press,1977;Peter J.Seybolt ed.:The rustication of urban youth in China:a social experiment,N.Y.:M.E. Sharpe,1977,转引自王朝晖:《美国对中国"文化大革命"的研究(1966—1969)》,东北师范大学 2005 年博士学位论文。

国的迅速蔓延,人们颠覆禁忌,婚姻观、价值观和性观念前所未有地开放,作者还将这种现象与毛泽东、文化大革命做了对比:

The World:Mao vs.Modernism;A New Cultural Revolution in China...or Is It?①

（当毛泽东遭遇现代化:中国是否在进行一场新的文化大革命?）

The question is whether this noisy pop culture represents a meaningful increase in personal freedom for Chinese citizens or merely serves as a superficial distraction from a repressive political structure.

（问题是这些嘈乱的流行文化是代表了中国公民个人自由的拓展呢,还是仅仅是肤浅地背弃压抑的政治结构呢?）

The shattering of taboos andupending of traditions is widespread. For decades, beauty pageants were banned,but earlier this month,China was host to its first Miss World pageant.Polls show that far more Chinese couples are having premarital sex or living together before marriage than ever before.Plastic surgery is thriving in a country where bodies were once hidden in drab Mao suits.And divorce rates,once almost nonexistent,are rising.

（颠覆传统禁忌的事情到处都是。几十年来选美比赛都被禁止,不过,就在本月初,中国首次主办了世界小姐选美比赛。民意调查显示,有婚前性行为和同居的中国夫妇超过以往任何时期。在这个国家,身体曾经一度被罩在单调的毛氏服装下,但现在整形外科却正日益兴盛。过去离婚率几乎为零,现在也正在上升。）

"A lot of middle-aged women want to look younger,sometimes for seeking a job or also for remarriage,"Ms.Li said.

（李女士说:"许多中年妇女想看起来更年轻些,可能是为了找工作,也可能是为了再婚。"）

文革时期的"颠覆"和"狂冲乱闯"是一样性质的行为,"嘈乱的流行文化"(noisy pop culture)与文革时期的"混乱狂热"何其相似,而它们的后果也

---

① JIM YARDLEY:"Mao vs.Modernism;A New Cultural Revolution in China or Is It?",New York Times,December 21,2003.

有些相似之处,即都会对"权力机构"和"政治结构"造成挑战。从叙事结构上看,文章标题建立了两对二元结构:"毛"与现代主义,现在的中国文化大变革与"文化大革命",这种比对暗示了毛泽东时代的文化与现代文化有本质差别,"新的文化大革命"在这里征用了"文化大革命"一词,用意是强调现代文化对传统的颠覆。因此,正文中顺理成章地提出"颠覆禁忌的事到处都是",从而建构起一种"毛泽东——文化大革命——中国现代文化变迁——颠覆传统"的结构,这种颠覆使女性观念也发生了很大变化,她们参加选美、婚前同居、整容,这些行为大大破坏了传统文化对女性的规制。

对邓小平的认识总是与改革开放相连:20 世纪 70 年代末只有邓小平能够领导中国的改革开放;在当时中国的领导人中有邓小平这样的经验和背景的人很少。①

以"DengXiaoping"为关键词进行搜索发现含有这个词的文章有 34 篇,这34 篇文章都提到了与经济改革有关系的要素,包括"资本主义"(capitalism)、"经济改革"(economic reform)、"市场经济"(market econimic)等。
Huge billboards in Guangdong Province commemorate *Deng Xiaoping's decision a quarter-century ago to allow capitalism to gain a foothold in a few cities*here in southeastern China.Practically ever since,China's astounding economic growth has provoked warnings that the boom may not be sustainable.Year after year,China has proved the worriers wrong,although there have been a few missteps along the way,most notably when inflation surged temporarily and foreign exchange reserves withered in the early 1990's.②

(广东省内矗立着一副巨大的广告牌,用来纪念邓小平 25 年前的一个决策。当时他决定允许中国东南部的几个小县城发展市场经济。自此开始,中国举世震惊的经济增长不断引来外界的警告言论,他们声称中国式繁荣不可持续。虽然前行之路确实遇到些磕磕绊绊,最严重的比如 20 世纪 90 年代初发生的短期通胀及外汇储备缩水;但是,年复一年,中国总能证明此类想法是

---

① ［美］傅高义(Ezra Feivel Vogel):《美国学者看邓小平》,《当代中国史研究》2007 年第3 期。

② KEITH BRADSHER:"Is China The Next Bubble?" New York Times,January 18,2004.

杞人忧天。)

Demography may be no surer predictor of destiny than trade data. But of the two momentous changes championed by *Deng Xiaoping* a quarter-century ago, coercive population controls and experiments *with market economics*, the jury is still out on which will do more to shape China's long-term potential.①

(在预测前景方面,人口数字或许没有贸易数据更有说服力,但是 25 年前邓小平主导的两次重大的变革——计划生育政策和改革开放中,究竟哪项变革会对中国长期发展的潜力带来更深远的影响,现在依然没有定论。)

刻板印象通常以负面印象为主,但负面印象却可以通过频繁的接触得到改变。阿尔伯特(Allport,G.W.)在分析这种机制时提出,个体通过直接接触外在群体成员,经过印象形成过程收集外在群体成员信息;经常接触导致使用更复杂的维度评估外在群体成员,结果,更多的接触培育正面的态度,甚至改变原先负面的刻板印象为正面的刻板印象,缺乏接触则导致负面的刻板印象和偏见②。但是,从总体上看,西方文化在赋予中国和其他亚洲国家朴实、神秘等正面形象的同时,很多时候也存在将中国污名化的现象。譬如,后殖民主义文本经常使用本质主义的叙事方式将非洲、亚洲、阿拉伯以及西藏地区视为懒惰、虚伪、愚昧以及无法自制的群体,而当地统治者则是腐败暴虐的。③ 在现实社会中,国际受众亲身接触中国女性的机会较少,很难改变社会总体文化中对中国女性及中国负面的刻板印象。因而可以推测,《纽约时报》在叙事中利用这些刻板印象强化了人们潜意识的认知,使得无论正面形象还是负面形象都被放大和固化。

---

① JOSEPH KAHN:"China's Time Bomb:The Most Populous Nation Faces a Population Crisis", New York Times, May 30,2004.

② Allport, G.W.:"*The Nature Of Prejudice* (25th anniversary ed.) *Reading*", MA:Addison-Wesley,1954 /1979.转引自 Alexis Tan, Yuki Fujioka & Nancy Lucht:"Native American Stereotypes, Tv Portrayals, And Personal Contact", *Journalism and Mass Communication Quarterly*, Vol.74, No.2, 1997,pp.265–284.

③ Dibyesh Anand:"*World politics, representation, identity: Tibet in Western popular imagination*", Doctoral thesis, University of Bristol,2002.

第三节 《纽约时报》基于民族国家
视角的叙事逻辑

媒介文本之所以选择一些典型形象,目的就在于通过一些叙事技巧、从多个角度上完成关于民族国家和历史的宏大叙事。

一、基于"差异"的叙事理念

形象的塑造实际上是建构一种关系,是一个充满意识形态的过程。恰如伊罗生所言:"对政治以及可能对其他许多东西来说,更加贴切的词,不是印象而是关系。"①分析"他者"形象实际上就是区分"我者"与"他者"的界限,即引导读者发现二者之间的"差异"。在分析异国、异族以及其他不同群体的形象时,建构"差异"是帮助受众形成特定群体印象的内在机制。

在国际传播中,通过建构"差异"再现女性形象一般表现在两个维度:一个是女性群体内部的差异,即"多元化"的内部群体构成,这一层面在本书第一章已经进行了分析;另一个是基于叙事者和描述对象所处的不同文化背景之间的差异,即从民族国家视角检视其他国家族群,建构"他者/我者"之差异。在国际传播中,民族国家视角下的"我群"和"他者"的概念是建构异族形象的基础,因而这一层面的分析具有更大价值。梵·迪克在论述"我者"与"他者"身份建构时提出以下几个分析维度:

1. 群体成员的身份,即:我们是谁? 谁属于我们? 谁可以被认同?

2. 行为:我们的行为、计划如何? 我们期望什么?

3. 目标:我们的目的是什么? 想要达到什么目标?

4. 标准:我们所做孰好孰坏,哪些可行? 哪些被禁止?

5. 关系:谁是我们的朋友,谁又是敌人? 我们社会立场如何?

6. 资源:什么东西我们拥有而别人没有,又有什么是他者拥有我们没

---

① [美]哈罗德·伊罗生(DaroldR.Isaacs):《美国的中国形象》,于殿利、陆日宇译,中华书局2006年版,第280页。

有的?

为了强调"我者"与"他者"的分别,文本经常采用一些方法,譬如,强调"我者"好的一面或弱化"我者"坏的一面,对"他者"则采用相反的方法。具体到进行文本分析中可以从标题(如将谁的信息放在标题中)、细节描写的程度、假设与暗示(比如社会文化中一些普遍存在的思维方式)、连贯性(比如因果关系)、同义词以及词语挪用、对比、例证以及命题结构等方面展开。①

从梵·迪克的分析路径来看,建构"我者/他者"二元结构的话语实践模式之一是建构差异性和寻求共同性,即:强化二者之共同点以寻求并强化群体认同,这事实上是一种将"他者"视为"我者"之一部分的策略;强化二者之差异,以此突出群体间本质性的差异,塑造明显的"他者"形象。譬如,梵·迪克在对英国与荷兰的新闻媒体文本进行的分析中发现,报纸中存在着种族偏见,比如将移民与难民视为犯罪与文化污染的来源;②在报纸论述中,精英分子也通过对"我方"(us)与"他者"(them)的论述建构了种族主义偏见,③他还分析了当权者演讲稿如何实现"我方/民主主义"与"他者/独裁政权"两级化,并结合其他论述策略将美国攻打伊拉克的政策合理化。④

另外,在国际传播中建构女性形象需要在两种族群差异的基础上更加突出其"女性"特质,因此媒介往往更加注重具有性别意义的话题,或者通过强化一些"女性"特质予以再现。譬如,西方媒介关于中国女性的描述往往突出其在计划生育、选择性出生等方面遭受压迫;而对另一些异族女性,则通过强化其外貌、言行等不同之处将其塑造成政治上不可信或者不容易被掌控的人。有些学者研究了美国媒介对古巴女性偷渡者和移民的报道,发现一些美籍古巴的女性移民有时被"性欲化"处理,媒介往往集中描述她们的身体,突出其大胆、狂热的特质。这些特征并不符合美国白人的主流价值观,因而这些女性遂变成可能威胁或颠覆本地社会秩序的群体。实际上,当地文化也恰恰拥有

① Van Dijk, T. A.: *Ideology and Discourse: A Multidisciplinary Introduction*, Barcelona: Pompeu Fabra University, 2000, pp.42-60.

② Van Dijk, T. A.: Discourse and racism: Ethnic prejudice in thought and talk. Newbury Park, CA: Sage, 1987.

③ Van Dijk, T. A.: Elite discouse and racism. Newbury Park, CA: Sage, 1993.

④ Van Dijk, T. A.: "Discourse and manipulation", *Discourse & Society*, Vol.17, No.3, 2006.

以上这种想象,媒介的描述反过来又加深了这种印象。① 同样,媒介也常常将一些其他有色人种女性描述为开朗、狂热、奔放以及性欲强烈的群体,从而建立起一种不同于白人女性的形象,形成一种特定的叙事模式。这种可见、可描述的女性外形特征如果能够符合当地文化,女性形象就会被视为可接受的、友好的,否则会被视为“种族化”的“她者”,她们可能成为政治上不可信、不同意被掌控的群体。这也正是媒介文本描述异族群体时意识形态化的表现。

二、建构“理想型”中国女性的美式标准

对于美国来说,中国女性是复杂的“她者”,尤其是在中式的文化、制度安排下,其性别特质、社会待遇、角色地位都有异于美国。而美国作为上帝子民,有权为中国女性设置“理想型”。在《时报》文本中,通过突出相异性而形成一系列对立关系,这种结构剥离了具象的个体,形成一种象征性体系。与女性相对应的中国形象被政府、民间文化、专家等群体和意象加以具体化。

与此同时,“他者”既然意味着“关系”和“认知”,书写“他者”也就是一种反思,媒介形象的实质是作者反观自身,因为“被制作出的‘他者’形象都无可避免地表现了对‘他者’的某种否定以及对自我及其空间的某种补充和延长。‘我’出于某种原因言说‘他者’,但在言说的同时却有意无意、或多或少地否定了‘他者’,从而言说了‘自我’。”②也就是说,对“他者”的塑造实际上蕴藏了作者对自我意愿的表达。但这一过程不只隐含了价值判断,还渗透着感情表达,使得媒介文本制作过程中伴随着非理性的冲动。既然媒介文本隐含着价值判断,就必然产生一些态度,这里的态度不仅是正负、褒贬之类简单的二元结构,而是多样的、复杂的。本书分析《时报》对中国女性的再现时,经常在国家形象与女性形象发生交叠的地方发现以下这种叙事模式:

倾向于美式做派的女性是进步的,可以沟通的,遂加以肯定和亲近;意识

---

① Molina Guzman&Isabel: *"Discursive Re-embodiment, Latina Femininity, Sexuality, and Domesticity in News Conveage of Cuban American Women; Gendered Discourse"*, Conference Papers, International Communication Association Annual Meeting, 2004.

② [法]达尼埃尔-亨利·巴柔:《从文化形象到集体想象物》,孟华主编:《比较文学形象学》,北京大学出版社 2001 年版,第 124 页。

形态上异于或反对美式做派的女性是完全的"她者",表现出恐惧或憎恶;对拥有异域文化特质的女性,则表现出好奇、喜爱,态度上倾向于狂热;而对在中国语境中遭受创伤的女性,《时报》的态度是同情。

《时报》这种对中国女性的复杂态度反映了西方文明对中国认知的复杂性。在西方文化发展史上,中国形象主要表现为两种类型,即乌托邦化和意识形态化。乌托邦化是西方将中国视为可以模仿的对象。在西方现代文化观念试图从传统的、基督教伦理主导的"统一的文化价值"中挣扎分离出来时,包括民族国家与民主政治信念、世俗化物质主义与个人主义、科学与进步观念、理性主义哲学等,都可以在中国的"可汗的帝国"那强大、富有及其统治者的政治策略中找到合法性依据,乌托邦的中国可以视为西方现代精神的隐喻。①意识形态化则体现着西方对中国的批判和否定。在现存的国际社会格局中,西方国家在国际上处于优势地位,这使得他们认为可以将自己的想象作为塑造"她者"的中国女性的标准,以获得自身作为先进文化的合法性依据。

由此可见,无论历史上的正面中国形象还是转型期复杂的中国形象都可以证明西方文明的合理性。只不过是,乌托邦式的中国比当时的西方更加文明进步,它所代表的先进的文明形式为西方建构现代性提供了合法性资源;而现今的中国则处于缺乏民主或民主制度不完善、经济正处于高速发展但又不及美国发达、传统文化已经解体但尚未形成现代文化体系的阶段,这种复杂的社会格局更加强化了美国对自身那种已经成型的民主制度的肯定。对比本研究中涉及的样本我们也可以发现,《时报》在审视中国女性的角色地位、再现女性形象时往往以美式文化为标准,延续了西方文化一贯的中国观。

三、再现女性、还原中国与设置国际性议题

国际传播不仅仅要针对国际社会、外国或者异族的具体问题展开报道,更关键的在于如何在还原当地语境的同时,将新闻事件设置成超越国界的、国际社会普遍关心的议题。从本书第一章中关于女性报道的主题设置来看,《时

---

① 周宁:《跨文化形象学:当下中国文化自觉的三组问题》,《厦门大学学报》2008 年第 6 期。

报》对中国女性的再现基本上反映了现代化过程以及人类文明发展过程中遭遇到的基本问题或重大问题,通过对与这些主题相关的中国女性及中国"他者"的论述,《时报》建构了一个更加宏观的国际的视角,也为国际传播提供了重要的报道框架。

通过女性问题还原中国形象并设置国际议题的方法主要有两种,一是通过提供背景、还原时空条件、采用当地当事人证言等方式重新建构出新闻事件和新闻人物所处的场景,实现新闻叙事的真实性和客观性,这是新闻文本叙事技巧层面的问题;二是注重选取具有普适性价值的题材,结合特殊的再现手法,将其转化成道德层面的问题,将有"中国特色"的问题设法转换成超越国界的问题,这是报道的宏观框架层面的问题。第一个方面是为了保证准确地反映新闻事件和新闻人物,可以协助国际受众了解异国异族,满足他们对异质文化的好奇心,实现跨文化的交流和沟通。一般来说,这一层面属于对事实的表述,可借由一系列的专业写作手段实现;第二个方面则是提炼出个别的事件、人物、群体所代表的人类生活中本质问题的重大议题,包括民主自由、阶层分化、性别意识、疾病等政治、经济、文化以及人类社会生活中的各类母题,这一层面就是文本意识形态所要达到的效果,也是衡量国际传播说服效果的重要维度。

从本书分析的结果看,《时报》对中国女性的报道中涉及国际社会普遍关心的重大议题包括人权问题(占 26 次,占所有子议题总数的 2.9%,)、失业问题(18 次,占所有子议题总数的 2.0%),艾滋病问题(12 次,占所有子议题总数的 1.3%),宗教问题(10 次,占子议题总数的 1.1%),环境问题(8 次,占子议题总数的 0.9%),民族事务(6 次,占子议题总数的 0.7%)。以上这些是很多国家在现代化过程中都曾经或正在遭遇的问题,而女性在这些问题中又极容易陷入弱势一方。在美国那里,这些问题的处理或者领先于中国,或者拥有完全不同于中国的处理方式,这些差异是《时报》重点强调的地方。比如计划生育、艾滋病以及城市化与阶层流动等议题,该报总是特别突出"性别"被"国家"权力结构所控制和利用:

计划生育(14 篇)不仅涉及人类再生产,也涉及人权。《时报》计划生育题材的主要报道模式之一是政府控制生育——官员野蛮执法——怀孕妇女被

迫流产,这一模式将人权这一人类文明的基本问题编织到中国社会的具体语境中;

艾滋病(12篇)从一开始就不仅仅是疾病问题,而是一个社会问题,关系到性别及性观念、性行为、地区性贫困、医疗技术及资源分配等现代生活诸多方面。《时报》对艾滋病的报道强调了女患者的弱势地位,又通过对这些女性个人背景的介绍——这些妇女很多是来自中国西南部贫困山区、缺少卫生健康知识——来展示位列于发展中国家的中国在防控艾滋病方面的困境;

农民工问题(15篇),这个人群凝聚了阶层分化、城市乡村结构变迁、职业分化、教育、社保体制等诸多问题。《时报》通过描述女农民工在就业、生活和性别观念上的变化展示了中国城市化的进程;另一方面,很多文章又详细地描述了女农民工面临的困境,比如卖淫、就业过程中的性别障碍、某些“女性”行业中面临的失业危机等,强调中国制度上的缺陷造成的阶层分化和社会不公等问题。通过对这些问题的多层面的呈现,《时报》在塑造女农民工的同时塑造了一个被城市化进程所推动和困顿的中国形象。

这些议题实际上已经超越了社会性别这一单一维度,是国际社会曾经或正在面临的问题。《时报》通过特定的叙事方式将这些问题处理成“具有中国特色”+“具有普遍意义”+“涉及普世价值”的问题,使报道具有国际视野,也强化了现有的国际议题结构。

经过性别——国家这层转换,《纽约时报》将中国女性面临的问题转化成中国面临的问题;通过中国——国际这层转换,《纽约时报》将中国女性的问题转化成人类社会普遍关心的问题。这两个层面、三个维度的转接使《时报》实现了对中国女性的民族国家叙事,将对中国国家的再现编织到对中国女性的再现过程中,将中国女性再现编织到国际社会议题中。

总体而言,民族国家立场是考察《纽约时报》中国女性形象文本的另一个视角。这一视角的最大特征在于将新闻话语同中国女性与美国的关系相结合,以后者作为归类的标准。顺着这一思路分析,本书发现该报对中国女性与美国关系的描述在两级,即征服和拯救之间摇摆。在“征服”的关系中,中国女性往往被呈现为拥有与美国观念相对抗的能力的形象,或者给美国利益带来威胁的形象;在“拯救”的关系中,中国女性往往被呈现为社会主义或共产主义制度的受害者,美国则作为英雄接纳她们、帮助她们;在这二者之间的是同盟者。同盟者意味着双方可以对等地交流,相互认可价值观念,彼此欣赏。在《时报》的叙事中,这些女性积极响应、认同和融入美国的生活方式和价值观念。

这个呈现过程遵循着特殊的逻辑,即建构差异、以美国为中心、将女性作为中国的"能指"。在这一逻辑框架中,该报通过还原时空背景、利用刻板印象、强化个人或突出制度因素等方式从侧面塑造了中国形象,并且将中国女性的议题转置为国际社会普遍关心的问题,设置了国际传播的议程。

第三章　性别、国别与中国女性媒介再现的意识形态

　　新闻采编的选择性和新闻话语的建构性使整个传播过程都伴随着意识形态的运作,因而作者选择什么样的形象、选择什么样的方式建构形象可以反映出媒介是否具有倾向性。《纽约时报》对中国女性的建构在社会性别、种族、民族国家角度几个维度展开,同时也隐含着相应的价值观念和意识形态倾向。

第一节　"他者"的建构与民族中心主义

　　是否存在民族中心主义在于文章是否将自己的民族作为衡量再现对象的标准。本研究对这一问题进行了量化分析。以下图示分别是《时报》十年样本的报道风格是否同美国进行对比(图 3-1)以及中国背景有否与美国对比(图 3-2)的分析:

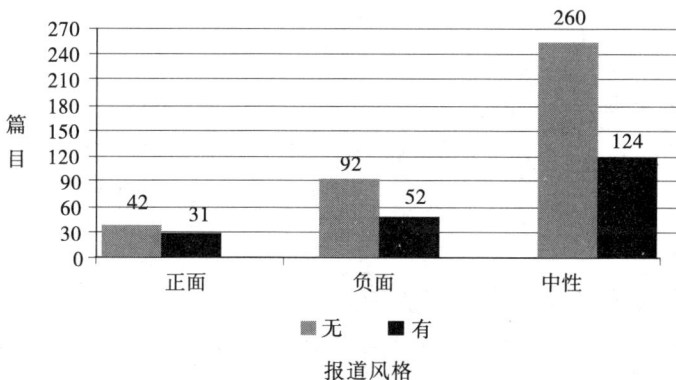

图 3-1　报道风格有否与美国对比描述之比较

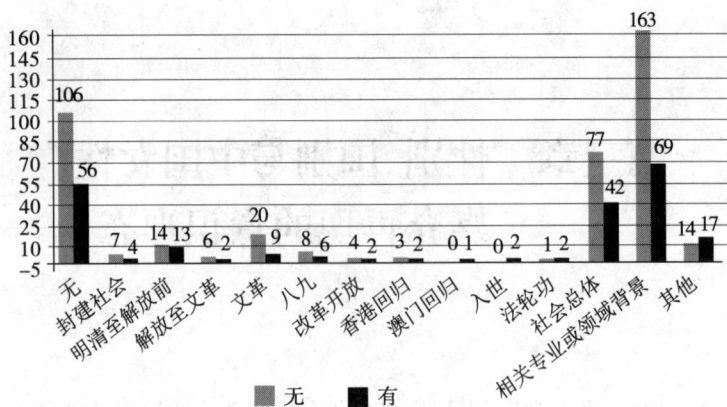

图3-2 中国背景有否与美国对比描述之比较

在所有报道中有207篇与美国进行了对比,占总数的34.4%;正面报道中有31篇与美国进行了对比,占正面报道总数的42.5%,负面报道进行对比的是52篇,占负面报道总数的36.1%,中性报道中124篇进行了对比,占中性报道总数的32.3%;

有434次将中国背景与美国相关情况进行了比较,占所有文章中提到的所有背景总数的34.9%。其中所占比重最大的是"相关专业或领域背景"一项:

这两组数据显示,在不同风格的报道以及提供中国背景的报道中,分别有超过三分之一的样本将美国作为文本宏观叙事的背景,流露出"以我为主"的倾向。

一、以美国实力为标准

结合上文数据,本研究对《时报》的样本进行了话语分析,发现《时报》叙事中"以我文主"的倾向主要表现为以下几种关系:将美国作为引领中国女性的教师、拯救中国女性的慈善家,并同受到压迫的中国女性站在一起声讨中国政府以及传统文化给她们造成的种种灾难;

如果她们在某些方面获得了进步,那很可能是因为受到美国影响,譬如上文分析的钢管舞的推广者;

衡量她们是否获得进步的标准是看能否与美国对上话,包括是否在政治上认同美式的民主自由、实践自由主义市场经济等等,有时候还包括是否能够在专业领域中拥有与美国比肩的能力。譬如,上文提及的关于程菲的一篇特写中写道,程菲拥有丰富的比赛经验和对比赛的强大调控能力,是中国女队的'定心丸'。从3岁练习体操开始,程菲经过十多年艰苦的训练,获得了非凡的成就:一共在三届世锦赛、三届世界杯总决赛、二届奥运会上获得了九个世界冠军,是中国女子体操队获得世界冠军最多的队员。但是,代表她超级高超的专业水准的不仅是她获得的一系列奖牌,还有可以同美国运动员一比高下的机会:

Today, all grown up at 20, Cheng is not simply promising. She is China's top female gymnast and the country's best hope of winning a gold medal in that sport at the O-lympic Games in Beijing, where she will go head to head with Shawn Johnson of the United States, the world champion in the all-around.①

(现在,程菲已经20岁了,她不再仅仅是当年那个有前途的小女孩,而是中国女子体操队的顶尖选手,是国家队中最有希望在北京奥运会上夺取金牌的选手。她将与美国的世界全能冠军肖恩·约翰逊展开令人期待的强强对话。)

这种以美国为标准衡量中国选手的叙事体现出该报的民族中心主义倾向。民族中心主义认为本族的文化传统和价值观念是衡量其他民族意识和行为的标准,极端化的表现是"文化沙文主义",即认为"自己的风俗和信仰无可质疑地优越于其他民族",②"自己的文化模式是'自然的','合理的',而其他民族的则是'不好的','奇怪的'或'难以理喻的'。"③

民族中心主义的发迹始于新航路的开辟及世界殖民化。在社会达尔文主义的支持下,殖民者竭力推广欧式生活模式和观念。在19世纪初,欧洲民族中心主义开始迅速发展。美国的建立、发展、扩张再次印证了民族中心主义对

---

① DAVID BARBOZA:"A Life of Sacrifice for a Vault of Gold", New York Times, August 4, 2008.

② Michael C. Howard, *Contemporary Cultural Anthropology*, New York: Little Brown and Company Inc., 1986, p.13.

③ Oriol PiSunyer, Zdenek Salzmann: *Humanity and Culture: An Introduction to Anthropology*, Boston: Hough ton MifflinCompany, 1978, p.483.

现代世界体系的影响,而美国建国史又为其民族中心主义心态提供了充分的合法性。建国初期,美国一直处于拓土开疆的阶段,直到1893年,疆土的拓展才告一段落。美国史学家特纳(Frederick Jackson Turner)认为,这导致了民族主义伤感在美国的增长。不过,许多美国传教士仍旧把自己视为拓荒者,要继续推进西进运动,甚至要跨过太平洋,于是,中国就成了他们新边疆的一部分①,因此也就不难理解美国民族情感及对中国的心态的变化。在这之前,美国和中国交流的初期阶段只限于贸易往来,最早来到中国的美国人都是商人、海员和冒险家,对中国认知并不深厚,并怀有一种敬畏心理。直至19世纪30年代传教士来到中国,两国才开始进入接触和了解阶段。不过,对传教与国家利益的关系,美国传教士明恩溥(Arthur Henderson Smith)讲得非常坦白:"我认为,从长远的观点看,英语国家的人民所从事的传教事业,所带给他们的效果必定是和平征服世界——不是政治上的支配,而是在商业和制造业,在文学、科学、哲学、艺术、教化、道德、宗教上的支配,并在未来的世代里将这一切生活的领域里取回收益,其发展将比目前的估计更为远大。"②

明恩溥的意思是,美国向中国的传教,一方面是为了在意识形态、文化观念等方面影响中国,将它塑造成美国的追随者,以便"支配"它;另一方面则是要在经济上从中国获得好处。明恩溥的预言在其后二百多年的中美关系中得到印证。至今,美国人仍旧习惯于将自己的特征、品行、习惯投射到中国人身上,以优越的眼光审视中国,并试图在非政治领域影响中国。与此同时,中国庞大的地域成为美国在东亚最大的市场。由此可见,美国对中国的亲善、恩抚、热忱的基础是有利于美国的。

这种"美国投射论"、种族优越感在《时报》的叙事中随处可见:将美国作为比对中国的背景,将其视为不能治理自己的实体,即使在"性"这样一个敏感的议题上,衡量中国的开放程度仍然需要与美国做比较。2007年3月4日

---

① [英]戴维·麦克莱伦(David McLellan):《异教的中国人:1890—1905年美国对专制帝国的寻求》,四方形出版公司1967版,第176页。转引自[美]T.克里斯托弗·杰斯普森《美国的中国形象(1931—1949)》,姜智芹译,江苏人民出版社、凤凰出版传媒集团2010年版,第6页。

② [美]明恩溥(Arthur Henderson Smith):《今日之美国与中国》,伦敦1907年版,第236页,转引自顾长声:《传教士与近代中国》,上海人民出版社1981年版,第113页。

的报纸刊登了一篇关于中国媒体中的"性感女人图片"的文章：

WHEN Sports Illustrated's swimsuit issue hit the news stands last week in China for the first time, with the sexy singer Beyoncé on the cover, the competition was fierce.①

（自以性感歌手碧昂斯为封面人物的《体育画报》泳装特刊于上周在中国第一次上市以来，市场竞争已白热化。）

Readers here had already seen the February issue of For Him Magazine, which features a Chinese singer named A Duo on its cover wearing *a white V-neck leotard that reveals every other inch of her rather substantial figure.*

（中国读者已看过 2 月出版的《男人装》杂志了，这期杂志的封面是一位名叫阿朵的歌星，她身着 V 领白色紧身连衣裤，曲线毕露。）

Inside, *A Duo poses like a dominatrix, clutching her breasts, wrapping her naked body in celluloid and bending, sweat-drenched, over a submissive man.*

（在杂志内页，阿朵的姿态像个施虐者，她紧握胸部，弯着腰，赤裸的身体裹着电影胶片，香汗淋淋，身下是个驯顺的男人。）

The racy For Him Magazine also offers tips on "how to do it in five minutes" (because a "sex break is the same as a coffee break") and features stories with titles like "The Dangerous Sex Journey of QiQi."

（《男人装》还经常提供一些小技巧，比如"怎样在五分钟内搞定"（因为性爱时间和"咖啡时间"一样长），还有一些文章则冠以"琦琦的危险性旅程"之类的标题。）

在这些描述中，女性被情欲化和物化，成为被"观看"的角色。但这些中国女性究竟在多大程度上被作为男性的消遣物或消费文化再生产的符号资本呢，这就需要以美国等西方国家为参照标：

The images and text would hardly be shocking to American or European readers. And the magazine's photographs are tame compared with what appears in magazines in Japan and other parts of Asia.

---

① DAVID BARBOZA: "The People's Republic of Sex Kittens and Metrosexuals", New York Times, March 4, 2007.

But in China, where sex is still a taboo subject and pornography is outlawed by the ruling Communist Party, the images are not only highly provocative but perhaps the latest sign that sex and sexuality are infiltrating the mainstream media.

（这些图文在欧美读者看来不足为奇。与日本和亚洲其他地区的杂志相比,该杂志的图片也显得收敛许多。但性在中国仍是禁忌话题、色情文学仍被当政的共产党视为非法,这些极具挑逗性的图片或许标志着性开始向主流媒体渗透。）

在这两段叙事中,"hardly"充分暗示出中国的时尚杂志在对女性呈现这一问题上很难与美国相比,而"but"则再次强调了中国在"性"问题方面的保守性。

由以上分析可以看到,《时报》在建构中国女性形象的过程中明显地流露出以美国为标准的倾向。这种叙事往往是基于对两国文化、政治经济制度的比对,将中国女性作为异国、异族中的异性存在,从而暗示出美国媒体基于民族国家立场对他国女性群体的态度,以及对他国体制、文化和思想观念的价值判断。

实际上,自第一批拓荒者向西部地区拓殖、对印第安人实施灭绝屠杀开始,美国人的"种族优越感"就显露无疑。时至今日,这种"种族优越感"仍旧存在于美国的日常生活中——对内体现为少数族裔参与美式政治生活以及日常生活中的不平等,对外则体现为对非美式政治制度和价值观念国度的敌对。值得注意的是,与民族中心主义相反的文化相对主义也诞生在美国。20 世纪60 年代,美国爆发了以黑人民权运动、妇女解放运动和同性恋运动为主的民主运动,要求改变美国的种族歧视和性别歧视,承认并赋予少数群体权利。在此基础上,美国学者提出"文化相对主义",主张"任何习俗、价值观念、道德规范都是同特定的文化传统息息相关的,因此我们应该在其相关的社会环境中设身处地地来理解和评价这些观念。"[1]不过,美国矛盾的文化心态使得民族中心主义仍旧广泛存在,本书的分析结果可作为这一现象的辅证。

① Richard A. Barett: *Culture and Conduct—An Excursion in Anthropology*, University of New Mexico, 1984, p.13.

二、以美国利益为中心

出于维护美国利益的需要,中国女性以及中国在美国人眼里是充满矛盾的存在。就相当一部分西方人来说,他们的"东方情结"始终掺杂着民族中心情结,而且带有明显的功利色彩。有一部分西方人从骨子里就鄙视东方民族。① 在描述某些女性的时候,比如宋美龄,即使文章给予了很多褒奖,但同时又借史迪威等人的言论说明这是一个集聪明与精明、美貌与狠毒于一身的"可怕"的女人,一个忘恩负义、尖酸刻薄的政治家。2003 年 10 月 25 日该报发表的宋美龄讣告中描述了宋美龄最终与美国决裂的故事。1948 年,宋美龄请求美国给予反共战争所需要的紧急援助,并且表白"不会要求美国很多东西"("I can ask the American people for nothing more"②),但另一方面又要挟说如果美国拒绝她的请求就意味着"你们已经对我们没有同情心了"("your hearts have been turned from us")。遭到拒绝后,宋美龄将美国政治比作"不讲礼貌的乡巴佬"("clod hopping boorishness"),而美国总统杜鲁门指责"他们是窃贼,他娘的每个人都是"("They're thieves, every damn one of them")。透过这件事,《时报》建构了以下叙事逻辑:宋美龄是两面三刀的奸诈政客,她曾经从美国获得过"慷慨支援",但当美国拒绝继续援助时她立刻忘恩负义地斥责美国引以为豪的政治制度,把它比作"不讲礼貌的乡巴佬";美国曾经无私地支援了蒋宋夫妇,但是他们辜负了美国的信任,对美国政治的谩骂使美国的政治信仰遭受到深切的侮辱。

即使是一些看起来对中国女性有巨大帮助的行为,在美国人那里也有自己的利益诉求。本书第二章曾经分析过一个美国人跨国收养中国女孩的文章,文章描述了孩子和养父的服饰:

Peter Fenton, 43, who is of English and Dutch heritage and grew up inSouth Africa, was dressed in a *blue Chinese man's shirt*.③

---

① 杜平:《迷恋与焦虑——西方的"东方情结"试解》,《社会科学》2004 年第 6 期。

② SETH FAISON:"Madame Chiang Kai-shek, a Power in Husband's China and Abroad, Dies at 105", New York Times, October 25, 2003.

③ ANTHONY RAMIREZ:"Raising a Child With Roots in China", New York Times, February 25, 2007.

He was holding his adopted daughter, Lily Zhong Wei, who will be 3 next month. She was dressed in *a red children's version of a cheongsam*, *the high-collared woman's dress of China*.

(43 岁的美国人彼得·芬顿在南非长大,是英国人与荷兰人的后裔,身上穿的却是一件蓝色的中式汗衫。他抱着养女丽莉·钟薇(音译),孩子下个月就 3 岁了,穿着红色的童装旗袍———一种中式的高领女装。)

养父和养女都穿着中式服装,这可能暗示着这个美国家庭收养中国女孩的一个原因——对中国文化的兴趣。与此同时,另一些资料则可以提供解读此类收养事件的另一个视角:即使是收养这种善行,也有利益的诉求。美国国务院发布的《收养签证统计(adoption visa issuance)》显示,2009 年美国跨国收养共 12753 名儿童,中国是美国第一跨国收养的来源国。① 国际媒介关注跨国收养中国儿童的问题始于 1996 年,英国国家广播公司记者偷拍的有关中国孤儿院的纪录片《死亡之屋》(Dying Room)。同年美国的人权调查报告也以《弃之于死》(Left to Die)为题描述了中国孤儿院的情况,引起了美国公众对中国孤儿的同情。实际上,美国国内以及其他一些国家可供收养的儿童也很多,仅美国就有 50 万儿童待收养,40% 以上是黑人,并且每年有大约 500 名黑人和混血儿童被澳大利亚、加拿大和西欧的家庭收养。因此对中国孩子的热忱,不仅源于想给这些孩子更多的关爱。有很多家长(包括单亲家长)是因为不能养育,还有一些则是由于宗教的博爱、儿时的梦想,以及老年空巢等感性动机。另外,美国国内待领养的儿童多为问题家庭儿童,或有健康问题,或有精神创伤,家长会有后顾之忧;美国法律还规定不论儿童被领养了多长时间,生身父母优先拥有养育权,这让领养家庭没有安全感。② 美国主流社会关于亚裔尤其是华裔的"模范少数民族"印象——注重家庭、工作勤勉、温顺,以及对中国文化的好奇、热爱,也是中国孩子备受美国收养家庭喜欢的原因。比如,一篇文章描述了美国人收养中国女孩的感受:"第一天晚上,我们的女儿一宿都没睡,她像个小考拉一样依偎着我,我只有在酒店的走廊上来回走动,

① 毓哲、余娉:《美国收养为何"相中"中国孩子?》,《世界博览》2010 年第 15 期。
② 童小军:《跨国领养:失依儿童家庭养育的另一种模式——以美国家庭领养中国儿童为例》,《中国青年政治学院学报》2007 年第 4 期。

并哼着圣诞歌曲才哄着她安静下来不哭闹。当时这种感觉很奇妙，在一个历史悠久的东方文明国度，我在一个充满了白色圣诞氛围的酒店里，哼着圣诞歌曲，怀里抱着中国孩子。"①"小考拉"形象地描述了中国女孩的温顺和无助，非常符合美国对中国人的想象，即不威胁不对抗，并且是需要救助的弱者。同样，在《纽约时报》这篇对美国养父与中国养女之间关系的描述中，我们也可以发现这种由收养行为带来的文化混合之后的奇妙感觉。

从宏观叙事结构上看，《时报》表现出的复杂的、稍显混沌的态度显示出美国对中国的家长制作风，一方面表现为想象性地认定中国人希望像美国人那样，这可由第二章中的"美国追随者与同盟者"的女性类型的再现中看出来。另一方面表现为对中国弱势女性及儿童的救赎心态，这可由第二章中的"被美国救赎的弱者"的女性类型的再现中看出来。但实际上这种观念的本质更类似于是"美国希望'中国希望像美国那样'"。更值得注意的是，无论以何种方式形容美国对中国的态度——家长制也好，父权制也好，美国对中国的意向始终伴随着美国的利益诉求。在考虑如何对待中国时，这才是最根本的一条原则。

第二节　对共产主义的意识形态偏见

尽管《时报》确定了不偏不倚的报道原则，但仍有研究者提出它是美国意识形态的代表。通过运用诸如"资本主义"、"社会主义"、"中共"等名词，或者使用客观化手法将某些问题归因于社会制度和共产党政策的叙事手法，《纽约时报》强化共产主义制度和共产党的治理逊于资本主义制度。在该报的叙事中，"中国"已经成为一种意识形态。

一、归因于对"共产主义"的偏见

在西方媒介的报道中，对不同社会制度最明显的偏见表现为冷战思维。美国新闻社会学家爱德曼（Edelman）和新西兰政治学家赫什博格（Hirshberg）

---

① 毓哲、余娉：《美国收养为何"相中"中国孩子？》，《世界博览》2010 年第 15 期。

总结了代表"冷战思维"的三大要素："自由"、"民主"和"共产主义"。① 在冷战思维的影响下,媒介常常在报道中强调共产主义制度无自由、非民主。冷战结束以后,西方媒体中的冷战思维有所弱化,但仍旧存在对共产主义的偏见。为了分析《时报》对中国女性的报道是否隐含着对中国政治体制的偏见,本书对包含"共产主义"、"共产党"这两个关键词的文章的报道性质进行了分析,结果如图 3-3 和图 3-4 所示:

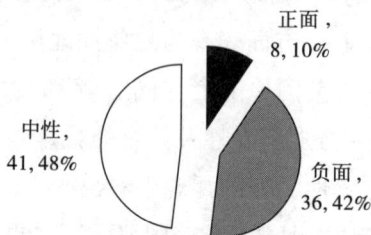

图 3-3　报道色彩与提及"共产党"的交叉图表

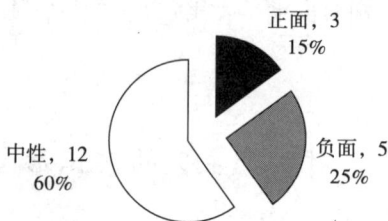

图 3-4　报道色彩与提及"共产主义"的交叉图表

以上两组数据可见,提及"共产党"这一关键词的文章共有 85 篇,其中中性报道 41 篇,占总数的 48%,负面文章有 36 篇,占所有提及这一关键词文章总数的 42%,远远高于正面文章(8 篇)所占比重(10%);提及"共产主义"这个词的文章有 20 篇,其中 12 篇中性的,占总数的 69%,有 5 篇是负面的,占这一类文章总数的 25%,也比正面文章(3 篇)所占比重(15%)要高。

由两组数据的总体看,《时报》并没有采用简单的二分法分析中国。意识形态偏见,尤其是冷战思维在以往新闻报道中的表现经常是以社会制度作为

① 参阅周宁:《冷战思维与双重标准———对美国三大日报关于邪教"法轮功"报道模式的意识形态化研究(1999—2005)》,《国际新闻界》2006 年第 9 期。

判断一个国家政治合法性的标准,但是在这两组数据中中性报道基本上都占到一半左右,表明《时报》对中国政党和社会主义政治体制的报道呈现出较为客观的倾向。不过,在负面报道中,文章就会突出"共产党"和"共产主义制度"的弊端。最显著的手法是在直接使用"社会主义"、"共产主义"、"共产党"等词汇,有时候还将"专制"、"权威"等词汇与之相连。

　　在具体叙事中,《时报》采用"归因"的方式突出社会主义和共产主义制度的不合理性。归因即从因果角度去阐释并推论事件的原因和结果。在新闻文本中,"归因"的叙事模式表现为作者对事物各要素在发展过程中的角色判定,即由何种因素引发变化,何种因素被迫变化。它能够建立起新闻框架。① 作者通常分配意识形态的敌人来承担负面结果的责任,因而是一种表现作者的意识形态的方式。本研究中的"归因"表现为将负面事务的原因归于共产主义的社会制度,突出"共产主义"、"社会主义"和"共产党"存在的缺憾。我们以该报 2008 年 4 月 18 日发表的一篇关于中国政府拘捕西藏②女播音员的稿子③为例,来分析该报叙事中隐含的意识形态偏见。文章一开头就说明了这个女播音员是"杰出的藏族播音员和知识分子",(a prominent Tibetan television broadcaster and intellectual),并且还是一位"流行歌手"(a popular singer),但却毫无征兆地被便衣警察(plainclothes police officers)逮捕了,并且还带走了和她有联系的人的名单。该报在 2008 年 4 月 18 日刊登这篇文章可视为对 3·14 事件的呼应。发生在这个阶段的拘捕不仅是一般意义上的规制行为,而是拥有深刻暴力意味的政治行为,而中国政府的拘捕行为则"暗示了"政府

---

　　①　注:臧国仁在分析新闻框架的时候提出,新闻框架分为高、中、低三个层次结构。高层次结构是对某一事件主题的界定,这一层次的意义经常以一些特定形式出现,如标题、导语、直接引句;中层次结构包括主要事件、先前事件、历史、结果、影响、归因、评估等;低层次结构主要是修辞与风格,如句法结构、关键词的运用。参阅臧国仁:《新闻媒体与消息来源——媒介框架与真实建构之论述》,台北三民书局 2000 年版,第 33 页。

　　②　注:西方文化中的西藏通常是一个广泛的文化地理概念,不仅包括现在版图内的西藏自治区,还包括青海、甘肃、新疆的部分南部地区、四川及云南的西部地区等广大地区,这些地区受藏族文化影响,藏族也经常在此进行游牧活动。因此这一西藏的概念不仅是地理学意义上的,更侧重于在文化层面的界定。

　　③　ANDREW JACOBS:"Prominent Tibetan Figure Held by China, Friends Say", New York Times, April 18, 2008.

镇压西藏后当地的骚乱仍未平息(has yet to run its course)。在这一基调下,文章在"武力镇压/英勇抵抗"的框架内展开,叙述了事情的始末:

Although she has worked in the Tibetan-language division of Qinghai Television for two decades, JamyangKyi is better known for her singing and song-writing, especially among overseas Tibetans.She has traveled and lectured abroad, appearing with other Tibetan performers, some of them prominent exiles.

(加羊吉在青海电视台工作了二十年,更因其演唱和作曲为人所知,尤其是在海外藏民中享有盛誉。她在海外旅游和宣讲时,曾与其他西藏演艺人员同台露面,其中不乏声名在外的流放者。)

Jamyang Kyi has avoided themes or language in her music and writings that could be construed as challenging the Communist Party's hold over Tibet.Many ethnic Tibetans complain of government policies they say favor Chinese culture over the traditional religion and language of Tibet, an accusation Chinese officials deny.

(加羊吉一直避免在她的音乐和文章里出现敏感措辞和议题,以防人们认为她质疑共产党的西藏政策。许多藏族人抱怨政府的政策,他们说,中国官员否认中国主流文化正在压过西藏传统宗教和语言。)

文章还引用了一位哥伦比亚大学从事现代西藏研究的学者 Robert Barnett 的话:

"I'm 99 percent sure that there is no basis for the accusations against her, whatever they might be," said Robert Barnett, director ofColumbia University's Modern Tibetan studies program, a sponsor of her two-month visit in 2006, during which she gave lectures about Tibetan-language journalism and culture.

(哥伦比亚大学现代西藏研究计划主任罗伯特·巴内特说:"我敢打包票,对加羊吉的指控毫无来由,任何指控都站不住脚。"2006 年,加羊吉到哥伦比亚大学做了两个月关于现代西藏研究的访学,当时罗伯特曾经给予她资助。在访学过程中,加羊吉还做了关于藏语新闻和文化的讲座。)

这种描写设置了一种因果关系,即因为与被流放者有过合作,所以尽管"一直避免在其音乐及写作中出现敏感的措辞和议题",但仍旧"毫无理由"地被拘捕,从而将事件的发生归因于中共的暴力政治和猜疑政治。

对共产主义的意识形态偏见可以视为冷战思维的延续。在冷战时期,媒介曾经扮演过重要的角色。通过文化渗透和意识形态的宣传,媒介向社会主义国家传递西方的生活方式、消费行为和价值观。冷战结束后,世界进入"后冷战时期"。在这个阶段,意识形态冲突似乎消失,以美苏为代表的两大阵营也结束了军事对立,美国旋即将中国视为前苏联的取代者,国际宣传的目标也随之转向中国。在这个过程中,媒介仍旧在一定程度上延续了"冷战思维"的叙事模式,通过将负面事件与共产主义制度相勾连建构起共产主义制度"有罪"的逻辑框架。这一点恰如赫尔曼(Herman, E.)和乔姆斯基(Chomsky, N)关于 CNN 对波兰工人罢工报道的研究结论。赫尔曼和乔姆斯基指出,在一些媒介批评家看来这些针对罢工的报道不仅仅是出于人道主义或拯救专制制度的受害者的目的,而仅仅是因为他们是共产主义统治下的"有价值的受害者(worthy victim)"。[①] 从本书所得到的样本来看,《时报》通过归因流露出来的对中国女性的同情、救赎之情,与赫尔曼和乔姆斯基对 CNN 的批判有本质上的相同之处,因为在拥有意识形态偏见的媒体看来,有罪的永远是共产主义政府。

二、"正向阐述"与批判社会主义政治制度的合法性

"正向阐述"是指直接批判社会主义政治制度的合法性,描述"社会主义制度"的独裁专制以及给人们造成的压制,包括经济上的贫困、言论和宗教信仰上的不自由是《纽约时报》对共产主义意识形态偏见的另一种形式。本书对相关的关键词统计发现,提到衡量偏见的三大关键词之一"民主"(democracy)的文章包括 91 篇,其中负面报道占 29 篇,包括政府对网络议政的干涉(1篇)、2008 年的 3·14 事件、政府对持不同意见者的拘捕打压(2 篇)、怀疑公民间谍行为而实施的拘捕(4 篇)、对法轮功和上访者的拘捕或拘禁(3 篇)、强制计划生育(3 篇)、政府野蛮执法(1 篇)、歧视妇女(1 篇)、就业中的性别歧视(1 篇)、少数民族压迫或歧视(1 篇)、政府对艾滋病防治的不力(4 篇)、杀害或贩卖女婴(1 篇)、"天安门事件"以及相关人员被拘捕(3 篇),人权问题(2 篇)、对毛泽东时期政治制度的质疑(1 篇)以及传统文化对女性的压制,譬

---

① 注:赫尔曼和乔姆斯基在分析 CNN 对波兰罢工的报道时指出,CNN 表现出对波兰工人的情感不是真正地同情,而是基于对共产主义的敌视。参阅 Herman, E.& Chomsky, N.: *Manufacturing Consent: A Propaganda Model*, New York: Pantheon Books, 1998, p.37。

如裹脚(1 篇)等。

在提到"自由"的文章中,刨除关于中国女性在国外工作生活以及体育新闻中与社会制度无关的文章,与中国女性报道密切相关的有 73 篇,负面的有 41 篇,包括政府压制言论自由(3 篇)、女性遭遇就业障碍(1 篇)、同性恋及性观念问题(2 篇)、法轮功练习者自焚事件(2 篇)、政府对持异见者的打压(1 篇)、政府防治艾滋病不力(4 篇)、软禁民间抗艾人士(2 篇)、压制宗教自由(3 篇)、出售死刑犯器官(1 篇)、压制少数民族(1 篇)、劳改(1 篇)、压制文艺自由(2 篇)、压制人权(2 篇)、政府怀疑公民间谍或藏独(6 篇)、2008 年西藏"3·14 事件"(2 篇)、"天安门事件"当事人家属被捕(1 篇)、户口歧视(1 篇)、中国非法移民(1 篇)、资本对女性的压榨(3 篇),歧视性工作者(2 篇)。

这些文章在叙事上通常设置一种冲突模式:在个体与国家之间的关系上往往将个人事件与国家利益以及既得利益者相关联,突出二者之间的对立冲突,将政治制度描述成国家利益高于一切、威权政治抹杀个人利益的非民主的体制。以一篇关于精神病治疗的文章为例。这篇文章描写了几名被精神病院"关押"的患者,主题十分尖锐——人权与政治自由。其中一个被关押的人叫韩金燕(音译,Jin Hanyan)。金韩燕 36 岁,在应聘一份政府工作"遭到不公平的拒绝"(had been unfairly denied a government job)后,花了 6 年时间上访都没有结果。2008 年,她选择直接向北京的高层官员反映这一问题,但"被自称是公共安全官员的人(men who described themselves as public security officers)拷住了,被送回湖北老家。她的妹妹也被关进精神病院。

这篇文章强调了精神病这一卫生健康事件与政治体制之间的关联:政府很多时候会借精神失常之由限制人身安全,强制关押上访者,甚至进行人身虐待。这种情况下,政府不是不作为,而是"胡作非为":①

Ms.Jin said she was *forced to* swallow three pills a day,*given* injections that made her so dizzy she *could barely walk*,*tied to her bed and beaten*.

(金说他们每天都强制她吞下三片药丸、给她注射,她头晕地无法走路,

① SHARON LaFRANIERE and DAN LEVIN:"Assertive Chinese Held in Mental Wards",New York Times,November 11,2010.

然后他们就把她绑在床上打她。）

When she complained, she said, the head of the psychiatric ward told her: "We will *treat you the way officials tell us to*."

（她说她抱怨的时候，精神病房的头头就会警告她"我们会按上头说的做"。）

医生用"强制"、"绑"、"打"这种对待敌人的手段虐待金，进行身体上的折磨，以"警告"的方式实施精神上的禁锢。"上头"是一种暗语，实际上是指阻止金上访的"北京的高层官员"等一些党政机构。文章在这里描述了一种特殊的现象：医生不对病人负责，而只对上级负责。"上头"既可以用来威胁金，又可以使医生推卸责任，这样一来，医生们对金的目的就是：

"What they are trying to do is *completely destroy your mind and weaken your body to the point where you go crazy*," she said. "That's when you will *stop petitioning*, they hope."

（"他们就是想完全摧毁你的精神，击垮你的肉体，直到你彻底崩溃。他们希望你经历了这些之后停止上访。）

在金看来，医院和高层官员具有邪恶的动机，不择手段控制上访者，不仅将她们关进精神病院，还虐待她们，直至让人真正"发疯"，"他们"的希望就是摧毁上访者的任何希望。

文章又间接引用一个护士的证词：

The nurse said that the government was forced to confine Ms. Jin at a cost of 5,000 renminbi, or about ＄735 a month, merely to stop her useless petitions.

（护士说，政府为了关押金小姐，每个月不得不花费5000元人民币，约为美元735，而这仅仅是为了阻止金无果的上访行为。）

与此同时，文章中经常引用行动者表示不满和控诉的语词，通过这些证词实现关于"中国"的意识形态的自然化。这些"诉苦"的话一方面表达了诉苦者对自身遭受苦难的无奈和愤慨，另一方面通过控诉精神病院的所作所为描述了社会权利结构中存在着对"上头"全心全意的服从，对"下头"极尽虐待的现象。

"诉苦"这种对不满的埋怨行为可以作为一种建构意识形态的手段。罗丽莎在对中国建国初期的"诉苦"行为的研究中提出，在社会主义建设初期，"诉苦"经常被众多工人用来控诉资本家的剥削，这是一种充满政治含义的话语实践。工人们聚集在一起倾诉各自遭受的压迫,通过控诉资本家的剥削形成一种身份的认同和集体归属感。但在当时,"诉苦"是一种官方组织的集体活动,并成为一种塑造主流意识形态的方法。通过倾诉,工人们意识到在社会主义制度下他们是"国家的主人",他们过去遭受压迫是源于资本的剥削,这样一来,也就自然而然地意识到加入共产党和接受社会主义制度可以摆脱这种命运。也就是说,承认遭受的压迫意味着对新国家的支持,社会主义制度的合法性也因此在工人阶级那里获得确认。① 但在这篇文章里,"诉苦"这个曾经用以培养新中国的主人——工人阶级——的国家主人翁意识的官方手段已经成为控诉现有政治制度的个体的呐喊,尽管这个制度曾经将他们从旧社会解放出来,可是现在已经变得"让你变得虚弱"并"摧毁你的精神"。

此外,对这类女性的描述往往被结合到对中国政治制度的描写。因此,文章容易形成一种预设:使这些弱势群体遭受苦难的那些"医生"、"护士"和"精神病房的头头"等虽然是"坏人",却不过是"平庸的邪恶者",是科层制度中的一个小角色,是推动整个政治制度运转的一个齿轮;真正的"恶"是他们背后的政治制度,即中国共产党及其领导下的极权主义统治,因为只有制度才会有"根本的邪恶"②。在上文的这个叙事中,医院和工作人员所有的行为都是为了遵守"上头"的命令,"政府"为了镇压上访安排了这一切。在这里,"上头"

① ［美］罗丽莎:《另类的现代性》,黄新译,江苏人民出版社 2006 年版,第 141 页。
② 注:汉娜·阿伦特提出"平庸的邪恶"与"根本的邪恶"的概念,用以描述德国纳粹及其实践者。"平庸的邪恶"是肤浅的,作恶的人完全不知道自己在做什么,比如在二战期间执行屠杀任务的军人,他们的屠杀行为是为了"向上爬"或"服从命令"。"根本的邪恶"是阿伦特用来分析纳粹极权主义的一个术语。纳粹的极权主义之恶是前所未有的,它狂妄自大,毫不留情地歼灭服从它的"顺民",用"历史或种族必然法则"来改造人性、消灭人性。这种"恶"无法用自私、纵欲、贪婪、怨毒、嗜权、懦怯这些邪恶动机来解释,对它人们既不能用恨去复仇,也不能用爱去容忍,或用友情去宽恕。"集中营"是这种"根本的邪恶"的集中体现。极权邪恶"对人类犯罪"的主要特征是通过政党和政府组织来压制人权和公民权利,比如纳粹灭犹、斯大林的大清洗和集中营。专制制度的辩护者总是赋予这种恶行以深刻的正面动机和高远意义,使其显得超凡脱俗、神圣伟大,强迫普通人接受邪恶"大智大觉"的开启和领导,其后果是愚化和贬抑普通人,使人们将邪恶造成的苦难认作实现某种光辉灿烂未来的必要代价并加以无条件地接受。参阅,Hannah Arendt:*Eichman in Jeruselem:A Report on the Banality of Evil.* New York:Viking,1965;Hannah Arendt:*The Origins of Totalitarianism*,San Diego:Harcourt Brace Jovanovich,1985;徐贲:《平庸的邪恶》,《读书》2002 年第 8 期;涂文娟:《邪恶的两张面孔:根本的邪恶和平庸的邪恶——汉娜·阿伦特对极权主义制度下的邪恶现象的批判》,《伦理学研究》2007 年第 1 期。

和"政府"才是真正的邪恶者。这类文章中,"政府"的极权统治是造成社会上种种失范现象的根本原因,虽然各种道德滑坡现象本身也体现出人性的恶——譬如医院中的医生和工作人员的所作所为,但根本原因是社会制度——"政府"背后的权力结构的缺陷造成了冲突对抗。通过这种逻辑,文章得出如下结论:正是这种社会结构上的"恶"催生了这些邪恶的人。

三、"逆向阐述"与褒扬制度改革的有效性

与批判现有制度合法性相反,赞赏改革带来的良好效果有时候也流露出《时报》的意识形态偏见,由于叙事风格和叙事效果之间存在的特殊关系,这种叙事方法可以视为一种"逆向阐述"。譬如,在涉及共产主义偏见的关键词之一"自由"的描述中,一些描述中国政治体制改革进步的文章利用改革前后的对比强调改革前中国缺乏自由,包括对女性维护自身权利(1 篇)、网络媒体的言论自由(2 篇)及其对性观念的解放(3 篇)、宗教信仰自由(3 篇)、整容(1 篇)、奢侈品消费(1 篇)、移民(1 篇)、流行文化(1 篇)、哈佛中国女孩(1 篇)等。

通过褒扬改革的成就暗示共产主义弊端的叙事模式往往是赞赏中共对经济权力的下放、政治上的适度改革以及意识形态的弱化给一些有能力的女性提供了机会,这样一来就形成一种暗示,即只有对过去中国的否定才能实现进步,只有自由主义市场经济和美式民主才能给人们带来幸福。譬如,2006 年和 2007 年《时报》曾经刊登了数篇关于张茵的文章,介绍了她靠回收废纸成为"中国首富"的经历。2007 年 1 月 16 日的文章写道:

Ms. Zhang was the oldest of eight children born into a military family from northern Heilongjiang Province, near the Russian border. *During the brutal Cultural Revolution*, which began in 1966, her father was sent to prison, like millions of others who were branded "counterrevolutionaries" or "capitalist roaders."[1]

(张女士祖籍是靠近中俄边境的黑龙江省,她出身于军人家庭,家里一共八个孩子,她是长女。在始于 1966 年的残酷的文革岁月里,她的父亲像其他

---

① DAVID BARBOZA: "Blazing A Paper Trail In China; A Self-Made Billionaire Wrote Her Ticket On Recycled Cardboard", New York Times, January 16, 2007.

无数的被定为"反革命分子"或"走资派"的人一样被关进监狱。)

After China's economic reforms got under way in the early 1980s, she moved to the southern coastal city of Shenzhen, one of the first areas in China *allowed to experiment with capitalism.* There she started working for a foreign-Chinese joint venture paper trading company.

(20 世纪 80 年代初期,中国的经济改革拉开帷幕,她去了南方的海滨城市——深圳。深圳是中国首批获准试行资本主义经济的地区之一。她进入当地一家中外合资的纸业贸易公司工作。)

张茵靠着回收和重新加工废纸致富,创建了玖龙纸业,2000 年成为美国废纸回收大王。2009 年,她的财富 330 亿,在胡润百富榜排名第 2 位、胡润女富豪榜排行榜首。2010 年 2 月,净资产 17 亿美元,列《福布斯》全球亿万富豪榜第 582 名。通过描述张茵创业致富的经历,文章赞赏了中国女性在经济领域中大有作为。

在往日社会,张茵不可能获得这样的发展空间,一方面是因为她们受制于"女子无才便是德"、"相夫孝子"的规诫,另外,在张年轻岁月里还曾经历过"残酷的文革"(brutal Cultural Revolution)。无论是社会文化还是社会制度,在改革开放前都没有给张施展能力的机会,是中国开始经济改革给予张茵一个前所未有的发展空间。

但另一篇文章又加入了其他描述:

Zhang does not go into detail about how she made her fortune. *In a society known for close ties and hidden deals between government officials and business leaders,* she says simply, "I'm an honest businesswoman."①

(张并没有细谈她的发家史。当下的社会,官商往来密切,幕后交易颇多是出了名的,而对此,她只是简单地说,"我是一个本分的商人。")

背景的交待一方面描述了处于经济体制改革中的中国仍旧存在着官商勾结的腐败现象,另一方面也设置这样的假设:张茵之所以拒绝透露更多信息,也有可能依靠这种手段发家致富。文章马上指出,这种制度在促使一些商业

---

① DAVID BARBOZA: "China's 'Queen of Trash' finds riches in waste paper", New York Times, January 15, 2007.

巨贾崛起的同时也导致了贫富差距:

The *growing divide between rich and poor* is a politically volatile issue in China, *despite* a whole sale shift by the ruling *Communist Party* away from central planning and toward a more capitalist-style economy.[1]

(尽管在中共治下,计划经济已经转向更有资本主义色彩的经济体制,但日渐增长的贫富差距依然是导致中国政治不稳定的因素。)

"despite"从句暗示,中国共产党的领导仍旧没有使中国完全摆脱贫富差距,尽管实现共同富裕是中国共产党的目标,但现实情况是中国正在遭受日益增大的贫富差距带来的挑战。

以上两篇文章形成互文,分别从正、反两方面描述中国的改革开放带来的正面和负面效应。这两种论述模式表露出一种矛盾的态度:无论如何,中国共产党还是领导一个国情复杂、幅员辽阔、民族众多的发展中国家实现了迅速的发展,包括女性在内的一些人实现了生活的改善,获得了某种程度上的解放;但是社会主义制度和共产党的领导却存在很大的缺陷,转型期中国发生的种种不尽如人意的现象往往是出于这种政治制度的安排。因此,《时报》能够从中国女性形象过渡到中国国家形象,归根结底是通过"女性"这一因素明示或暗示共产主义制度的"恶":共产主义不可能实现民主、不可能实现经济的飞跃发展、不可能使个体获得各种自由和发展的机会,包括经济上的收益,并且还会由于威权政治造成禁言、打压异见、歧视少数族群等使社会倒退的现象,这也是该报对待"社会主义"中国的态度。

对中国政治体制持有异见,一方面源于美国的民族中心主义,另一方面则源于其特殊的民族特质。作为一个"政治民族"[2]共同体,美国表现出与"文

---

[1] DAVID BARBOZA:"China woman richest on paper",New York Times,June 10,2006.

[2] 注:德国历史学家迈内克(F.Meinecke)认为,文化民族是操同一种语言和拥有共同祖先的人们,政治民族是生活于同一政府之下的有共同法律和官方语言以及宗教的人们。美国的政治学家多伊奇(Karl W.Deutch)认为,前者是历史上形成的文化共同体;后者则指拥有国家的群体,或是已经产生准政治功能,有能力制定、支持、推行共同愿望的群体。也就是说,文化民族是历史上形成的,享有共同语言、历史、传统、宗教等文化因素,并拥有广泛认同感的人们共同体;政治民族是因为高度的政治认同而联系在一起的人们共同体,这种认同一般是指共同的理想、信念,并通常是与国家相关的政治诉求或愿望。参阅黄鹏:《对民族、民族—国家、民族主义问题的再认识》,《世界民族》2004年第6期。

化民族"不同的特质。"政治民族"因为高度的政治认同而非共同的语言、宗教、历史等文化因素联系在一起。政治民族最明显的特征是拥有共同的理想、信念。作为一个典型的政治民族,美国人信奉和维护自由、民主等价值观念,支持并保卫公正、公平、个人权利,以及民治、民享为根基的美国的政体,他们也认为自己有理由对抗那些触动民主政治根基的人群。对美国来说,民主的社会比非民主社会更加文明,非民主国家需要"救赎",自己的使命之一就是推动这些非民主国家向更高阶段发展。

由此我们也许可以从两个维度推测此类文本的叙事后果。第一,如果像《时报》这样声称客观独立的报纸都有意识形态的偏见,那是否就可以推测美国主流价值观念中将"社会主义"视为"资本主义"天敌的情结仍旧存在? 如果《时报》以及其他美国媒体继续在报道中流露出对中国意识形态上的偏见,那么是否会鼓动社会文化的敌对情绪? 第二,美国对中国和前苏联这样的共产主义国家存在意识形态偏见,是否对所有非美式社会建制的国家也可能存在偏见?

实际上一些研究分析的确也印证了以上推断。比如,《时报》在对待伊拉克和印度的报道中就表现出不同的态度。由于印度与美国存在意识形态和政治制度上的相似性,《时报》对印度的批判通常少于对伊拉克的批判。约提卡·拉玛普拉萨(Jyotika Ramaprasad)和丹尼尔·利夫(Daniel Riffe)在研究中发现,因为印度是个民主国家,并且拥护美国式的价值观念,因此,民族主义意识的形态这一要素被弱化。[①] 由此可见,如果刨除经济利益因素的影响,媒介在叙事上对异国的态度还是有显著差异的。恰如单波对西方媒体关于汶川地震报道的分析所指出的那样,新闻封锁是造成西方媒体对中国负面印象的重要原因,但是如果由于人性的弱点,记者自己深陷于政治经济利益与文化冲突,参与建构并维持符合某种利益群体的权利支配体系,就会产生道德偏见。媒体报道中流露出的冷战意识形态表明美国对中国的权利支配关系高于对事实的全面认知,因为道德偏见只能产生敌意和愤怒,并降低信息交流和文化对

---

① Jyotika Ramaprasad and Daniel Riffe: "Effect of U.S.-India Relations On New York Times coverage", *Journalism Quarterly*, Vol.64.

话的可能性。①

第三节　对中国女性的性别及种族偏见

追求公正客观及维护少数群体权利是西方媒介的一贯主张,公众也格外注意媒介的运作过程是否隐含了对某些群体的歧视或偏见。大众传媒在这个问题上非常敏感,一些媒介还特意制定了这方面的写作规则,但歧视现象仍旧或多或少、或显或隐地存在。本研究发现,《纽约时报》在处理中国女性这一既涉及种族因素又涉及性别因素的群体时,一方面表现出客观的报道风格,一方面又暗含着种族和社会性别上的偏见。

一、客观的报道风格与社会性别偏见

语言和各种形式的文本都有可能隐藏对女性的偏见。为了维护不同种族、性别、文化、阶层等之间的平等,避免在语言中出现带有歧视和偏见色彩的表述,西方媒体制定了一些具有可操作性的规范。比如,路透社规定除非与内容密切相关,否则新闻报道不能强调报道对象的宗教、性别、种族、文化、性取向、年龄等因素。另外,避免简单化和标签化也是避免流露偏见的重要手法。英国广播公司则规定在有关女性的报道中尽量使用集合名词、整体名词,如以"配偶"来取代有明确性别指向的"丈夫、妻子",用"同居伙伴"来囊括同性恋婚姻伴侣等。

这些方法不仅为新闻行业提供了具体可行的方法,也成为衡量媒体是否存在歧视的重要指标。通过数据分析和话语分析,本研究发现《纽约时报》对中国女性的社会性别态度非常复杂,在议题设置、新闻报道性质、消息来源以及对女性特质的描述方面努力呈现出客观倾向,在微观修辞方面则流露出性别偏见。从总体上看,该报试图在维持客观与偏见之间保持一种平衡。

---

① 单波、刘学:《话语偏见与面子协商:关于汶川地震报道的跨文化分析》,《传播与社会学刊》第 10 期。

（一）平衡性、积极的修辞与客观性

1. 对女性消息源的引用与肯定人物主体性

在对消息源的引用上，601 篇样本中有 306 篇没有引用来自女性的消息，占样本总数的 50.9%，295 篇将女性作为消息来源，其中有 230 篇直接引用，占样本总数的 38.3%，有 65 篇间接引用，占样本总数的 10.8%，如表 3-7 所示。

表 3-7 《纽约时报》是否以及如何引用女性消息源

是否以及如何引用女性消息源	频　数	百分比
无	306	50.9%
直接引用	230	38.3%
间接引用	65	10.8%
总　数	601	100%

由于可以被引用的消息源通常被视为具有权威性，因而如何引用消息源除了能够说明报道是否客观之外，从社会性别的角度看还可以推测媒介对女性的态度。本书得出的这一数据说明《时报》在某种程度上认为中国女性是有判断力的，其证言具有可信性与权威性。

2. 词汇群与对女性的积极描述

本书第一章的第一节分析了《时报》描述女性的词汇群和归类状况（表 1-1、表 1-2）。"勤劳善良"（254 次）、"积极主动"（183 次）、"果敢坚强"（174 次）分别排在前三位，这两个表格说明该报并没有特别突出消极的女性气质，但也强调了传统文化中认为女性应该具有的"勤劳善良"的性别气质。

3. 新闻的主题分布与报道的"平衡"原则

女性形象出现最多的主题是在"日常生活"主题中，共有 186 篇文章，占所有文章的 30.9%；其次是在"体育"主题，共有 160 篇文章，占所有文章的 26.6%；涉及政治议题的文章有 83 篇，占所有文章的 13.8%，排在第三位。

4. 行为类别与肯定女性的"公共参与"

女性最多的行为是职业行为（266 篇，占 44.2%），其余涉及公共事务的包括参政议政（27 篇，4.4%）、社会活动（41 篇，6.8%）、支援社会和他人（8 篇，

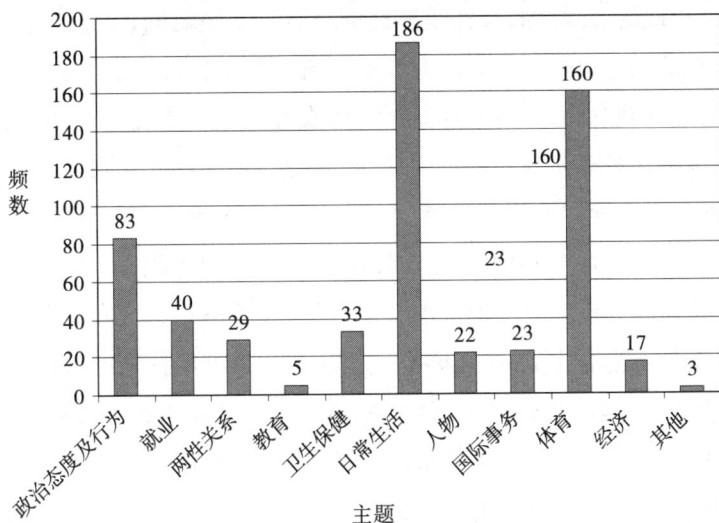

图 3-5　中国女性报道的主题分布

1.3%)。(图 3-6、表 1-6),相关数据显示出在对女性行为的描述上,该报也在尽力保持对出现在公共领域和日常生活领域中女性的平衡。

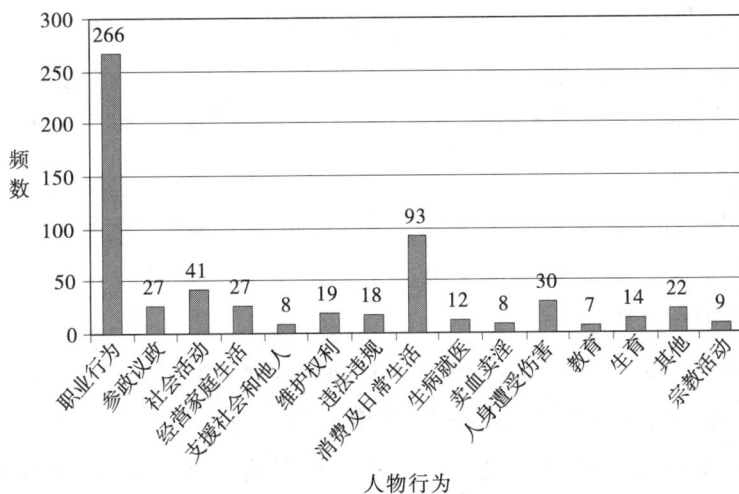

图 3-6　中国女性的行为

　　传统的价值观念认为,在性别与社会结构归属上,女性属于较低社会地位的私领域(家庭领域),男性属于较高社会地位的公领域;在性别气质上,男性是理智的、勇敢的、冷静的,女性是感性的、消极的、脆弱的;在认知上,男性倾向于关注抽象的、原则性的问题,女性更倾向于关注个别道德问题。社会性别理论认为,这一观念将男性设置为主体,将女性设置为被定义的客体,造成女性次于男性的印象。研究者们也发现,在这种语境中媒介存在着对女性的刻板印象,或者对女性实施符号灭绝,或者将其物化、性欲化,从而强化或再生产传统价值观念中男性中心的父权意识形态。但上文的数据显示出《时报》在描述女性特质时并没有突出消极的气质特征;关于消息源分布状况的数据表明该报将女性视为有主见的、能够提供信息和建议的主体;在议题分布上,尽管"日常生活"议题占到30.9%,但体育、政治态度及行为也为数不少,一共占40.4%;另外,人物行为的数据分布也可以看出,出现在公共领域和传统上被视为"男性领域"——主要是职场、参政及社会活动——中的女性占到一半以上,多于私人领域和日常、家庭生活出现的女性,显示出该报试图纠正女性被排斥在公共领域之外的性别刻板印象。

(二)微观话语层面刻板印象的呈现

如果说《时报》在超文本结构上试图显示出对中国女性报道的客观性,那么在一些文章的微观结构中则流露出社会性别偏见。以下面几篇文章为例:

在一篇涉及江青的文章里,文章首次提到江青时就称其为"毛夫人":

If she were still on watch, Madame Mao would have had a fit and then probably had someone executed.[1]

(如果毛夫人仍旧在世,她肯定会为之震怒,还可能会处决某些人。)

另一篇关于卓琳去世的讣闻也显示出将女性身份作为男性附属物的倾向。文章的标题是:

Zhuo Lin, the Widow of an Ex-Leader of China, Is Dead at 93[2]

(卓琳,中国前领导人之妻去世,享年93岁)

标题喻示着卓琳之所以为世人所知是因其私人身份,即中国前领导

---

[1] MANOHLA DARGIS: "Glamour Lives, in Chinese Films", New York Times, December 5, 2004.

[2] DAVID BARBOZA: "Zhuo Lin, the Widow of an Ex-Leader of China, Is Dead at 93", New York Times, July 31, 2009.

人——邓小平妻子。正文共七段,大约 500 个单词,但作者只在倒数第三段用
34 个单词介绍了卓琳的一个身份,即"中央军事委员会顾问"(consultant to the
Central Military Commission)。其余内容都是描述其家庭和私人生活,并且着
重突出她在邓小平政治生涯中的辅佐功劳:

Zhuo was never active in politics, but she played a crucial role in helping Deng sur-
vive a series of political purges during his long career, including the darkest days of
the Cultural Revolution, when the couple's son was seriously injured in a fall in
Beijing and the family was exiled to Jiangxi province, in southern China. For a
time, the country's future leader and his wife worked in a tractor repair.

（卓琳女士从未涉足政坛,但在邓小平漫长的从政生涯中,她发挥了至关
重要的作用,帮助邓熬过了接二连三的政治清洗。其间,在文化大革命最黑暗
的日子里,他们的儿子在北京被摔成重伤,全家人被下放到中国南方的江西
省。而这位未来的国家领导人曾一度和他的妻子则在一家拖拉机修配厂接受
劳动改造。）

……

Ms. Zhuo was Deng's third wife. His first wife died after a miscarriage in 1930, and
his second wife divorced him after he got into political trouble in the early 1930s.
Zhuo Lin remained with Deng for nearly 60 years.

（卓琳女士是邓小平的第三任妻子。他的第一任妻子在 1930 年一次流产
中去世,第二任妻子在二十世纪三十年代早期邓小平陷入政治麻烦后与其离
婚。卓琳则陪伴邓小平渡过了此后近 60 年的岁月。）

在这篇文章里,卓琳是一个合乎中国传统文化对女性的设置和想象的角
色。她从未涉足政坛,她的个人生命史的价值在于陪邓小平度过一系列政治
难关,在丈夫陷入政治危机的时候不离不弃,保全了他的地位,使他能够东山
再起(Deng rose to power again),并且成为中国改革开放的总设计师(the archi-
tect of many of the country's bold economic reforms)。可以说,邓小平获得成功
很大程度上是因为背后有卓琳这样一个优秀的妻子。通过这种叙事,《时报》
将卓琳塑造成满足社会对女性"妻职"期待的女性。

另一篇关于宋美龄去世的讣闻也突出描述了宋的美貌、东方气质、热爱中

国传统书画等私人生活细节。文章虽然描述了她的政治行为,但特别强调指出她的政治权力的扩大来自男性,因为婚姻给了她一个"明星军人"(star military man)的丈夫,她才得以进入中国政治权力结构的核心并获得上升的机会:

Soong Mei-ling's rise to power began when she married Chiang in an opulent ceremony in Shanghai in 1927,bringing together China's star military man with one of the nation's most illustrious families.①

(宋美龄在政坛的崛起,始于 1927 年在她与蒋介石在上海举办的那场奢华婚礼。两人的联姻把中国的军事明星与全国最显赫的家族结合在一起。)

另外,这篇文章对宋美龄的描述中只有 7 处出现"宋美龄"三个字,而"蒋夫人"则有 24 次。

罗宾逊在研究中归纳出最有新闻价值的女性特质,包括有个具有重要地位的丈夫、具有政治上的显著性、在艺术上有成就、展现出家庭主妇的优秀持家能力、以及拥有第一夫人的头衔等,②以上三篇文章对三位女性的描述特别体现出其"第一夫人"的身份,在对宋美龄的描述中还特别提出她进入政治领域和个人婚姻密切相关,说明在呈现女性人物时仍旧非常关注她们的私人生活。这些文章印证了关于媒介报道与女性刻板印象的研究结论:媒体在处理女性新闻时难以逃脱对她们的外貌、衣着、年龄、婚姻家庭状况的话题的关注。③ 尤其是对宋美龄精明阴险、权利熏心特征的描述似乎要提醒这个一贯由男性主控的社会,一定要避免因女性人才的崛起受到过度的威胁。④

再以一篇对运动员程菲的描写为例。文章首先描写了程菲辉煌的职业成就,紧接着介绍她的个人经历:

---

① SETH FAISON:"Madame Chiang Kai-shek,a Power in Husband's China and Abroad,Dies at 105",New York Times,October 25,2003.

② Robinson,G.J.:"Women,media access and social control".*Women and The News*,New York:Hastings House.1978,pp.87−108.

③ 参阅陈玫霖《性别、政治与媒体:报纸如何报导女性政治人物》,高雄中山大学传播管理研究所 2002 年硕士学位论文。

④ 张锦华:《媒介文化、意识型态与女性:理论与实例》。台北正中书局 1994 年版,第135 页。

From the beginning, her parents say, she looked like a boy, so they treated her like one.

（父母就说她一开始就像个男孩子，所以他们就把当她当成男孩子一样带。）

这句话暗示程菲取得成功的部分原因是由于她"像个男孩子"（looked like a boy）。这里实际上有一个预设的前提，即男孩子比女孩子更能承受艰苦的训练，所以比较容易成功。由于传统观念认为军事和体育是"男人的领域"，因此女性在这些领域中往往被视为弱者，甚至还会被作为不祥之物。而这篇文章虽然赞颂了程菲的成就，却恰恰建构了一种强化传统的观念的叙事模式，通过强调程菲这个女运动明星的男孩子气——喜欢看"军事书籍"声明男性更加适合从事体育事业。

二、种族主义对中国女性的东方化

在西方文化中存在的对中国的种族主义偏见，于男性这一角色上大多表现为对男性的去性化，剔除其身上所谓的邪恶的"力比多"，譬如，好莱坞电影中曾经风靡一时"陈查理"①就是一个没有白人中产阶级男性气质的华人侦探；对华人女性则常常将其置于边缘地位、视为"异端"，将她们作为"她者"加以呈现。在论及东方主义对中国女性的认知时，劳拉·罗斯克（Laura Roskos）指出，"东方主义"总是不能脱离西方中心的模式，把"中国妇女"凝固为"无助无知"、"急待拯救"的受害者，将其定位于"从属"西方的弱势位置。这种描述中离不开"缠足"、"杀婴"、"穿旗袍"的东方主义景观，仿佛中国妇女必须遵照西方妇女的经验才能实现自我解放。②

在新闻作品中也隐藏着类似的种族主义偏见。有学者分析了偷渡到美国的古巴裔妇女的形象，提出美国媒介将美籍古巴妇女作为性感和种族化的对

---

① 注：好莱坞电影中曾经有两个经典的华人男性角色，即傅满洲和陈查理。傅满洲总是被塑造成邪恶的、狡猾的坏人，陈查理则是一个聪明的侦探，通过自己的聪明才智侦破了很多案件。一般认为，美国人喜欢陈查理是因为他性格温顺，不会对白人社会形成威胁，而傅满洲则由于征服白人男性、霸占白人女性成为邪恶的化身，被美国人憎恨。

② 钟雪萍、［美］劳拉·罗斯克（Laura Roskos）主编：《越界的挑战：跨学科女性主义研究》，上海社会科学院出版社 2003 年版，第 171—209 页。

象,有时候也描述她们试图进入美国公共领域的活动,但最后都会集中到其性别和种族的刻板印象上,即草根阶层、年轻性感、情感丰富,这些都是非白人的、边缘化的异族女性的特质。媒介十分注重对这些性别特质的刻画,以至于她们的政治诉求都会在文本中被消弭淹没。[1] 相似的情况也发生在西方媒体关于中国女性叙事的文本中。在东/西框架中,"东方中国"的女性有些是阴险的"龙女"形象,如宋美龄和江青,有些则是色情的、消极的、命运多舛的弱者。她们根本无力主宰自己命运,在未出生前就会被选择性堕胎,还会被买卖,甚至死亡之后也会被奇异的父权社会制度的风俗利用。在一篇介绍西北地区特殊的民俗——冥婚的文章里,作者描述了中国贫困的西北地区存在的奇异风俗以及这种民风导致的女性买卖状况:

Families of the poorest bachelor sons sometimes pool their savings to buy a wife from bride sellers, the traveling brokers who lure, trick or sometimes kidnap women from other regions and then illegally sell them into marriage.[2]

(有时候,一些家庭会举全家之财力从人贩子手里买个媳妇,让家里最穷的光棍儿子成亲。这些人贩子四处诱拐女性,有时甚至直接从异地绑架妇女,然后非法卖给别人当媳妇。)

由于存在这种风俗,一些女孩死后也会被卖给一些未婚的单身男性,陪着他在冥间生活:

"For girls, *it doesn't matter about their minds, whether they are an idiot or not,*" he said. "They are still wanted as brides." Dead or alive, he added, as he peered at the river.

"There are girls who have drowned in the river down there," he said. "When their bodies have washed up, *their families could get a couple of thousand yuan for them.*"

---

① Molina Guzman&Isabel: "Discursive Re-embodiment: Latina Femininity, Sexuality, and Domesticity in News Conveage of Cuban American Women", *Conference Papers, International Communication Association*, 2004 *Annual Meeting*.

② JIM YARDLEY: "Dead Bachelors in Remote China Still Find Wives", New York Times, October 5, 2006.

（他一个农民）说，"女孩子嘛，有没有头脑，是不是弱智都没关系，总有人要娶媳妇。"他一边看着黄河一边又说，死的活的都有人要。

"那些淹死在这河里的女孩冲上岸以后，家里就能拿到几千块钱。"）

在这篇文章里，女性是这样一种存在：除了生理性别，其他所有社会人的特征都被消弭；只要是女人，她们就可以派上用场，甚至死去以后，这个性别身份都不能浪费。所以她们只是帮助男性成为男性的符号，无关重要却又不可缺少。这种奇异的文化构成了西方文化难以理解的景观，女性在这种文化之中不仅地位低微，还扮演着十分奇特的角色，因此《纽约时报》等西方媒介将中国女性呈现为"东方景观"的作法也就不难理解了。从意识形态角度看，对这类遭受传统文化压制的女性的再现将女性生命历程编织到社会历史进程的宏观语境中，使报纸能够从社会进化论的角度审视身处"落后的前现代社会"中的女性如何被规制，暗示出美国现代价值观念和社会制度的优越性。

通过以上分析可以发现《时报》对中国女性的复杂态度。在讨论美国"现代化"的美国大众文化时，有学者指出，中国男性被置于"种族主义之爱"与"种族主义之恨"的两极间。① 借用以上思路可以发现，中国女性处于被拯救和被征服的两极之间，而这两类态度在本质上是一样的——能够被征服和拯救的是种族主义之爱的对象，否则是种族主义之恨的对象。由此也可以推知美国对中国的态度，也是在这两极之间不断变化纠结。如杰斯普森在分析1931 至 1949 年美国对中国的态度时提出的观点：美国对中国的冲动体现在两个方面，"第一种冲动集中在宗教和经济方面，第二种冲动则主要体现在恶毒的种族主义上，最终导致 1882 年设立《排华法案》，此后，中国人很长一段时间被禁止入美……美国的中国观从基督教恩抚主义、经济开发热情，再到种族主义的偏见，简而言之，融合了不同的态度、期待和希望，彼此之间甚至完全相反。美国一方面对中国有所图谋，另一方面又驱逐中国人，体现了殖民扩张和国内种族主义、仇外主义之间的明显冲突。有一点需要说明的是，这两种极

---

① 注："种族主义之爱"和"种族主义之恨"，指白人社会褒扬那些承认白色文化为优越文化的少数民族，贬斥那些挑战"白人至上主义"的人。参阅张敬珏、蒲若茜：《冰心是亚裔美国作家吗？——论冰心<相片>之东方主义及种族主义批判》，许双如译，《华文文学》2012 年第 3 期。

端行为不是互相排斥,而是彼此促进的。"①由前文及本章的案例分析可以发现,即使声称客观公正的《纽约时报》也流露出这种复杂的态度。每当强调受中国传统文化影响的女性时,文章就建构起东/西方二元对立的叙事框架,中国女性被东方化,被置于弱者与邪恶者两极之间,处于中间地带的是各种不同类型的角色。对不同类型的女性,《时报》的态度是完全不同的,从而在总体上呈现出复杂的情绪:既爱又恨、既同情又畏惧、既提携又敌视。

从本章的数据和质化分析结果来看,在报道风格、新闻主题的分布、消息来源的引用以及人物特质的描述上,《时报》并没有以非黑即白的简单逻辑报道中国女性,但在微观话语层面却表现出对女性的性别和种族偏见,这说明《纽约时报》对中国女性的态度是复杂的,在对女性的各种态度之间仍旧存在着很大张力。

另外,在呈现女性的同时,文本中时常出现"共产党"、"共产主义"等关键词,并且通过归因等方式对中国政治制度进行批判,这说明《时报》中存在对中国的意识形态偏见。

---

① [美]T.克里斯托弗·杰斯普森:《美国的中国形象(1931—1949)》,姜智芹译,江苏人民出版社、凤凰出版传媒集团 2010 年版,第 3 页。

第四章　中国女性呈现方式的原因分析

　　媒介从来不是在真空环境中运作,其报道内容和风格受到包括传播政策、媒介机构、社会文化以及利益集团等外界因素的制约,同时还受到传播者的价值观和政治立场的影响。在美国媒介的涉华报道中,来自美国"民主"与"自由"的政治理念、民族文化中的"天赋使命观"、对某些异族文化的偏见都影响着媒体对中国女性的认知和再现。

第一节　《纽约时报》的媒介文化
与女性议题的选择

　　早在1947年,以哈钦斯为首的新闻自由委员会提出的报告——《一个自由而负责任的新闻界》就将少数族裔的报道定义为道德问题。该报告提出的民主社会中新闻的社会责任的五个标准中就包括"媒体也必须是公共论坛,必须无偏见地呈现社会各族群之形象。"①尽管如此,媒介在政治上的保守性和意识形态上的偏见与专业主义追求之间的结构性矛盾一直存在,而媒介偏爱负面消息的本性又使负面事件更容易受到关注。这些深植于媒介本质属性中的因素也影响了《时报》对中国女性的报道。

一、专业主义理念与客观性
　　公正与平衡是美国新闻业界的行规,在新闻专业主义确定之初,这一原则

---

① 胡兴荣:《新闻自律与新闻工作者的专业要求》,《新闻界》2004年第5期。

就作为专业标准确立下来,并获得广泛认可。① 它们源于西方新闻工作实践遵循的一套基本原则。这些原则包括(1)传媒具有社会公器的职能,新闻工作必须服务于公众利益,而不仅限于服务政治或经济利益集团;(2)新闻从业者是社会的观察者、事实的报道者,而不是某一利益集团的宣传员;(3)他们是信息流通的"把关人",采纳的基准是以中产阶级为主体的主流社会的价值观念,而不是政治、经济利益冲突的参与者或鼓动者;(4)他们以实证科学的理性标准评判事实的真伪,服从于事实这一最高权威,而不是臣服于任何政治权力或经济势力;(5)他们受制于建立在上述原则之上的专业规范,接受专业社区的自律,而不接受在此之外的任何权力或权威的控制。② 在新闻实践中,秉奉此原则的新闻业界逐渐发展出一种"专业主义精神"。在这里,"专业主义"的概念远远超出了职业的基本社会学特征,它包括一套关于新闻媒介的社会功能的信念,一系列规范新闻工作的职业伦理,一种服从政治和经济权力之外的更高权威的精神和一种服务公众的自觉态度。③ 建立于此种价值体系之上的新闻业逐渐发展成一个"专业"。

在美国,《纽约时报》能够"影响有影响力的人",能够给其他媒体设置议程④,几乎被视为奉行新闻专业主义的楷模。该报创始人雷蒙德对《纽约时报》的定位是:成为高格调可以长久经营的报纸,以"道德精神"和"保守主义"为前提,客观公正,并提供丰富的背景资料以告知读者新闻事件的缘由及可能

① 注:美国最早的新闻专业期刊之一《编辑与发行人》1901年创刊后不久就提出订立专业标准,如独立、准确和公正等。1908年沃尔特·威廉制定的《记者守则》也将它作为基本内容。1949年,联邦通讯委员会决定广播从业者可以而且应该以公正的精神发表社论。参阅杨凯:《美国多族裔文化背景下新闻媒体的族裔平衡理念———一种新闻专业主义的构建》,《国际新闻界》2010年第1期。

② 陆晔、潘忠党:《成名的想象:中国社会转型过程中新闻从业者的专业主义话语建构》,台北《新闻学研究》2002年第4期。

③ 注:一些学者仍旧对新闻业是否已成专业有不同看法。他们认为新闻工作者不需要像医生和律师那样要领取从业执照;新闻行业的自律不如医疗和法律等行业那么强烈,机制也不那么完善。参阅陆晔、潘忠党:《成名的想象:中国社会转型过程中新闻从业者的专业主义话语建构》,台北《新闻学研究》2002年第4期。尽管如此,新闻业"专业主义"的行规已经成为衡量并规范业务实践行为的主要准则。

④ [美]沃纳·塞弗林(Werner J.Seern)、小詹姆斯·坦卡德(James W.Tankard,Jr.):《传播理论:起源、方法与应用》,郭镇之等译,华夏出版社1999年版,第264页。

发展的趋势。在国外新闻的报道上,雷蒙德尤其注意使其不偏向美国自身的观点。① 第三任发行人奥克斯则明确了报道原则:力求保证报纸以简明动人的方式提供新闻,用文明社会中慎重有礼的语言来提供所有的新闻;即使不能比其他可靠媒介更快提供新闻,也要一样快;不偏不倚、无私无畏地提供新闻,无论涉及什么政党、派别或利益;使《纽约时报》成为探讨一切与公众有关的重大问题的论坛,并为此目的而邀请各种不同见解的人参与明智的讨论。② 在此后长久地履行报纸职责的过程中,《纽约时报》制定了独特的"新闻政策"以保证客观和公正性,其中就包括禁止对少数族群和女性的歧视:

新闻报道不得特别指出当事人的种族、宗教及经济、文化背景,除非明显与新闻有直接关系。如谋杀前旧金山市市长的嫌疑犯,新闻中说他生长在天主教的大家庭——兄弟姐妹多达 16 人。这里的"天主教""大家庭",与案子相提并论,会引起不必要的误解;

新闻报道不能对女性有所歧视与侮蔑。如新闻中说"他的一个女儿是哈佛大学校长夫人",事实上,他的这个女儿本身是哈佛大学医学院的教授,又是一位作家,有其独立的地位与成就,并非只是"附属品"。③

本研究中得出的关于女性信源的采用、新闻主题的分布以及人物性格特质的描述等数据均在某种程度上证明了该报的这种追求。但与此同时,微观语义层面上的修辞又显示出它对中国女性及中国态度上的倾向性,而这在很大程度上是媒介政治上保守性和意识形态偏见影响的结果。

二、政治上的保守性与意识形态偏见

在美国,媒介身处两党轮流执政的政治格局,基本上都有自己的政治立场。亲近某个党派从而在报道中流露出好感,甚或进行大规模报道以支持其竞选和其他政务活动是媒介中常有之事。《时报》也有明确的党派立场。《时报》的创刊人雷蒙德是共和党创始人之一,自其协助组织共和党之后,

① 邵满春:《〈纽约时报〉的家族经营史》,《青年记者》2007 年第 15 期。
② [美]迈克尔·埃默里(Michael Emery)、埃德温·埃默里(Edwin Emery):《美国新闻史》,展江译,中国人民大学出版社 2004 年版,第 273 页。
③ 杨晓明:《〈纽约时报〉的新闻"铁律"》,《采写编》2005 年第 3 期。

《时报》一直亲共和党。不过在1884年,该报的第二任发行人乔治·琼斯反对共和党的总统提名候选人布雷恩(James G.Blane),这之后《时报》政治立场发生转变①,开始拥护民主党。自此之后就一直保持比较浓厚的自由派色彩。

不过,无论具体立场如何,从整个产业的本质上来说,美国的媒介仍旧是保守的。它们身处政治、各利益集团以及其他各种权力系统中间,不得不在这些权力结构和自身利益、专业理念中求得平衡,也可以说,为生存计,无论亲近哪个党派都得与政府保持微妙的关系,以维持其影响力和生存空间。这样做的后果是,大部分媒介会维持既有的社会观念和主流意识形态。在对待资本主义和共产主义的态度上,它们赞美并自然化资本主义("自由市场经济")及代议制的自由民主(本质上被认为与"民主"同义),将其作为唯一可能的人类美好未来,②从而坠入二元推理的模式中:倘若共产主义不可行的话,那么资本主义一定行,③如此一来,专业化的叙事手法造成了主流意识形态合法化的后果。美国媒体概莫能外。《纽约时报》也不愿陷入不利之境,在报道重大政治事件时也尽量避免惹祸上身。尽管《纽约时报》的目的"不是告诉读者它的记者们在想什么,或者他们应该想什么,而是要给读者提供充分的信息,让他们自己形成自己的想法"④,也试图采用各种方式将这一理念操作化,但仍旧会维护政府的立场。《时报》总编比尔·科勒尔的话说明了媒介的这种行动逻辑。他说,记者"唯一的方向就是尽力保证自己的报道不偏不倚。但这并不意味着每一个话题都必须给所有的观点同等的时间,这会非常荒唐可笑。"⑤尤其是在涉及美国整体利益的重大国际事件上,《时报》的报道基本上能够保持与政府的一致,而不像它一直强调的那样客观公正。譬如,在海湾战

---

① 〔美〕梅耶·柏格(Meyer Berger):《纽约时报一百年》,何毓衡译,香港新闻天地出版社1963年版,第11页。

② Hackett,R.A.:*News and Dissent:The Press and the Politics of Peace in Canada*.Norwook,NJ:Ablex 1991,pp.283-295.

③ 赵月枝:《传播与社会:政治经济与文化分析》,中国传媒大学出版社2011年版,第97页。

④ 江卉、徐金:《〈纽约时报〉的新闻理念》,《采写编》2009年第2期。

⑤ 江卉、徐金:《〈纽约时报〉的新闻理念》,《采写编》2009年第2期。

争这一问题上,《时报》不时表现出某种摇摆的态度,最终演变为对发动战争的支持。布莱恩·迈克尔·戈斯(BRIAN MICHAEL GOSS)在分析该报对美国制裁伊拉克的报道时指出,《纽约时报》的报道采用了"个人化"的手法,即将针对伊拉克这一国家进行的制裁转换为针对萨达姆个人的制裁,并且总是紧密追随美国政府的主张,避免报道涉及伊拉克难民及其制裁造成的严重后果,即使有涉及此方面的报道,也是轻描淡写。①

　　曾经担任《时报》记者的亚瑟·盖尔博(Arthur Gelb)描述了该报的这种报道逻辑给记者带来的矛盾感,"我不像我的一些同学那么激进,但是我有种叛逆的社会良心,我经常发现自己在意识形态上与《纽约时报》意见相左。"②在评论《时报》对纳粹的报道时,格布毫不掩饰自己的态度,"我还觉得《纽约时报》对纳粹恶行的报道——尽管它要固守道德上的清高与平衡——十分薄弱,令人失望。虽然自 1939 年以来,《纽约时报》也刊登了几十篇有关欧洲犹太人遭受迫害的报道,但只是简略介绍,很少出现在头版,也未作任何解释。"③可以说,在很多类似的报道中,客观性法则更像是一种力求保证"道德上的清高与平衡"的手法而非终极追求。因此,尽管《纽约时报》被视为自由派的报纸,但总体态度依旧是保守的,它代表的是"非正式的华府态度",④在涉及政治意识形态问题的时候带有一些偏见也就不难理解了。这也导致它在报道中国女性的时候遵循美国主流政治观的框架,以美国利益为中心,流露出民族中心主义的倾向。

---

　　① BRIAN MICHAEL GOSS: "Deeply Concerned about the Welfare of the Iraqi People: The Sanctions Regime against Iraq in the New York Times(1996—98)", *Journalism Studies*, Volume.3, Number.1,2002,pp.83-99.

　　② [美]亚瑟·格布(Arthur Gelb):《本地新闻部》,[*City Room*(New York:A Marian Wood Book,2003)],第 8 页。转引自[美]霍华德·弗里尔(Howard Friel)、理查德·弗克尔(Richard A. Falk):《一纸瞒天》,彭贵菊、龙红莲译,三联书店 2009 年版,第 151 页。

　　③ [美]亚瑟·盖尔博:《本地新闻部》[*City Room*(New York:A Marian Wood Book, 2003)],第 8 页。转引自[美]霍华德·弗里尔、理查德·弗克尔:《一纸瞒天》,彭贵菊、龙红莲译,三联书店 2009 年版,第 151 页。

　　④ 林俶如:《美国媒体对"特殊国与国关系论"报导之内容分析与立场倾向研究——以纽约时报、华盛顿邮报、华尔街日报、洛杉矶时报为例》,台北台湾大学 2001 年硕士学位论文。

三、对负面消息的偏爱

媒体偏爱负面信息,一方面是为了满足受众的好奇心,否则就有可能流失掉很多受众,比如,PBS就曾经由于强调报道质量和正面消息导致收视率低于5%。① 另一方面,媒体认为揭示社会中存在的问题并尽力引导社会进行改革能够发挥"看门狗"的功能,所以报道的价值不仅在于能否关注负面信息,更在于其目的如何,在于是否能客观地分析问题并提出解决方案。

对负面消息的偏爱确实使媒介有更多的机会批判社会,并被赋予"第四种权力"、"无冕之王"等种种富有正义感的称谓。这一观念已经渗透到看待新闻事件和制作新闻报道的各个环节。记者和编辑们在选择议题时偏爱负面消息,在制作新闻时喜欢使用"降调",或有时候即使报道正面事件或报道整体呈中性视角,但文章最后一句也常常用否定句。这种方式看起来使新闻更具有批判性,也更具有悬念,因而"几乎成为程式",记者们"会用一种阴沉的、负面的、以冲突为驱动的陈述句作为结尾。如果整个消息都是坏的,那么最后一句话就更糟糕。如果消息大体上来说是积极的,最后一句话总是要说这条消息对某些人来说并不算好消息"。②

国际新闻的产制也受这些报道理念和方式的影响。在分析美国媒介的国际新闻报道时,赫伯特·甘斯提出七项筛选国际新闻的标准③:

1. 美国国民对于他国的活动,特别是美国总统与国务卿到当地访问;

2. 对美国政策和美国人产生影响的外国活动;

3. 共产主义阵营国家的活动;

4. 选举或其他人事的和平变迁;

5. 政治冲突与抗议;

6. 灾祸;

7. 独裁者的暴行。

---

① E.J.Whetmore:*Media America*,*Media world*:*Form*,*Content and Consequences of Mass Communication*, California:Wadsworth Publishing Company,1993,p.194.

② [美]阿里·弗莱舍(Ari Fleischer):《白宫发言人》,王翔宇、王蓓译,社会科学文献出版社2007年版,第75—76页。

③ [美]赫伯特·甘斯:《什么在决定新闻——对CBS晚间新闻、NBC夜间新闻、〈新闻周刊〉及〈时代〉周刊的研究》,石琳、李红涛译,北京大学出版社2009年版,第39—47页。

从以上这些标准可以看出美国媒介对国际事件尤其是第三世界国家的态度,所以进入到媒介视野的国际信息常常是负面的。本研究也发现,《时报》在涉及中国的计划生育、持不同政见者、疾病等方面的题材上常常出现负面报道。对此,曾经担任《纽约时报》驻中国记者的伊丽莎白·罗森塔尔(Elisabeth Rosenthal)做出过这样的解释:"我的目的不是提出批评,我的目的是提出真正的问题。"在谈到为何以负面形式呈现艾滋病主题时,伊丽莎白说,"也有人说这是批评文章,这是负面报道,可是我想应该提出来,告诉大家这些农民得了病。我的目的是帮助那些没办法让别人听到他们声音的人,让别人听到他们的声音"。事实上,美国媒介对美国的报道也有很多负面消息,美国人对此也心怀不满。但这种负面消息不同于对中国的负面报道。由于美国人并不了解也不能亲身验证中国现状,媒介报道的强化作用就更加显著。因此,尽管《时报》声称一直在适时地协调正面和负面的文章,但对中国一些公众来说,这些负面报道仍旧占据了太多的篇幅。[1]

不过,这样一来,媒介就常常陷入道德批判的陷阱。批判性意味着媒体承担着对社会的服务功能,这是媒体道义上的责任。但是,一旦媒体以道德的名义评价报道对象时,就已经超出了平衡的原则。本研究中一些关于西藏、宗教信仰、政治异见等方面的文章就对中国进行了道德批判。这些文章在描述弱者女性的同时再现了威权中国的形象,这一过程往往伴随着对中国社会制度的道义上的批判。比如2007年2月6日[2]和2月17日[3]的文章描述了河南医学院专家高耀洁被软禁,无法赴美接受世界妇女权利组织"生命之音(Vital Voices Global Partnership)"授予的"全球女性领袖"奖的消息;2004年3月30日的文章报道了政府为了防止人们纪念1989年天安门事件而拘捕了当年被枪杀的参与者的家人的消息:

At least three family members of people gunned down by the Chinese military dur-

---

① 刘燕:《"好记者"首先是个"好听者"》,《新闻记者》2002年第9期。

② JIM YARDLEY:"China Places AIDS Activist Under House Arrest", The New York Times, February 6,2007.

③ JIM YARDLEY:"Detained AIDS Doctor Allowed to Visit U.S.Later, China Says", The New York Times, February 17,2007.

ing the *crackdown* on dissent in Beijing on June 4,1989,have been detained,as the authorities seek to prevent protests connected with the 15th anniversary of the *massacre*,relatives said Monday.①

（1989 年,北京 6·4 事件中,中国军队曾在镇压行动中击毙数名持异见人士。受难者的亲属周一表示,当局为了防止在大屠杀 15 周年纪念日发生相关抗议活动,已经拘捕了至少三名受难者的家属。）

这些叙事都暗示出中国政府给公民造成了人道主义上的伤害。类似这种道德上的平衡暴露了媒介专业道德追求上的薄弱点,并构成了对当年新闻自由委员会关于"负责任"的报刊的道德水准的某种背反。以尊奉客观性的名义进行道德判断是媒介常用的手法,这种方式也更加能够隐藏媒介的意识形态倾向。因此,尽管专业主义秉奉"客观性"、"不偏见"等原则,但也不能保证媒介避免意识形态上的倾向性。有些学者甚至认为"专业主义"是资产阶级意识形态霸权的一部分。盖伊·塔奇曼(Gaye Tuchman)就提出,新闻生产中的专业化偏见或阶级偏见使新闻阻碍了质询精神,阻碍了某种分析性的理解,阻碍了对当代社会真相的探询和接近真理的道路。② 同时,客观性也是一种意识形态,是一种能够引导记者在新闻机构以及社区中作为指引的框架③,其客观效果就是为了使记者在新闻报道中防止或摒弃意识形态的意识形态。换句话说,作为在报道中摒弃意识形态偏见的客观性,本身就是意识形态;如果认为表露某种意识形态是媒体存在偏见的话,那么,相对于"偏见"而言,追求不偏见也是一种偏见。所以从本质上来讲,避免意识形态及其他偏见几乎是不可能实现的,只要媒介是由某些机构、集团、企业把持,只要与政治、经济以及各种利益团体保持交互关系,只要报道者存在一己之立场,"偏见"的生产是不可避免的。

---

① "China Detains 3 Relatives Of Victims At Tiananmen",The New York Times,March 30,2004.

② [美]盖伊·塔奇曼(Gaye Tuchman):《做新闻》,麻争旗、刘笑盈译,华夏出版社 2008 年版,第 172 页。

③ Glasser:"Objectivity Precludes Responsibility," in Warren K. Agree, etc., Main currents in Mass Communication.New York:Harpen& Row Publishers,Inc.,1986,p.179,转引自彭家发:《新闻客观性原理》,台北三民书局 1994 年版,第 152 页。

第二节　中美关系对新闻报道的影响

国际关系在决定国际传播的内容结构和传播形式,以及国家间如何认知对方和建构国家形象上发挥着非常重要的作用。譬如,冷战时期,对峙的国际格局特征使国家的形象建构、捍卫与被抹黑成为两大阵营政治斗争的重要部分,①两大阵营的媒介分别围绕各自的利益为自己辩护,或者攻击对方。为了在思想上影响前苏联和东欧等国家,西方国家采用"信誉手法"、"假话真说手法"、"商业手法"等各种报道手法,前苏联也积极展开意识形态的宣传。与此相似,《时报》对中国女性的再现也深受中美关系的影响。两国在贸易、政治、非传统安全领域中的竞争与合作关系是中国女性形象复杂多变的外在条件。

一、中美关系对《纽约时报》中国女性形象总体结构的影响

中美关系代表了国际社会中民族国家间主要的结构性关系,是世界上最重要的双边关系之一。在与国际社会对话的过程中,中国选择了与苏联不同的方式,她没有另建体系,而是通过改革和开放跟现存世界接轨,首先进入体系,再在体系内提升自己的地位和作用。② 因此,中美两国也没有发展出美苏之间那种相互对峙的关系,而是在相互依存的基础上,在经济、军事安全以及非传统安全等领域里,中美已经建构起非对称性的相互依存关系。③ 这种关系体现在中国积极融入世界体系、美国积极将中国编织到国际体系的倾向中。对美国而言,中国需要成为国际体系中的一名负责任的利益攸关方,这

---

① 胡文涛:《奥巴马与美国国际形象修复战略》,《现代国际关系》2010年第4期。

② Elizabeth Economy, Michel Oksenberg: *China Joins the World: Progress and Prospects*, New York: Council On Foreign Relations Press, 1999,转引自郑永年、翁翠芬:《世界权力新格局中的中美关系》,《国际关系学院学报》2010年第5期。

③ 注:美国学者罗伯特·基欧汉(Robert O. Keohane)和约瑟夫·奈(Joseph S, Nye)指出:"世界政治中的相互依存(interdependence),指的是以国家之间或不同国家行为体之间相互影响为特征的情形。"他们认为:"当交往产生需要有关各方付出代价的相互影响时(这些影响并不必然是对等的),相互依存便出现了。如果交往并没有带来显著的需要各方都付出代价的结果,则它不过是相互联系而已。这种区别对我们理解相互依存的政治至关重要。"参阅[美]罗伯特·基欧汉、约瑟夫·奈:《权力与相互依赖》,门洪华译,北京大学出版社2002年版,第9—10页。

意味着中国不仅仅是个成员,而且会与美国一起"来维护这个使之获得了成功的体系"①。上个世纪九十年代克林顿时期的"全面接触"战略、二十世纪前十年小布什时期的"整合战略",其目的都在于此。中国也在积极同世界接轨。

通过《纽约时报》中国女性报道的主题分布可以看出中美之间这种相互依存的关系以及美国的对华政策理念:2001 年至 2010 年间的报道仍旧集中在中美关系比较关注的领域,排在前三位的议题分别是"日常生活"(30.9%)"体育"(26.6%)、和"政治"(17.1%)。这一比例基本符合中美两国对彼此关系的认知及实践行为,即在两国的常态交往中,政治和意识形态不再居两国关系的首位。

但不可否认的是,在美国的政治生活中,形成于冷战时期的敌视、恐惧、防备中国的思想观念仍旧存在,克林顿时期出现的"中国威胁论"即为明证。而小布什主政期间的 2005 年,在美国也同样出现了对中国的讨论,显示出美国对华战略防范性的增强。在《时报》的报道中也时常可见将经济、军事,以及环保、健康、能源等非传统安全领域的问题归因于政治制度和意识形态,尤其是经常提到"共产主义"、"中国共产党"并强调政治体系内出现的制度性腐败和缺陷。譬如,关于计划生育、人权问题、宗教问题,以及言论自由等方面的文章中经常出现以上关键词,以暗示中国社会制度的危害。从写作技巧上看,这种方式建构了宏观的历史框架,有助于受众形成关于新闻事件的整体性认识,但也突出了意识形态上的分歧,呈现出简单化、片面化倾向。

在《时报》的中国女性报道中流露出的实用主义和意识形态偏见从侧面反映了美国对中国的矛盾心态:在关于中国经济体制改革的报道中强调自由主义市场经济给中国女性提供发家致富的机会,与此同时又强调制度性的缺陷造成贫富分化;关于中国文化多元化的报道强调西方文明对中国女性性别观念、身体观念、消费观念等方面的解放,譬如,2005 年 11 月 28 日对超级女声的报道将"美国达人秀"作为影响中国选秀类节目产生的原因②,2008 年 7

---

① 熊志勇:《中美关系 60 年》,人民出版社 2009 年版,第 381 页。

② DAVID BARBOZA:"Upstart From Chinese Province Masters the Art of TV Titillation", December 28, 2005.

月 25 日的报道强调了钢管舞受美国脱衣舞的影响①,以及 2007 年 3 月 4 日关于中国性观念改变的报道中将中国杂志与欧美杂志对比②;另一方面又不断以社会主义和共产主义制度作为背景分析中国人遭受的言论和人权限制,譬如,2004 年 7 月 24 日的文章讲述了北京一位女性"书虫"因在互联网上发表某些不当言论而遭到管制监视并受到国际人权机构关注的故事,③以及对青海女记者加羊吉的报道④、阻止医学高耀洁专家赴美领奖的消息等⑤。

　　总体上来看,无论采用什么样的外交战略,美国对华政策都体现出两面性,即交往与防范并行。一方面,两国在政治制度的选择上存在本质的差异,另一方面,中国积极推行市场化经济,力图在经济上融入国际体系,在文化、军事、环保等多领域中也持更加开放的姿态,这些方面则符合美国的利益。因此,在中美关系中,意识形态与其他现实利益总是相互伴随,二者这种一体两面的关系为美国对华政策的复杂多变提供了现实基础,也制约着美国媒体的报道基调。

二、中美经贸往来中女性的复杂地位

　　冷战结束后,中国加快了改革开放的速度,西方对华投资的规模不断增大。2001 年,中国加入世界贸易组织,这意味着中国接受了西方主导的国际经济体系,⑥中美关系也被置于世贸组织的框架中,⑦经贸往来不断深化。总体上看,两国之间的贸易关系逐步扩大,成为两国关系相对稳定的部分。

---

　　①　JIMMY WANG:"From the Erotic Domain,an Aerobic Trend in China",New York Times,July,25,2008.

　　②　DAVID BARBOZA:"The People's Republic of Sex Kittens and Metrosexuals",New York Times,March 4,2007.

　　③　JIM YARDLEY:"A Chinese Bookworm Raises Her Voice in Cyberspace",New York Times,July 24,2004.

　　④　ANDREW JACOBS:"Prominent Tibetan Figure Held by China,Friends Say",New York Times,April 18,2008.

　　⑤　JIM YARDLEY:"China Places AIDS Activist Under House Arrest",The New York Times,February 6,2007.

　　⑥　郑永年、翁翠芬:《世界权力新格局中的中美关系》,《国际关系学院学报》2010 年第 5 期。

　　⑦　熊志勇:《中美关系 60 年》,人民出版社 2009 年版,第 390 页。

2003 年中美启动了经济发展与改革对话会,当年 11 月 4 日两国在北京举行首轮对话,这种互动为两国协调经济政策提供了一个沟通的平台;2006 年 8 月,双方建立了中美战略经济对话机制,这是中美对话机制中级别最高的活动;2009 年,奥巴马就任后,两国又建立了"中美战略对话与经济对话机制"。与此同时,双方高级官员、民间团体等的互动往来都促进了经贸领域的合作。在金融服务业、产品质量、能源环保、贸易投资等方面,双方的交流合作不断扩大。其中,2006 年 12 月 14 日开幕的首次战略经济对话中,双方以"中国的发展道路和中国经济发展战略"为主题,讨论了城乡均衡发展、中国经济的可持续发增长、促进贸易和投资等五个主要议题。[①] 而在 2008 年 12 月举行的第五次战略经济对话中,双方首次摆脱了人民币汇率、市场准入、知识产权、贸易逆差等有争议的问题,意味着在某种程度上两国关系具有消弭矛盾的潜在可能性。美国政府、国会及其智囊团均意识到,"美国与中国应该就诸多问题举行不定期的会晤。磋商合作相互之间的矛盾摩擦问题,这是目前解决全世界经济与政治危机的最佳办法"[②]。

不过,由于二者经济存在着结构性的差异以及非经济因素的影响,两国之间也不断出现贸易摩擦,在小布什和奥巴马执政期间体现为知识产权问题、市场准入问题、贸易不平衡问题等。美国对华贸易赤字一度增长,在 2006 年达到高峰。在美国失业率不断增长的背景下,美国一些人将两国贸易逆差与失业联系起来,美国亦采取贸易保护措施,包括对华反倾销和反补贴措施。2003 年针对中国出产的针织品、胸衣和袍服实施保护措施,对中国产康佳、长虹、TCL 等彩电征收反倾销税,2006 年针对中国铜版纸实施反补贴。与此同时,长期存在的美国对华贸易出口管制,包括高技术领域中的生物技术、信息与通讯、高新材料、观点技术、武器以及核技术等方面实行对中国的技术出口限制,均导致美国对中国的贸易逆差,成为两国间贸易关系发展的障碍。

在中美这种复杂的经贸关系中,中国女性的角色十分微妙。她们一方面受惠于双方不断扩大的经贸往来,获得了脱贫致富的机会,另一方面又深受各

---

① 熊志勇:《中美关系 60 年》,人民出版社 2009 年版,第 390 页。
② 彭博新闻社:《"中美国"集团将主导世界未来?》,《参考消息》2009 年 1 月 22 日。

种贸易冲突的影响,面临重大的就业压力和失业的风险。《时报》中的一些文章通过描述中国女性的这种境遇再现了中美两国诸种合作与冲突:

2005 年 10 月 11 日的文章《Read the Tea Leaves:China Will Be Top Exporter》描述了金月梅一家通过种植茶叶发家致富的故事,在政府扶持下(Government support helped produce an 18.9 percent jump in Chinese tea exports last year,to $437 million)金月梅(音译)靠种植茶叶实现富裕,过上了现代化的生活(Jin Yuemei, a 54-year-old peasant near Hangzhou, paused before dousing nearly waist-high tea plants with an anticaterpillar pesticide and described how her home now held a television set, a refrigerator and even a couple of air-conditioners. "Everyone has these things, "she said. "We are quite rich now." 杭州附近的 54 岁农民金月梅,手持农药壶在齐腰的茶树前停下,描述她家的电视机、冰箱和一组空调,她说:"现在人人都有这些东西,我们现在已经奔小康了。")这个事件的背景是中国即将成为全球最大的茶叶出口国;

2006 年 9 月 25 日的文章《Bouquet of Roses May Have Note 'Made in China'》描述了种植鲜花的女工们的辛勤劳动。她们从事的全部是重复性的手工操作,长时间工作后手就会麻木(Yet doing it by hand is an ergonomic nightmare with a strong risk of repetitive stress injuries. "My hand goes numb if I do it for a long time, "said Miss Qian, a recent high school graduate who earns $25 a month.)正是她们的劳动促成了中国鲜花大量销往海外,充斥欧美市场。

2004 年 3 月 2 日的文章《Like Japan in the 1980's, China Poses Big Economic Challenge》表达了美国等发达国家对中国经济快速发展可能产生对本国经济不利影响的担忧。中国经济的快速发展超过当年日本经济发展势头,中国与美国的贸易顺差大幅飙升,2003 年达到 1240 亿美元(For all these reasons, China's trade surplus with the United States has soared, quintupling in the last decade to $124 billion in 2003.)这一切源于中国大力吸引外资,并提供廉价劳动力和巨大的市场(The welcome that China is offering to multinational companies and foreign investment has left many Western business executives so critical of a closed Japan more than a decade ago, enthusiastically embracing China, its cheap work force and its huge markets.)其中就包括一些离开贫困的家乡到大城

市辛苦工作的贫穷的女农民工,她们月入仅 60 至 75 美元,远低于美国水准,而中国 200 万人农民每天的生活费用不到 1 美元。(Like most of the workers, Ms.Sun and Ms.Du are migrants, having each taken a 30-hour ride aboard slow Chinese trains from their impoverished villages in north central China.Each earns ＄60 to ＄75 a month,a pittance by American standards but a lot in rural China, where 200 million people live on less than ＄1 a day.)

2005 年 8 月 31 日的文章《Chinese Apparel Makers Increasingly Seek the Creative Work》描述了中国服装业的发展。中国服装业开始变得更加有创意,像李玉清(音译)等一样年轻的服装设计师们开始研究西方服饰风格,学习纽约、巴黎、伦敦、米兰等著名时装之都的设计(Li Yuqing would fit right in on Seventh Avenue,smack in the middle of New York's garment district.Ms.Li is not hunched over a sewing machine.A soft-spoken 27-year-old college graduate trained as a clothing designer,she sits instead in a roomful of computers at a factory here and studies sketches of windbreakers,ski jackets and coats sent from design studios in New York,Paris,London,Milan and Hamburg.)而此事的背景是美国试图限制中国对美国的服装出口的飙升,①胡锦涛主席和布什总统于 9 月 7 日在白宫会晤,就此进行磋商(American and Chinese government negotiators hope to conclude a deal in Beijing limiting China's soaring clothing exports to the United States before a Wednesday night deadline.If they fail,the United States could still impose further limits on Chinese exports.But a textile agreement would clear away one possible disagreement before President Bush and President Hu Jintao are scheduled to meet at the White House on Sept.7.)

当然还包括张茵这样的一些杰出的女企业家②:2007 年 1 月 16 日的文章《Blazing A Paper Trail In China;A Self-Made Billionaire Wrote Her Ticket On Recycled Cardboard》描述了中国女富豪张茵创建玖龙纸业,并成为美国废纸回收

---

① 注:由于中国产针织品、胸衣和服饰对美国出口的激增扰乱了美国市场,造成很多纺织工人失业,因此美国纺织品制造商协会向美国商务部提出对中国产出的此类产品的保护措施。

② DAVID BARBOZA: "Blazing A Paper Trail In China;A Self-Made Billionaire Wrote Her Ticket On Recycled Cardboard" ,January 16,2007.

大王的故事。

在这一过程中,女性尤其在纺织、手工制造、农副产品加工等行业发挥着重要的作用,不过,一旦发生经济冲突或危机,女性则成为主要受害者:

2005 年 4 月 5 日的文章《Trade Quotas? Ah, the Good Old Days》描述了两国发生贸易冲突时饱受失业影响的女工的故事:中国的便宜服装对美出口增大(The factories could fall victim to a flood of cheap Chinese clothing surging into the United States),在市场压力下,当地很多服装加工厂破产(may now lose many of its apparel factories to free market forces),工人失业(be laid off),很多中国女工生活艰难,她们面临着艰难的选择:回到国内的血汗工厂,那里的收入远低于塞班(And as Saipan's factories close or cut jobs, thousands of workers-most of them Chinese women-are left with a cruel choice: go back to China's real sweatshops and earn a fraction of their current pay or stay in Saipan, where the prospects for legal work are dim at best.)

通过以上文本的分析我们发现,在这类经济新闻中,女性往往被编织到经济发展的宏观背景中,成为两国经贸关系的注脚。经济发展和经济贸易的宏观议题衍生到女性身上变成作为劳动力或消费者的个体问题,在劳力的维度上表现尤为明显。中国女性的勤俭、吃苦耐劳使其或者成为廉价劳动力,或者依靠勤劳经营走向富裕,成为推动中国经济发展和中美贸易的动力之一。在媒介文本中她们往往被呈现为推动中美关系巨大贸易齿轮的不起眼的小部件,而她们巨大的劳力付出和微薄的收益则成为中国在中美关系贸易发展过程中所扮演的角色的隐喻。

三、美式政治与"社会主义制度"中的女性

由于两国之间存在着结构性矛盾,尤其是社会制度、价值观念和意识形态的差异,美国对中国呈现出矛盾的态度。一方面,美国对中国的发展和制度建设存有疑虑,时时对中国保持警惕和敌意。无论是"中国威胁论",还是小布什执政期间迅速扩大影响的新保守主义者都认为,上升的中国可能会影响国际力量均势,导致国际冲突。还有一些持"霸权稳定"论的学者认为,国际社会可以在美国霸权下保持均势,而新兴大国的崛起则会挑战美国的霸权,引起

国际社会的不稳定。① 另一方面,美国又不断强化改变中国的信念。经济制度的改革使美国看到改变中国的曙光,但也由此使其产生错误知觉:美国将中国的经济体制改革作为实现美式政治的预言,因而寄希望于中国的经济改革,希望能够通过经济制度上的调整实现政治上美式的自由民主。美国对华"接触"政策的实质也就在于,通过配合中国的调整来促使中国更快地朝美国所希望的方向变化。②

中国则采用了两种方式回应美国在政治意愿上的态度:一方面积极融入世界现存体系,譬如接受联合国人权公约,在一些敏感话题上与西方对话,但同时也不断表明抵制西方式的政治发展和民主化的态度。

两国之间的复杂关系在媒介的报道中有所体现。以人权问题为例,美国历来推行人权外交,每年都发布中国人权报告,将之与西藏问题、计划生育,以及持异见者联系起来,与此同时,通过一些国际组织和机构,包括国际人权会议等指责中国的人权状况。克林顿时期美国政府曾经将经贸问题与人权问题分开处理,但很快招致一些人不满。小布什主政期间,中国发生了法轮功自焚事件、新疆动乱等问题,这都成为美国谈论中国人权的议题。在本书的数据分析中也可推见人权问题在《时报》中国女性报道的受重视程度:在整个样本中,"政治"主题有 83 篇,占所有样本的 13.8%,在所有议题中排第二位,其中,"人权"问题占 26 篇,占所有次级议题总数③的 4.1%,④位居所有政治性议题之首。而在计划生育、贩卖妇女、就业歧视等主题中,女性也往往被视为中国政治制度扼杀人权的牺牲品。中国方面则一贯明确表示人权等问题是中国内政,不容许他国干涉。在人权问题上,两国各执一词互不相让。以 2001年发生的"高瞻间谍"事件为例。该事件在当年的《时报》报道中就形成了具有戏剧性冲突的叙事情节:

---

① 夏立平:《21 世纪初的中美关系——非对称性相互依存》,《当代亚太》2005 年第 12 期。

② 郑永年、翁翠芬:《世界权力新格局中的中美关系》,《国际关系学院学报》2010 年第5 期。

③ 注:601 篇样本中总共出现次级议题 897 次。

④ 注:其他次级议题排序为:体育 160 次;文化生活 65 次;日常生活 50 次;文化观念 41 次;移民生活 35 次;卫生保健 27 次,人权问题排第 7 位。由以上次级主题分布也可见,《时报》对中国女性的报道不再将政治议题放在首位,而是更加关注社会生活方面的问题。

2001 年 3 月 28 日,《Beijing Says Chinese-Born Scholar on Visit From U.S.Is a Spy》报道北京称华裔美国人高瞻有间谍罪,而美国国务院发言人否认对高瞻的指控,要求立即释放高瞻;

2001 年 3 月 30 日世界要闻版(WORLD BRIEFING)的简讯中写到,中国政府警告美国政府不要干涉高瞻间谍案,美国国会批准高瞻及其丈夫为美国公民;

2001 年 4 月 4 日,《China Charges Scholar Based In the U.S.With Spying》报道中国正式指控高瞻为美国间谍,美国设法为其辩护;

2001 年 7 月 25 日,《Powell Said to Be Dismayed by Beijing Trial》报道高瞻因间谍罪将被判处 10 年的刑期,美方代表将就人权问题同中方进行会谈。

这一叙事结构将高瞻事件建构成中美两国人权冲突的缩影,并且映射出 2001 年中美关系的复杂性。2001 年,中美关系在一年内经历了从低谷到缓和再到言和的过程:由春天的“撞机事件”、“对台军售”,到秋天的“9·11 事件”、布什出席上海举行的“APEC”会议,直至当年冬天小布什宣布给予中国永久性正常贸易关系地位,这一变化极具戏剧性。以上四篇关于高瞻案的报道均刊登在“9·11 事件”之前,正处于中美关系越来越僵化的阶段。当时,小布什否认了克林顿的与中国建立战略伙伴关系的方针,声称中国不是美国的伙伴而是对手,导致两国关系出现裂痕。其中后两篇又发表在中美“撞机事件”之后,恰逢两国关系低谷期。由这几篇文章可以看出小布什上任初期对华的强硬态度。

实际上,自冷战结束之后,中美关系就深受中国人权问题的影响,人权问题在中美关系中占据的位置越重要,中美关系就越复杂。而美国推行“人权外交”源于它理想主义的外交传统,以及重视人权和民主的基本价值观念。对此,哈佛大学教授傅高仪曾做出如下解释:冷战结束后“我们对中国讲人权,不是因为我们恨中国,而是因为这正是我们的理想主义。”①由此也可以看出政治制度的差异给美国对华观念的影响。

---

① 周琪:《中美关系中的人权问题》,“http://www.china.com.cn/chinese/2002/Feb/111755. htm”。

以上这一案例以及其他文本中对消费文化、性观念解放、文化多元化等议题的详尽描述表现出该报对中国的矛盾心态:在一些被视为中国政治向美式政治靠拢的议题上加以肯定,在中国固执"社会主义"或"共产主义"制度的议题上则加以批判。实际上,这种倾向一直存在于美国媒体中。比如20世纪40年代,美国同情中国并支持国民党政权,蒋介石、宋美龄遂成为美国媒体分外关注的人物,屡次作为《时代》封面人物;后来邓小平也曾经九次登上《时代》封面,这些都可以视为美国的"中国梦"的象征。在另一些报道中,媒介又将美国作为评价中国进步与否的标准,表现出改变世界、推行美式价值观念的道德信念,即相信美式的民主制度和价值观念是正确的,与之相悖则是错误的。这些议题通常集中于关于台湾、西藏、军事现代化、宗教自由以及人权问题的报道上,与美国对中国的政治态度遥相呼应。

四、非传统安全领域与中国女性形象

非传统安全威胁又称为全球问题、跨国问题或低政治问题,包括环境问题、恐怖主义、能源短缺、人口爆炸、毒品走私、国际犯罪以及恶性传染病等,其特点在于两方面,一是具有全球性和人类性。非安全问题在世界范围内普遍存在,并且关系全人类,而不是某些国家和局部地区存在的个别问题;二是其后果非常严重,它不是人类社会发展中遇到的一般困难和障碍,而是威胁人类的生存和发展,决定人类命运的重大问题。① 后冷战时期国际关系的一个新特点就在于国家之间在非传统安全领域里的共同利益逐渐增强。同样,在非传统安全领域,中美之间的共同利益也在不断扩大。但由于美国强调自身利益,双方又常常发生矛盾冲突。譬如在环境问题上,中美两国展开了不同形式的合作,于1985年签署了《中美化石能合作协定书》,从此创建了环保领域中的长期合作交流机制。但是,由于在资源利用上的技术标准和利用率较低,粗放的利用方式造成的环境污染给人们生活带来极大危害,中国环保问题也屡遭美国及其媒介诟病。

2004年3月10日的文章《Dam Building Threatens China's' Grand Canyon》

---

① 尹希成等:《全球问题与中国》,湖北教育出版社1996年版,第2—3页。

报道了怒江大坝可能带来的危害,村民巴文华(音译,Ba Wenhua)所在的村落可能遭受生态上的威胁;

2005 年 4 月 14 日的文章《Rural Chinese Riot as Police Try to Halt Pollution Protest》报道了浙江华西村民反抗警察制止他们反对污染的故事,村民王月荷(音译,Wang Yuehe)等人指出当地工厂严重污染环境,但起诉毫无效果;

2007 年 12 月 21 日的文章《China Grabs West's Smoke-Spewing Factories》则详细叙述了邯钢的煤炭污染给居民田兰秀(音译,Tian Lanxiu)带来的危害:

People who live near the plant have staged scattered protests about its pollution for years. The police have intervened and arrested some protesters. But the company has also sought to defuse unrest by giving jobs and other benefits to area residents.

(近几年来,邯钢附近的居民举行过一些零散的抗议反对当地的污染。警方干预其中并逮捕了几名抗议者。与此同时,邯钢也给当地居民提供了就业机会和其他福利,设法化解这些引发社会不安的矛盾。)

Two years ago, Ms. Tian and a group of mostly older women sat on railroad tracks leading into Hangang and unfurled a banner that said, "Don't darken our skies." Their sit-in blocked a train. They demanded that Hangang arrange for them to move far from the plant, Ms. Tian said.

(两年前,田(兰秀)和一些老年村妇坐在通往邯钢的铁路线上示威,她们举着一条"不要污染我们的天空"的标语,并且拦停过一辆火车。田兰秀说,她们要求邯钢帮助她们搬到远离钢厂的地方。)

Hangang declined to do so. But it later agreed to pay them a subsidy in lieu of moving, which the villagers call a "pollution fee."

(这些要求先是遭到邯钢的拒绝,随后厂方又表示不负责搬迁,但会给予一定补助,村民们称之为"污染费"。)

On a wall along the village street, officials have pasted strips of baby-blue rice paper listing the names of the heads of each household and its pollution payment. Ms. Tian said she recently collected her third annual installment, totaling $140.

(村子的街墙贴着淡蓝色的米纸,那是官方张贴的各家户主的名字以及污染补助费的数目。田兰秀说,最近她已经领取了年度第三期分期补助款,共计 140 美元。)

以上这篇文章刊发于 2007 年在巴厘岛召开的联合国气候大会之后。在当年的会议上,美国一度不想准备承诺设立强制减排目标,而要按照自己建立的谈判机制促进问题解决,这一行为遭到发展中国家的一致反对。从《时报》的这篇文章中我们也可以看出美国对中国环境问题的指责。同样,在前两篇文章中出现的巴文华、王月荷也是环境污染、生态破坏的受害者。文章对"污染费"、"官方张贴的补助名单"的描述强化了中国官方在整治甚至造成污染方面的不可推卸的责任。这些描述与美国要求中国在国际环境问题上承担与发达国家同等责任相互呼应,强化了美国主张的合理性。

第三节 美国文化与中国女性形象

在谈到文化在人类文明发展中的作用时,萨姆瓦(Samovar, L.A.)和波特(Porter, R.E.)提出文化价值常常被从更大的哲学问题剥离开来,这些哲学议题往往是大的文化背景的一个组成部分。① 特定的文化价值拥有广泛而持久的基础,能够为组织群体的决策提供相对稳定的组织规则。② 国际传播是跨文化认知的结果,因此,在考察《时报》等美国媒体对华及中国女性的报道时,有必要将其置入美国的历史及其文化背景中加以分析。

一、"他者"文化观念对"差异性"的强调

美国非常尊重差异性,倡导多元性,它的文化"就像是一张大网,能包容任何思想",在这样一种文化系统内,各种流派的哲学、社会科学、人文学科以及自然科学、医学等都能够共存共荣,甚至"以无聊起家逐渐兴起的年鉴学派

---

① Samovar, L.A., & Porter, R.E.: *Communication between cultures. Belmont*, CA: Wadsworth Publishing Company.1995

② Rokeach, M.: *Beliefs, values, and attitudes. San Francisco: Jossey-Bass*, 1968,转引自 Angela Ka Ying Mak, "Assessment of Skin Color Preferences Among Urban Chinese", *Visual Communication Quarterly*, Volume.14, 2007.

社会历史学家"、"疯狂的鲍德里亚"①等都拥有一批忠实的研究者,而民众也崇尚个人主义,使得美国文化具有超强的吸附力和扩展的潜质。但是,这种差异性仅限于同现存制度即自由民主的政治制度不相悖的情况下。

自由民主的政治制度是美国衡量敌友的试金石。当年,北美殖民地谋求独立的一个关键原因就是担心英国阴谋消灭殖民地人民享有的自由。② 对新生的美利坚民族来说,英国及欧洲大陆延续数百年的政治制度和文化充满了腐朽的气息,宗教对思想自由的钳制以及贵族阶级对世俗社会权力的把持,都是自由之敌。而第二次世界大战中美国出兵德国和日本,是基于对希特勒极权主义的对抗,冷战的根本原因之一也在于美苏之间迥然相异的意识形态和政治制度。因此,文化多元化的背后是坚持美国政治制度的合理性和合法性,这样就从宏观上形成了个人主义和现存制度优越论势力均衡的状态,③造成美国奇特的文化心理:一方面在文化上兼容并蓄,国内存在各种各样的思想流派,另一方面,在涉及根本的价值观尤其是作为美国立国之本的"自由、民主"的精神概念,以及其他作为制度设计的政治文化观念时,整个国家基本能形成一致的立场,将与美国不同的民族和文化视为"他者"。

"他者"文化源于最初那批逃离欧洲大陆英帝国的人的共同的反叛经历。当时的逃离者们没有统一的民族性,没有共同的历史积淀,唯有团结意识、国家象征符号和强烈的政治情感。④ 这种特殊的民族集体记忆使美国更加倾向于从对立面来界定国家的意义,并使美国道德价值观念沾染上了保守主义色彩,在对待异质文化和国家的态度上呈现出某种"空间摩尼教"结构。这种观念将美国置于中心,认为美国代表"善",美国定义了自由市场经济的价值

① [美]威廉·H.格兹曼(William H.Goetzmann):《探索科学与文化——告别20世纪》,[美]卢瑟·S.路德克主编:《构建美国——美国的社会与文化》,王波、王一多等译,江苏人民出版社、凤凰出版集团2006年版,第393页。

② Bernard Bailyn(ed.) : *Pamphlets of American Revolution* (1750—1776) , Boston: Harvard University Press , 1965 , pp.55-84.

③ [美]马丁·E.马蒂(Martin E.Marty):《美国宗教》,[美]卢瑟·S.路德克主编:《构建美国——美国的社会与文化》,王波、王一多等译,江苏人民出版社、凤凰出版集团2006年版,第393页。

④ David Ryan: *US Foreign Policy in World History* , New York and London: Routledge , 2000 , p.13,转引自赵虎敬:《"他者"文化与美国外交》,《国际关系学院学报》2009年第1期。

和制度、竞争性选举以及对犹太教和基督教所共有上帝的信仰。道德合法性的下一格是美国的盟友——西方民主资本主义国家,其次是处于道德边缘地位的第三世界。在道德标尺的另一端,紧靠着恶魔撒旦的是美国的对立面:仇恨西方与放弃资本主义、上帝和选举的国家。①“空间摩尼教”的思维逻辑不仅界定了敌/我理念,而且为解救“他者”、将之归并到“我群”的做法提供了道德上的合法性。因而,在宏观层面上,美国文化对“差异”的界定更多限制在不同于美国政治制度的政治文化形态上,从而使它在界定“敌人”和“自己人”时更多基于一种信仰和价值观因素,而非仅仅是地缘意义上的区隔。

对美国而言,“中国女性”首先是“社会主义中国”体制中的女性,因此她们在此种社会制度中的角色成为区分二者之间关系类型的依据:什么样的女性是不同于美国的,什么样的女性是类似于美国的,什么样的女性是等待美国救赎的,什么样的又是抵制美式观念和制度的,在媒介叙事中都被清除地划分出来,以区分成“外在”于美国和“属于”美国的形象。

这种对中国女性的态度在媒介中有鲜明的反映。本书在第二章分析了《时报》建构的四种美国与中国女性的关系模式,发现该报不断地解释和区分“我们”和“他们”之间的差异,将中国女性塑造成对抗者/追随者/弱者/东方娃娃等四类角色。这四种类型分布在两个极端之间,一端是将中国女性视为具有异域色彩的神话,在这一类型女性的塑造中,该报流露出对处于前现代时期的人类社会的憧憬以及“返璞归真”的愿望;另一端是抵触美式观念及美国利益的邪恶的“龙女”;处于中间地带的是被视为追随者和弱者的女性,她们需要引领、教导及规制,那些需要救赎的弱者反衬出美国的优越,那些富有热情的可塑者则衬托出美式观念的吸引力,拉近了美国与中国女性们的距离。前三种女性形象是美国的“她者”,因为她们都是非现代的自由民主政治体制的产物,最后一种则因为与美国主流观念保持一致而被认为是美国的朋友、同盟者,或者可以是可以被教化的潜在的“自己人”。从这一角度看,美国媒介

_____

① Galtung,J.:“United States foreign policy:As manifest theology”,*Insitute on Golbal Conflict and Coopreation*,La Jolla, San Diego:University of Caloforina,1987,pp.5-7,转引自赵月枝:《传播与社会:政治经济与文化分析》,中国传媒大学出版社 2011 年版,第 81 页。

仍旧存在以美式观念消除美国与中国女性之间的差异,并试图将其编织到"美国"这一群体中的思想。

二、"天赋使命"观与救赎情结

美国的国家身份认同建立于两个向度,即文化和信仰。[1] 如果说"他者"文化是美式文化观念的特质,"天赋使命"观则可以视为美式信仰的特质。

"天赋使命"被认为是美国特有的价值观念,其雏形是 17 世纪时期新教的"使命观"。这种源于盎格鲁萨克逊的白人宿命论的观念认为上帝是主宰人类一切的拯救神,人们无法决定自己的命运,在所有上帝的子民中,新教徒是上帝的选民,拥有特殊的身份,承担特殊的天职,其使命是向世人传达神谕,引导世人获得拯救。在美国人看来,北美大陆的拓殖者就属于上帝的选民。对美国人将自己建构成上帝选民的逻辑,爱德华·伯恩斯(Edward M.Burns)做了生动的描述:"由于土地肥沃,资源丰富,气候宜人,北美就像上帝隐藏起来的希望之乡,现在即将由上帝的选民所占据。在神的指导和保护下,他们将致力于把光明和拯救带给其他地区。"[2]就这样,通过在地理意义上的北美大陆与宗教信仰上的北美大陆之间建立起关联,美国人将美洲大陆刻画成神圣力量的停驻之地,并且确信美国会在上帝的指引下完善自身、获得上帝的恩宠,最终被拯救。

在欧洲移民向北美大陆拓殖的过程中,"使命观"发挥了巨大作用并且一直延续下来,被深刻地植入美国的政治体制和文化传统中,最终体现为"天赋使命"观。"天赋使命"观认为美国在人类获得拯救的过程中肩负重要职责,即以上帝使者的身份传达上帝旨意,引导人类在各个方面走上正确的道路,承担起领导所有种族发展并改善人类整体命运的义务。它认为,其他种族的落后和愚昧使其不能实现自身的价值。对这些"上帝的弃民",美国人不能弃之不顾,而是要代表上帝"救赎"他们,其方式是推广美式的文化、政治以及日常

---

[1]　Samuel P. Huntington:"The erosion of American national interests", http://www.foreignaffairs.com/issues/1997/76/5.

[2]　Edward M.Burns:*The American Idea of Mission*:*Concepts of National Perpose and Destiny*, Berkeley:University of California Press,1957,p.30.

生活中的价值观念,就像进入美洲大陆初期以"现代"的观念拯救"原始落后"的印第安土著一样,美国人认为此类举措是促进人类文明向更高级发展的过程。

"天赋使命"观对美国的影响极其深远,它的政治、文化传统和主流价值观念都沾染着这种情结,美国人从中获得道德优越感,建构起"美国例外论"的合理性和合法性,以至于使美国"成为一种宗教"①。冷战结束后,"天赋使命"观演变为"世界领袖论"②,即美国将自己的责任设定为在全世界巩固和推进"自由"与"民主"事业,建立一个"稳定而安全的世界"③。这种意识在"9·11"后表现得更加明显。小布什在"9·11"后发表演讲时说到,"美国是一个充满了好运的国家,对上天的眷顾我们充满了感激,但是我们也同样不可避免地承受着苦难。在每一代,世界上都会产生人类自由的敌人,他们攻击美国,是因为美国是自由的家、是自由的捍卫者。我们父辈所肩负的使命,现在又落在了我们的肩上。"④这一言论显示出"天赋使命"观在遭受重创之后的美国被更强烈地激发起来。

总体而言,美国的发展史充分证明了"美国可以被视为一种意识形态、一种信仰"⑤的观点。在美国人心中,"上帝之城"和"上帝选民"的神话赋予他们道德优越感,使他们不断与异族划清界限。

在看待中国女性的问题上,美国也充满了上帝情结。从总体上看,中美关系体现为多个向度:占主导地位的大国与上升中的大国、后现代化国家与正在争取实现现代化的国家、最大的发达国家与最大的发展中国家,因此,在无论是意识形态还是社会发展程度上,中国女性都为美国行使"救赎"使命提供了充足的理由——她们处于共产主义这种不"自由"的制度下,生在贫困之乡,是需要拯救和扶持的对象。

---

① 王晓德:《梦想与现实》,中国社会科学出版社 1995 年版,第 154 页。

② 吴昊:《美国战略思维中的"使命观"》,《国际政治研究》1998 年第 2 期。

③ 美国 1994 年国家安全战略报告:《参与和扩展安全战略》,转引自吴昊:《美国战略思维中的"使命观"》,《国际政治研究》1998 年第 2 期。

④ [美]阿里·弗莱舍:《白宫发言人》,王翔宇、王蓓译,社会科学文献出版社 2007 年版,第 139 页。

⑤ 赵虎敬:《"他者"文化与美国外交》,《国际关系学院学报》2009 年第 1 期。

从《时报》的叙事中我们可以发现美国文化的这种逻辑:将"自由"、"民主"的概念等同于美式政治文化和价值观念,将反对共产主义等同于保卫自由与保卫美式民主。该报也以对美式民主的态度为标尺对中国女性进行分类,产生两种基本类型:共产主义制度的反对者/美式民主的拥护者,共产主义制度的拥护者/美式民主的反对者,前者需要加以支持和保护,比如因计划生育逃到美国、遭受言论自由审查、因民族问题被拘捕的女性基本上被再现为被拯救的对象;后者则需要加以警惕。

经济上的贫困与否是另一个划分中国女性形象的重要维度。文章通过先发/后发的两分法将拥有良好经济条件的女性归为接近"发达"社会的群体,将贫困的女性归类为落后的、不发达的群体,后者往往就是需要同情和救助的对象。在那些描述被视为救济对象的女性的文章中,作者流露出同情、恩抚、利他主义和人道主义情结,表现出美国人鲜明的道德优越感。

三、美国性别观念对女性形象的期待

性别观念建构了自己的历史。性别概念的发展史证明,社会政治经济条件的变化促发了性别观念的变化。更重要的是,这种变化不仅是人们对性别角色和性别形象期待的改变,而是对与性别相关的权力的认知的改变。在美国,自建国至今,随着社会政治经济的变化,人们对性别形象、性别气质的期待在不断发生改变:独立之后至建国初期,理想的男性是粗犷、勇猛、强健;完成拓殖后,美国建构起完整的政治经济制度,男性形象也随之发生变化,变得更加多元,这也导致主流性别价值观的兴趣重心的转移。在此之后,开疆拓土时期的勇士已经不能担当得起"真正的男子汉"的角色,人们对男子形象的期盼不再是拓荒者或殖民者,而是精力充沛、必要时行为粗野的中产阶级的男子,这是出于官僚化了的资本主义的需要。[1] 与此同时,美国宗教中根深蒂固的清教主义价值观对理想男性的想象——克制、自律、自力,以及富有竞争性等仍旧是重要的品质。

① [美]罗伯特·H·沃克(Robert H.Walker):《改革与社会变化》,[美]卢瑟·S·路德克(Luther S.luedtke)主编:《构建美国——美国的社会与文化》,王波、王一多等译,江苏人民出版社、凤凰出版传媒集团出 2006 年版,第 454 页。

对女性形象的期待则是另一种轨迹:17 世纪时的社会观念认为女性必须加以规训,因为她们的性欲高于男性,因此是淫荡的,其性行为不仅会导致腐败,还会成为操控男性的手段。但到了 19 世纪,人们对女性的认知情况出现了极大改变,中上层白人妇女被认为性欲低于男性,而穷人或有色人种的妇女则仍旧被视为是邪恶和淫荡的,因为她们善于"邀请"男人侵入。今天,美国仍旧被认为是父权制社会,尽管国家已经制定了各种法律保障女性的平等权利,但传统的性别观念依旧存在,尤其是人们对两性形象的假设——理想的男性气质是主动、勇敢、进取等,女性气质则是被动、依赖、感性、软弱等——仍旧影响着美国大众文化。美国大众文化对中国女性形象的呈现很好地诠释了美国人对女性气质的期待。在好莱坞电影中,中国女性往往被塑造成拥有东方情调的女子,集罗曼司、异国情调、美丽的风景、难忘的回忆以及非凡经历于一身。①《时报》也对这种拥有"异国情调"的女性进行了描述:她们或者是像刘玉玲、杨紫琼一样的动作英雄,是亚洲勇士传奇的各种变体,出处和造型都有异国情调(There's no denying that these women are stars, but they're stars of a specific sort: action heroes, variations of the old Asian warrior legends, exotic in both provenance and look.)这些好莱坞的剧本是关于"龙女"或唐人街黑帮分子的女友或功夫表演者或神秘的算命女郎(the Hollywood scripts feature dragon ladies or Chinatown mafia molls or martial artists or mysterious fortunetelling women),②或者是像黄柳霜扮演的一些角色,譬如被美国情人抛弃的无辜的香港女孩(Lotus Flower, an innocent Hong Kong girl abandoned by her feckless American lover, she threw herself into the roiling ocean)、伦敦的轻佻女子或奇特的中国舞女(Shosho, the London flapper and "Chinese Dancing Wonder", she was shot in the chest by a jealous suitor),以及身着京剧服饰优雅高贵却吸食鸦片的清代公主(Taou Yuen, an exquisite Qing Dynasty princess transported to humdrum

---

① [美]爱德华·萨义德(Edward Said):《东方主义》,王宇根译,三联书店 1999 年版,第24 页。

② SUSAN DOMINUS: "Why Isn't Maggie Cheung a Hollywood Star?", New York Times, November 14, 2004.

Victorian Bristol, she ate opium while arrayed in spectacular Peking Opera costume）。①

　　但报纸的叙事不同于其他虚构的文化作品,讲究客观性和公正性使它的政治倾向一旦表现出来就显得格外鲜明,因此刊登何种以及如何刊登女性报道就成为一种显著的政治行为。在美国,《纽约时报》被视为自由派报纸,它支持美国妇女的平权运动,倡导社会给予妇女更多的权利和机会。不过,作为高端严肃大报,它一向在性别议题的选择和表现形式上比较保守。这种情形在二十世纪九十年代小阿瑟（Arthur Ochs Sulzberge Jr.）担任发行人后发生了变化。小阿瑟主持该报期间开始贯彻"一种合理与空想的结合"②的办报理念,并进行了一些革新。在他主持报社业务期间,《时报》创办了《风尚》杂志版,用以刊登一些前卫时髦的话题。在关于性别的主题上,《风尚》更是有过大胆的尝试。这不仅体现在一些选题、图片比较前卫,还体现为以同性恋为导向的"同性恋故事层出不穷",以及刊登裸体的某日本三级女星的照片、童装打扮的成年妇女之类的"暗含着某种变态的儿童春宫图"。它还曾模仿同性恋杂志《乡村之声》,刊登过一幅穿短裤的肌肉男的插图,标题是"阴茎崇拜"。它甚至曾经为了保留 Express 牛仔裤广告而撤下一篇女权主义者麦金农（Mckinnon）与弗洛伊德·亚伯拉姆斯（Floyd Abel Brahms）就色情描写和《第一修正案》之间的辩论稿。为此,小阿瑟曾经非常担心麦金农"会站起来",并"以此视为我们在色情文学上的政治立场。"不过,这些文章过于偏离报纸一贯严肃的"灰色贵妇"风格,因而招致很多不满,报社不得不在 1997 年 7 月撤下专版,《风尚》最后成为一个"蜷缩在周末都市版一角

---

　　① LESLIE CAMHI: "A Dragon Lady and a Quiet Cultural", New York Times, January 11, 2004.
　　② 注:凯瑟琳·麦金农为美国女权主义者,弗洛伊德·亚伯拉姆斯为《时报》外部法律顾问。二者就色情描写和《第一修正案》之间进行了辩论,1994 年 3 月,《时报》原计划刊登这篇辩论并以之作为封面。但同一天的广告版则计划刊登 Express 牛仔裤的广告。小阿瑟一方面担心麦金农的态度,一方面担心广告商不满,因此允许当时的总编乔·莱利维尔德撤下麦金农的论辩,刊登了另一篇原驻阿富汗反对派的稿件。此举被视为小阿瑟就任发行人后的第一次考验,但报社其他人则认为这是"一个疯狂的过度反应。"参阅[美]苏珊·蒂夫特（Susan E.Tifft）、亚历克斯·琼斯（Alex S.Jones）:《报业帝国:〈纽约时报〉背后的家族传奇》,吕娜、陈小全译,华夏出版社 2007 年版,第 578—579 页。

的小版块"。①

《纽约时报》对中国女性的报道尽管没有掺进以上这种因轻佻、激进而被指斥的风格,但在某些报道中也延续了美国文化对女性性别形象的想象,比如在有关巩俐、张曼玉、章子怡等的报道中,作者为了突出她们的"异国情调"的女性特质而细致地描述了她们的美貌和艳丽,流露出主流性别观念对女性的对象化和性欲化倾向。

总体而言,影响《时报》对中国女性呈现的原因包括三个方面,即媒介文化、中美关系和美国文化。其中,媒介文化是制约媒介叙事的主观原因。媒介自身的定位、媒介在政治上的保守性以及追求负面消息的特质使该报一方面试图进行客观公正的叙事,另一方面又顺应美国国内主流价值观和政府对外政策,流露出民族中心主义倾向。

两国在政治体制上的差异,经济利益、环境、科技发展等方面存在的种种合作与纠纷是影响报纸建构女性形象重要的外在因素。

美国文化为《时报》中国女性形象的呈现提供了深层的心理基础。"他者"文化使其将信仰和价值观念作为衡量中国女性是否为"自己人"的标准,顺应美国和该报价值观念的被建构成"自己人",否则就是"圈外人";"天赋使命"观赋予该报人道主义叙事风格以合法性,在这一观念作用下,一部分处于弱势的女性被视为待拯救的对象;而美国主流的性别观念则影响到对女明星的报道,她们的容貌被更多更细致地加以描述,呈现出性感、美丽、神秘等东方风情。

① [美]苏珊·蒂夫特、亚历克斯·琼斯:《报业帝国:〈纽约时报〉背后的家族传奇》,吕娜、陈小全译,华夏出版社 2007 年版,第 576—578 页。

第五章 《纽约时报》中国女性再现的传播学反思

研究《时报》的中国女性形象为我们勾勒出西方媒体设置相关议程的框架、完成形象再现的技巧以及其中掩藏的意识形态,使中国更加明确自身及中国女性在国际传播中的形象。与此同时,我们也可以有针对性地借鉴一些新闻制作的理念和技巧,改进国际传播策略,提升中国女性和中国的形象。

第一节 正确认识"形象"的本质

在跨文化研究看来,"形象"作为一种文化隐喻或象征,是对某种缺席的或若有若无的事物的想象性、随意性表现。其中混杂着认识的与情感的、意识的与无意识的、客观的与主观的、个人的与社会的经验内容。① 也就是说,形象是认知者如何看待认知对象的问题,这一过程既有客观性又有主观性,形象既是固定的也是多变的。

一、形象是一种关系

就其产生的机制来看,形象是一种关系,形象的再现是建构"他者"与"自我"之关系的叙事。不同国家、民族的自我想象与自我认同,总是在与特定他

---

① 周宁:《跨文化形象学的观念与方法——以西方的中国形象研究为例》,《东南学术》2011 年第 5 期。

者形成的镜像关系中完成的。①

对异族形象的塑造在一定程度上是与历史铰接在一起的,但它并非历史的‘代用品’,更非历史的影像,②而是基于对历史背景及其中权力关系的梳理上的一种书写。从国际关系的角度来看,一个国家的国民和国家在国际社会中的呈现与其和对象国之间的关系密切相关。结合认知者的地位进行归类,可以把国家形象分为六种模式③:

1.认知对象国际地位相对较高+认知者国际地位相对较低+两者关系处于中性状态→国家形象正面化趋势,比如古代中国在西方世界的美好繁荣;

2.认知对象国际地位相对较低+认知者国际地位相对较高+认知对象处于被认知者半殖民的状态→国家形象负面化趋势,比如近代中国就呈现出负面形象;

3.认知对象国际地位相对较低+认知者国际地位相对被削弱+认知对象处于被认知者半殖民的状态→国家形象正面化趋势;一战之后,西方精神整体遭到重创,不少人再次把目光转向东方,虽然这一时期中国依然相对弱小,国家形象却出现了一定的正面化趋势。

4.认知对象国际地位相对较低+认知者国际地位相对较高+两者处于利益同盟状态→国家形象正面化趋势;比如二战时期美国普遍对中国存在好感,中国的形象也非常美好;

5.认知对象国际地位相对较低+认知者国际地位相对较高+两者处于敌对状态→国家形象负面化趋势,譬如 20 世纪 50 年代的朝鲜战争时期,中国在美国人眼中的形象跌入谷底;

6.认知对象国际地位相对上升+认知者国际地位相对不变+两者存在竞争→国家形象负面化趋势,比如 20 世纪后期"中国威胁论"语境中,中国形象就呈现出负面性的趋势。

---

① 周宁:《跨文化形象学的"东方化"问题》,《福建论坛(人文社会科学版)》2009 年第 4 期。

② [法]达尼埃尔-亨利·巴柔:《形象》,孟华主编:《比较文学形象学》,北京大学出版社 2001 年版,第 24 页。

③ 王珏:《"中国经济威胁论"及其国家形象悖论》,《国际观察》2007 年第 3 期。

从以上六种中国形象的模式可以看出两国间的关系影响着国家形象的变迁。① 在本研究对《时报》的分析中也发现,由于两国存在着一种"不对等的相互依存关系",该报对中国的态度表现出鲜明的两面性特征,一方面赞扬中国经济改革的成就,另一方面又对美国可能遭遇到的来自中国的冲击表现出深深的担忧。因此,国家形象及其女性形象的再现并非仅仅诉诸宣传的单边行动,而是需要从两国的关系入手,分析自身在国际社会格局中的地位,据此设置传播的议题和传播策略。

二、"再现"的政治性

再现是一种有目的、有选择的书写过程,如同张锦华所言,"符号世界没有标准定义或绝对的真实,只有相对于不同的时空,各社会团体的需要及价值"②。在这一层面上讲,再现是具有"政治性"的,它的真正意义不是认识或描述认识对象,而是根据作者自身需求构筑出一种形象,其中包含着对认识对象现实状况的认识,也包含着对二者关系的期望、对作者自身的反思。由此而言,不同类型的形象不仅反映了作者对认识对象的态度,也暗含着作者对自身的认知。正面的形象是"离心的、反形塑者社会模式及异于其社会话语的语言塑造的他者形象③",其目的在于否定自身所处的社会模式,建构与"他者"相似的新社会;负面的形象则意味着对描述对象的否定和对自身的肯定,这个时候书写者会使用本社会的话语塑造他者形象,其目的在于保护自身所处的社会模式,将自身的价值观投射到他者身上,使其被同化。比如,西方文化曾经将中国建构成"乌托邦"和"意识形态"的两种形象,这两种类型的形象暗含着西方对中国截然不同的态度,即肯定与否定,同时也暗含着西方对自己的认知,即否定与肯定,而进步/落后、开化/愚昧、民主/专制等判断也是由此形成的。

---

① Hongshan Li,Zhaohui Hong: *Image,Perception,and the Making of U.S.-China Relations*,University Press of America,1998,p.1.

② 张锦华:《媒介文化、意识形态与女性:理论与实例》,台北正中书局1994年版,第22页。

③ 张月:《观看与想象——关于形象学和异国形象》,《郑州大学学报(哲学社会科学版)》2002年5月第5卷第3期。

不过,新闻传播毕竟不同于民间传说和其他虚构的文化作品,它遵循客观、公正的原则,一方面杜绝"想象"及"想象性认知",强调现场性、真实性;另一方面也力求避免深受国际关系的影响,尤其是在自己的国家与对方存在利益关系时,理应坚持新闻的独立性,做到不偏不倚。但不可否认的是,新闻生产的过程就是媒介层层"把关"的过程,因为"有些人总在寻找那些推波助澜(或者掩人耳目)的兴奋点,总是按照他自己对新闻事件的不同理解行事"①;此外,媒介文化作为社会整体文化的一部分也受到民族集体无意识的影响,因此新闻媒介能够在以客观的表现手法塑造人物形象的同时表达态度并传递价值观念。本研究也发现《时报》对中国女性东方风情的描述表现出中国质朴、美好、纯粹的一面,而对弱势女性的再现则表现出意识形态偏见,在塑造中国负面形象的同时强化了美国民主自由的优越性。

三、多变的中国国民与国家形象

从纵向角度看,不同历史时期的国家形象与国民形象是不同的。比如,哈罗德·伊罗生(Harold Robert Isaacs)将美国对中国的态度分为六个时期②,即崇敬时期(18 世纪)、蔑视时期(1840—1905 年)、仁慈时期(1905—1937 年)、钦佩时期(1937 — 1944 年)、幻灭时期(1944 — 1949)、敌对时期(1949 至今)。③ 沃伦·科恩(Warren Cohen)则将其划分为五个阶段,即(1)尊重时期(1784—1841,(2)轻视时期(1841 — 1900),(3)家长式统治时期(1900 — 1950),(4)恐怖时期(1950—1971),(5)尊敬时期(1971 —　　)。④

综合伊罗生和科恩的观点,我们可以将美国视野里的中国形象做一大致的归纳:1750 年之前,在西方文化里,中国是完美无缺的:民主、强大、富有,不

---

① E.J.Whetmore:*Mediamerica*,*Mediaworld*:*Form*,*Content and Consequences of Mass Communication*,Belmont,California:Wadsworth Publishing Company,1993,p.194.转引自潘志高《纽约时报上的中国形象:政治、历史及文化成因》,河南大学出版社 2007 年版,第 66 页。

② 注:伊罗生的这一分类截止到 21 世纪 70 年代。

③ [美]哈罗德·伊罗生:《美国的中国形象》,于殿利、陆日宇译,中华书局 2006 年版,第 43—44 页。

④ Warren Cohen:"American Perceptions of China",*in* Michel Oksenberg and Robert Oxnam (*eds.*),*Dragon and Eagle*,Basic books,1978,p.55,转引自袁明:《略论中国在美国的形象——兼议"精英舆论"》,《美国研究》1989 年第 1 期。

同层次的人都可以从中国身上找到自己对理想社会的对应物。作为一种充分乌托邦化的文化"他者",中国成为他们表达对西方社会不满与期望的镜子。启蒙运动后期,西方开始以自身为标准衡量中国,中国被贬低,"黄祸"的传说、义和团的恐怖故事等使中国从神话帝国变成落后保守的代表。及至二十世纪三、四十年代,尤其是二战时期,由于中美两国存在着极大的共同利益,中国几乎完全被呈现为正面形象。最明显例子是,亨利·卢斯主持的《时代》、《生活》杂志对中国的态度是亲善的,蒋介石曾经若干次登上《时代》的封面,被视为向往美式民主并引导中国走向光明的伟大领袖,宋美龄也受到《时代》的热切称赞,整个《时代》帝国的报道洋溢着对中国的热情,认为中国可以发展成美国式的民主国家,对中国的报道充满了希望和赞美之词。至40年代后期到50年代,中国几乎成为一个专制、保守、贫困的人间魔窟。60年代中国形象又逐渐由暗复明,红色中国变成了"美好新世界",西方"左翼"知识分子甚至在那里看到人类的未来与希望。20世纪最后25年的中国形象基本上又变成"恶化"的。其中80年代的中国形象除了继续笼罩在文化大革命的阴影中,还呈现出美好的一面。由于中美两国在对抗苏联方面有共同的利益,美国将中国改革开放解读为中国开始向资本主义靠拢,有苏联这个美国最大的敌人作陪衬,改革开放并"资本主义化"的中国形象显得无比美好,美国公众对中国持赞成看法的人数不断增加。[1] 到20世纪90年代,中国形象又笼罩在"6·4事件"与"中国威胁"的阴影下,这种形象延续了20世纪50年代的"邪恶化红色中国"形象。这些中国形象变迁的叙事线索也可以在新闻媒介中发现。

从横向上看,由于中国幅员广阔、人口众多,即使在同一历史时期,美国人对中国的印象也都是混杂的,常常将不同的对立面混淆在一起。伊罗生如此描述历史上美国人对中国人的复杂情感:中国人既是优等民族又是劣等民族,既是异常恼人的野蛮人也是极具吸引力的人道主义者;既是贤明的圣人又是虐待狂般的刽子手,既是勤俭而令人尊敬的人又是狡猾而阴险的无赖,既是战

---

① 王珏:《"中国经济威胁论"及其国家形象悖论》,《国际观察》2007年第3期。

士又是危险的斗士。① 这些形象并非是界限分明的、纯粹的,而是融合了各种人群的纷繁驳杂的群体形象。本研究第二章和第三章的内容分析和文本分析也可以为中国女性及中国形象的复杂性做一辅证:她们中存在各种各样的亚群体,在中国社会中处于不同的地位,扮演不同的角色,从跨文化角度看,她们可以被视为不同类型的"她者";中国则被呈现为一个更加复杂的处于转型期的庞大国家,包括经济的快速发展、"社会主义"政治制度、文化的多元化、体育的强大等等。

第二节　国际新闻的客观性与意识形态性

在《新闻:政治的幻象》中,W.兰斯·班尼特提出,"价值冲突和矛盾信息是贯穿政治的两大主题,并提醒学术界在对媒体的政治倾向关注的同时,也要意识到更为令人困扰的信息问题。"②本书的研究也证明了国际传播中存在的意识形态偏见与对新闻的客观性追求之间存在着巨大的张力。这种张力使国际传播呈现出种种悖论,在再现客观世界的同时建构出一个符号的世界,而这二者之间的差异则体现出国际传播话语强大的包容力和可塑性。

一、建构性:国际传播话语的本质特征

早期传播效果理论认为媒介能够完全客观地呈现社会现实,并将其作为衡量新闻优劣的标准。1922年,李普曼提出的"拟态环境论"为人们理解传媒的功能提供了新的视角。李普曼认为媒介并非镜子式地反映现实,而是通过对事实的选择和加工建构起"拟态环境"。由于是媒介选择和建构的结果,这一环境并不完全等同于现实真实。

实际上,真实与客观是一种价值判断。依照福柯的观点,新闻可以视为一种"知识",新闻的产制实际上就是作为"知识"的新闻文本在社会中形成的过

---

① ［美］哈罗德·伊罗生:《美国的中国形象》,于殿利、陆日宇译,中华书局2006年版,第43—44页。

② ［美］w.兰斯·班尼特(W.Lance Bennett):《新闻:政治的幻像》,杨晓红、王家全译,当代中国出版社2005年版,第36—37页。

程。"知识"是思维的产物,不可避免地带有主观性,因此新闻也就不可避免地沾染了思维的主观色彩。正如张锦华所说,"人类社会中'知识'在经验上的多样性,也扩及任何'知识'体系是如何由社会建构成一种'现实'的各种过程"。也就是说,人们基于不同的经验和文化背景给予"知识"不同的理解,因而"知识"是被建构的;人们通过各种"知识"认识世界,因而各种知识系统都是对客观现实"建构"的结果。在这一认识论框架中,所谓的"新闻事件"就是在采访路线框架下'再现'的事实,①而这种再现的结果表现为两个层面,②即"符号社会真实"和"主观社会真实"。这两个层面的真实均是含有主观倾向的、选择性认知和书写的结果。新闻话语选择特定的符号、叙事方式、议题设置呈现现实,使媒介文本不再是完整反映社会现实的镜子,而是有意识地过滤之后的迷思,新闻的最终效果就表现为建构、创造另一种现实,即主观社会真实。因此新闻文本具有建构性,其效果是"涉及种族、性别、国别以及阶级类目下种种对他者的迷思,透过媒介文本的再现,使得历史充分被自然化。"③这种再现的机制往往能够强化刻板印象。

在国际传播中,由于受众很少有机会亲自接触国外的事务和人物,"再现"的建构性效果就更加明显。本书中分析的一篇文章,即《时报》对谢才萍的报道可作为国际传播话语建构性的极端表现的案例。该报引用了国内一些

---

① 参阅张锦华:《媒介文化、意识形态与女性:理论与实例》,台北正中书局1994年版。

② 注:汉纳·阿多尼(Hanna Adoni)和阿海瑞尔·曼恩(Aherrill Mane)认为人类拥有具体化与客观化个体内在及主观的意义、经验、行动的能力,所以人类是社会的产物,社会也是人类的产物,顺着这一思路,阿多尼和曼恩将真实(reality)区分为三个面向。首先是"客观社会真实"(objective social reality),指存在于个体之外的客观世界,这个层面人们运用常识就能够理解,无需进一步确证其存在。虽然人们具备怀疑这类真实的能力,但为确保自身存在及与他人互动的日常生活得以顺利进行,人们往往特地回避此种能力。其次的"符号社会真实"(symbolic social reality),包括了客观真实的各种符号表现形式,例如艺术、文学、媒体内容等。各式各样的符号系统建构了有多重差异的符号真实。其中最重要的是个体感知各种符号真实及区辨这些符号组成的多重真实的对象的能力。第三是"主观社会真实"(subjective social reality)。客观真实和符号真实的输入,都会影响到个体主观真实的建构,甚至型塑个体的意识。因此主观真实提供个体社会行动的基础,也同时确保了客观真实的存在和符号表现的意义。参阅杨芷茜:《移住家庭监护工的媒体再现:以台湾报纸对"刘侠事件"与"冯沪祥事件之报导为"例》,台北世新大学2006年硕士学位论文。

③ 倪炎元:《再现的政治:解读媒介对他者负面的策略》,台北《新闻学研究》1999年1月号。

"官方记者"(according to the state-run press)的"谢才萍雇佣帅男"的说法。这个叙事突出了谢才萍的违规行为,即她不仅违反了法律规定,还颠覆了传统性别秩序的规定性。不过,这个来自于"官方记者"的说法最后被证实是假消息。由于引用的信源并没有客观反映现实,而是捏造了事实,《时报》也随之塑造出一个完全不受中国文化和法律制度认可的女性"违规者"形象。这种形象并不符合传统文化关于女性的刻板印象,但却恰恰凸显了媒介的建构性效果。由此我们可以看到国际传播中的选择性操作对再现异国或异族形象的影响。

二、客观性:新闻不可企及的神话

在近 150 年历史中,《纽约时报》经历了两次世界大战、经济大萧条、罢工以及多次的家族危机,至今仍旧能够保持高度影响力,这在很大程度上得益于其客观严谨的报道态度。为了保证客观性,该报采用了多种举措,譬如:区分观点与事实,最常见的是记者在写作过程中不表态,但常常引用被访者的评论作结尾,使报道看上去更真实可信没有偏见;尽可能地搜集资料并延伸报道,追溯事件来龙去脉,提供历史背景,从更多侧面呈现新闻事件,使得新闻报道表现出一种忠于历史的"记录"的精神;在观点表达和题材选择上保证报道的平衡,比如在评论版上提供多元的意见。依照该报的说法,评论版存在着 800 种声音,目的是为了"找到一些有趣、合理而不荒谬的看法,最重要的是,要为公众提供不同的声音,因为是不同的,所以也不代表我们编辑部同意所有的声音"。① 此外,引语的使用、交代信息源、倒金字塔结构等写作技巧也有助于凸显新闻的客观性。本书的分析也显示出《时报》关于女性人物的报道在议题选择、人物行为描写、女性作为信源的引用等方面流露出对客观性的追求,这种客观性赋予报道真实性和权威性的品质。

不过,新闻报道的客观性也颇受质疑,尽管媒介一直致力于进行客观真实的报道,但这种追求似乎是永无止境的,"真实客观"的理念更近似于一个乌托邦。这一点连一向奉真实为圭臬的《纽约时报》也不能幸免。吉特林在研究《纽约时报》对美国 20 世纪 60 年代的新左派运动的报道时发现,《纽约时

---

① 朱桂英等:《必须赞美这残缺的世界》,《新京报》2011 年 9 月 10 日。

报》在 1965 年对新左派运动的报道并非始终如一,也并非完全客观,其模式不断发生着变化。起初是对"学生争取民主社会组织"表现出尊敬的姿态,后来则逐渐将其视为浅薄的政治运动,并且进行诋毁;到了当年秋天,批评这场运动已经成为报道的主流,学生争取民主社会组织被其视为极端、异常且危险的政治组织。在报道 1965 年 4 月 17 日发生的华盛顿反战示威游行时,报纸的报道"既包含了严肃的一面,又包含了肤浅的一面",文章把示威游行写得"非常无聊",把学生运动视为"异想天开的行动",选取的照片则显示出"反战示威与右翼力量大体上势均力敌"的意象。①《时报》不断变换的立场使人们不得反思客观性是否真正是"不死之神"②? 事实的面目究竟如何?

新闻事件的不可预测性、编辑部内部及其与政治经济势力的各种合作、争斗、记者编辑们的个人喜好等都会成为影响新闻客观性的重要因素。有时候,记者成名立万的个人野心也会给新闻的真实客观造成致命的打击。比如,曾经在《纽约时报》就职的记者杰森·布莱尔(Jayson Blair)在该报发表的 73 篇文章中有 36 篇是捏造或抄袭的。2003 年 5 月 11 日,《纽约时报》自报家丑,用四个版的篇幅描述了此事。此事甫一披露,就给《纽约时报》造成极大的冲击,带来的负面影响不言而喻。

客观性的可望不可即时时将媒介推入尴尬的境地。尤其是对异质文化和其他国家进行报道时,西方媒介往往被指责对报道对象"贴标签",并在报道中充斥"刻板印象"。萨义德在分析美国媒介对中东的报道时特别提出,美国记者在报道中东事件时常常不懂中东的语言,他们的报道常常带有种族优越感,并成为"陈词滥调和狭隘的利己主义"③,另外,"人群、组织以及事件的解读往往以能否直接满足美国的利益为标准。"④

---

① [美]托德·吉特林(Todd Gitlin):《新左派运动的媒介镜像》,张锐译,华夏出版社 2007 年版,第 12、24 页。

② 注:罗伯特·哈克特(R.Hackett)与赵月枝在论及客观性时以"不死之神"来比喻客观性,参阅[加]罗伯特哈克特、赵月枝:《维系民主? 西方政治与新闻客观性》,沈荟、周雨译,清华大学出版社 2010 年版。

③ Said,Edward:*Covering Islam*,New York:Vintage Books,1997,p.107.

④ Brain Michael Goss:"'Deeply Concerned about the Welfare of the Iraqi People':The Sanctions Regime against Iraq in the New York Times(1996—98)",University of Saint Louis,Madrid Campus,Spain:*Journalism Studies*, Volume.3,Number.1,2002,pp.83-99.

实际上,客观性的重要功能之一在于能够赋予新闻话语相当大的包容性,使媒介将主观观念融入新闻报道。本书对《时报》的分析结果也显示出,客观性并没有普适性的标准,新闻生产只能做到"相对客观"。比如该报仍旧存在对报道对象进行评论的现象,在 601 篇样本中有 242 篇直接进行了评价,直接引用和间接引用其他人评价的分别都有 11 篇,而直接引用报道对象自我评价的只有 3 篇,间接引用的 6 篇(表 5-1)。这组数据说明该报并没有严格遵守"新闻与意见分开"的规则,而极少引用女性的自我评价则意味着它有意识地将女性贬抑为不能正确自我认知的群体。此外,话语分析和叙事分析也发现作者在有意识地对客观现实赋予道德因素,以实现对中国的批判。由此可见,正因为有"客观性"这杆大旗,西方媒介才能够名正言顺地延续一贯的报道路径。

不过,虽然有很多声音指责西方媒介对第三世界的报道充满了偏激和刻板印象,西方很多媒介从业者却极力否认这一点。《纽约时报》对中国报道的态度也表明西方媒介的这种固执。《时报》驻上海机构的主管赛斯·费逊(Seth Ferguson)在加利福尼亚州立大学曾经召开过的关于如何改善美国媒体中国报道的研讨会上表示,美国媒体不会改变报道中国的框架路径,因为它理应如此。"①虽然有些美国人认为美国媒体存在对中国的负面报道,"但只有少数人认同美国媒体妖魔化中国。一些美国学者认为关于中国的报道即使不够正面,也足够公正。"②

发生以上现象的重要原因在于,无论媒体在国内被认为属于哪个派别,在报道国际事务时都会呈现出强硬的立场,尤其是对他国持有偏见的时候,这种强硬的态度会更加明显。而这种态度的后果就是"让国家领导人夸大敌对国家的邪恶企图,误判敌人的自我评价,当敌意出现后过分乐观,在谈判时不愿意做出必要的妥协让步。"③这也可以解释为什么《时报》在第二次海湾报道

---

① 《美报批判传媒对华报道不负责任》,《参考消息》2000 年 3 月 3 日。

② [美]凯丽·丹博(Kerry Dumbaugh):《"国会":双边关系的新变数》,郝雨凡、张燕东编:《无形的手:与美国专家点评中美关系》,新华出版社 2000 年版,第 403 页

③ Daniel Kahnemart,Jonathan Renshon:"Why Hawks Win", *foreign policy*,January,2007,pp. 34-38,转引自陈静:《媒介偏见的社会文化根源与控制》,浙江大学 2009 年博士学位论文。

中实际上发挥了支持小布什发动战争的作用,以及在对中国经济发展的报道中总是充满忧虑和敌意、对中国的人权报道总是采取指责的态度。

值得注意的是,除去负面报道和一些带有偏见的论述,一些持积极态度的文章产生的效果也未必是完全正面的。譬如,2008 年北京奥运会闭幕后,《纽约时报》于 8 月 27 日刊发了专栏作家托马斯·弗里德曼(Thomas Friedman)的文章《七年》。弗里德曼在文中盛赞中国发展迅速,称中国"无可匹敌"。尽管文章赞许了中国的巨大成就,但以西方视角看这篇文章却可能产生"中国对西方造成威胁"的感受。这篇文章在中国媒体中转载时标题被改为《与中国比,美国是第三世界国家》,更加突出了"中国威胁论"的意味。同样,本研究中的样本中也存在一些通过正面描述改革前后的社会进步来否认社会主义政治制度的文章,由此也可见西方媒介通过客观的报道形式呈现负面中国形象的机制。

三、意识形态:国际传播的过滤器

新闻话语的建构功能决定了新闻文本的生产过程就是意识形态的生产过程。一般来说,对意识形态的界定有两个不同的路径。一种认为意识形态就是所有人的思想,是一种"研究思想"的科学,如同自然科学能够解密大自然的神秘一样,意识形态能促进社会免除非理性的偏见。① 这一种关于意识形态的看法实际上将其视为理解社会的思维方式。另一种是基于马克思主义的论述,即认为意识形态是一种观念,这种观念隐藏了阶级、性别、种族之间的倾轧、剥削以及不平等,其后果是维护社会既定的组织方式,赋予现有社会模式合理性。② 这种观点认为,意识形态代表主控阶级及优势集团的思想主张,是

---

① 注:曼海姆和麦克拉伦都对意识形态进行了区分。曼海姆认为可以从两个角度区分意识形态,一种是完整而全面的思想,即所有人的观念,一种是特殊的用法,即具有社会地位功能的思想;麦克莱伦认为一方面可以将意识形态视为一种理解社会的观念和思维方式,另一种则是马克思主义意义上的意识形态,即与科学思想无关,而是与权力宰制相连。参阅[德]卡尔·曼海姆(Karl Mannheim):《意识形态概念的两种含义》,林建成编译,《洛阳师专学报》1999 年第 6 期;David McLellan: *Ideology*, Minnerpolis:University of Minnesota Press,1986,p.99.

② Keller,D.: "Ideology,Marxism and advanced capitalism", *Socialist Review*, 1978,pp.37-65, 转引自黄靖惠:《对美国〈时代〉台湾政党轮替报导的批判论述分析:以 2000 年及 2008 年总统选举为例》,台北《新闻学研究》2011 年第 1 期。

一种具有社会地位功能的思想。由于马克思将权力与思想相连结,因此尽管他本人并未使用"意识形态"一词,他的这一主张却影响到人们对意识形态的认知,后来者经常以其批判资本主义制度的合法性。新闻文本分析中使用的意识形态基本上是指第二种具有批判色彩的概念。

新闻文本尽管有隐含意识形态的巨大空间,却需要遵守标准化或规范化的操作模式以保证其客观公正的表现形式。由于要遵守客观性这一基本理念,新闻文本就不得不采用更加精巧的话语设计,表现为抒情性语言、形容词和评价性语言的压缩,对事实的描写和动词使用的增加,以及相对固定的叙事结构(主要表现为倒金字塔结构)。不过,一旦通过客观的操作技巧成功再现了社会,关于社会的观念就会更加顺畅地自然化,意识形态的功能也将更加强大。

西方媒体自冷战开始就延续着对共产主义的意识形态偏见。在分析美国媒体报道机制时,赫尔曼和乔姆斯基曾提出"反共过滤器"的概念,以揭示西方媒体对共产主义的意识形态偏见。他们认为,"无论是在平时还是在'红色恐慌'时期,议题总是倾向于根据共产主义和反共产主义的二元化世界来框架,将得失给予竞争的双方,但支持'我们的一方'被视为一个完全合法的新闻实践……反共这一意识形态和宗教是一个重要的过滤层。"①对这一倾向吉特林表示,"它深深陷入了传统的习惯性思维方式以及霸权主义界定事件的方式之中"。②

从既有相关研究成果以及本书的分析结果来看,《纽约时报》也仍旧保留着意识形态偏见,这在对待中国的社会主义制度和中国共产党执政方针的表述中尤其明显。德国作家甘特尔将西方媒介对中国的这种偏见称为"对中国的歇斯底里症"。③ 另一个明显的例证是,在报道 1965 年美国国内爆发的反战运动时,《纽约时报》起初也对运动给予关注和同情,却也不敢显得过于同情共产主义。曾经担任该报记者的劳伦斯·本斯基(Lawrence M. Bensky)曾

① Herman, E. & Chomsky, N.: *Manufacturing Consent: A Propaganda Model*, New York: Pantheon Books, 1998, pp 30-31.

② [美]托德·吉特林:《新左派运动的媒介镜像》,华夏出版社 2007 年版,第 229 页。

③ 《德国媒体盛行"对中国的歇斯底里症"》,《参考消息》2008 年 4 月 3 日。

经表示说,当年在报道反战运动时,编辑们极力避免流露出同情共产主义的倾向,以防被国内右翼势力抓住把柄。在对 1967 年反越战游行的报道中,《时报》也极力避免过于同情左派运动。当时《时报》的发行人小苏兹贝格拥有着"对共产主义的个人憎恶",该报还曾经在 1955 年解雇了三名记者,这三名记者都是共产党员。① 这也从一个侧面证明了这张主流大报同大部分白人中产阶级一样对共产主义存有异议。

在更宏观的角度上看,国际传播中的意识形态性还体现为对非美式政治制度的敌意。本书研究的对象《纽约时报》在国内被认为是具有左派色彩的报纸,但一些学者也提出,所谓的"左派"立场只是表象,在关键时刻关键问题上《时报》还是会追随政府左右。它判断报道对象是否是美国"自己人"的标准一是看是否与美国政治制度相仿,二是看是否符合美国利益。《时报》对伊拉克和印度报道的不同态度即为例证。

第三节 利用传播规律改善中国女性 及国家形象

中国是正在崛起中的亚洲国家,要提升包括媒介竞争力在内的综合国力就需要完善跨文化传播机制。作为跨文化传播一个重要案例,《纽约时报》对中国女性的再现折射出以美国为代表的西方媒体的感知、态度、信仰、价值观和文化模式,为我国的传媒自塑女性形象和国家形象提供了一些具有操作性的专业技巧。

一、超越东西对立的思维方式

从本书以上讨论来看,在国际传播框架内,中国女性及国家形象的建构实

---

① 注:1955 年,美国的"国内安全小组委员会"就美国媒体中的共产主义举行了听证会。当时的参议员詹姆斯·伊斯兰特(James Eastland)召集了 38 名证人,其中包括《纽约时报》的 25 人,其中有 6 人承认是共产党员。在这次调查后,《时报》又进行了一次内部调查,调查了所有被国内安全小组委员会点名的人,最后以"合作不善"为由解雇了三个人。参阅[美]托德·吉特林:《新左派运动的媒介镜像》,华夏出版社 2007 年版。

际上就是如何认知中国和国际社会关系的问题。对西方社会来说,中国女性是其建构"西方"身份的"她者",对中国而言,西方媒体中的中国女性和国家形象也可以作为认识自身在国际社会中的地位的参照系,是明确和强化中国的民族主体性的重要路径。这一认知过程是否能起到反思和建构的积极作用,取决于将二者关系置入什么样的框架中。如果仅以东方——西方二元对立观念看待国际传播里中国形象的建构,就有可能陷入本质主义的怪圈。对西方媒介而言是将中国继续视为"东方",以民族中心主义将中国作为西方的陪衬,对中国而言,则有可能出现"自我东方化",即以西方的观念和标准衡量自身。

近现代时期中国与西方国家的交流史为我们提供了一个基于东/西框架看待西方和中国的范例。中国与西方的文化交流极大地推动了中国现代化进程。这一过程伴随着殖民和对抗,但殖民和对抗的另一面则是不断地被同化和归化,这种奇特的关系使外国在看待中国时表现出歧视、敌对以及被某些神秘元素吸引等复杂的态度,而中国看待西方也充满了压抑、仇视以及向往等更为混杂的情绪。在讨论西方文化对中国的影响时,周宁提出,中国的现代化性格,在文化观念上向往与仰慕西方,在政治经济上却受西方扩张力量的压迫与侵略,对外的向往仰慕往往伴随着对内的自卑与轻贱心理出现,导致文化心态与社会结构失衡,从而走向另一个极端,在政治经济上以封闭表现反抗,在文化上以自大表现仇外,在观念与现实之间,不但没有形成一种健康的内向与外向的张力关系,还造成文化精神的偏狭,或极端仰慕或极端仇视,或极端自卑或极端自大。[①] 这种心态隐含着以西方视角审查自我的倾向,即"自我东方化"。这是中国与世界的文化交往中最令人担忧的后果。如果中国不能摆脱来自西方强势的文化传播力量对自己思维的影响,就不能有效地展示自身独特的文化风貌,改善国际形象就比想象的更为艰难。本书研究发现,西方媒介在展示中国时仍旧隐藏着西方中心主义情绪,并以"东方化"的手法塑造中国女性形象。因此我国媒介有必要保持警惕,防止陷入东西对立的思维模式和

---

① 周宁:《跨文化形象学:当下中国文化自觉的三组问题》,《厦门大学学报》2008 年第6 期。

"自我东方化"的陷阱,积极设置国际传播的议题,更多地向国际社会展示中国视角,改善国家形象。

二、设置本土性的国际议题

由第一章和第二章的分析可以发现,《纽约时报》在呈现中国女性时,通过背景选择、利用刻板印象以及选择词汇、句法句式等手法将中国女性的议题转换成国际化的议题。这种转化既保持了新闻事件的本土色彩,符合西方新闻媒介对第三世界国家报道的传统理念,又与国际社会和国际传播领域普遍关注的问题相吻合。与此同时,还实现了通过女性形象建构中国形象的效果。由此可见,如何将地方的、个别国家的问题上升到人类的、国际的问题是强化国际传播效果的重要支点。具体而言,可以分为以下几方面:

1. 在与中国女性及中国相关的议题中有效地回应、强化或淡化西方媒介设置的热点议题,譬如西方世界对中国女性生育权和由生育控制带来身体伤害的议题。这就需要增加关于中国女性社会地位提升、自我意识增强、社会参与能力提高等方面的正面报道,淡化其消极的形象。另外还应该注意在文章的表述上避免与西方媒介的生硬对抗,采用更有效的形式提升告知和劝服的效果,包括将有关数据和具体事件、人物相结合,避免说教宣传倾向,改进成就报道等。

2. 从中国国情出发设置主导性议题框架。在回应西方媒介的议程的同时,中国媒介还需要根据自身现状有目的地设置传播的基本框架。这就需要发现社会现实中既包含恒久价值,又能凸显中国特质并且是正面的、积极的事件,进行规模性的、阶段性的传播。西方新闻体制中的恒久价值包括民族优越感、利他的民主、负责任的资本主义、个人主义、温和主义、小城镇的田园主义、社会秩序以及国家领导权,[①]"中国特质"则表现为中国社会不同于西方的现象,譬如,政府对"男女平等"政策的推广。尽管在现实中这一政策并未得到完美地落实,但这种由官方推广社会性别意识的方式毕竟不同于西方,有计划

---

① [美]赫伯特·甘斯:《什么决定新闻——对 CBS 晚间新闻、NBC 夜间新闻、〈新闻周刊〉及〈时代〉周刊的研究》,石琳、李红涛译,北京大学出版社 2009 年版,第 52 页。

地报道与此相关的正面事件会有效提升中国女性及中国的正面形象。

3.展示相关议题中的"中国标准"。对于异族女性形象的再现，其意义不仅在于描述一种异族人群的特质，也在于一个民族如何看待自身和表达自身的诉求。中国女性面临的很多问题实际上并非中国独有，而是美国及其他国家所共有的，包括阶层分化、性别关系、社会参与度等，这就使《时报》在塑造中国女性形象的同时也呈现出对美国社会中相似问题的认知，更重要的是，这种描述为媒介表达美国标准提供了一种自我论述的机会。本研究发现《时报》经常以美国为标准衡量中国女性，常常将中国问题和中国女性与美国做比对，在本书的601篇样本中有207篇提到与文中问题相关的美国情况，这种方式既明确表示了美国的利益所在，也能够促使国际社会以美国标准看待中国。由此可见，若要国际社会能够更加客观地认识中国，中国的国际传播也应该有技巧地明示国家利益点，使受众在了解国际社会各方面的复杂关系的同时，明确中国的利益诉求，以提升中国形象的清晰度。

三、采用专业化的报道手段

专业化的叙事技巧是塑造良好国际形象的技术路径。国际传播中诸种话语及其背后权力结构的复杂性使媒体的处境格外微妙，却也给记者和编辑们更大的空间、利用专业化的写作和编辑手法将观点"嵌入"事实中。通过专业报道手段，在最大程度上隐匿各种意识形态是《纽约时报》塑造其"客观真实"面貌的诀窍，也是我国媒介需要借鉴之处：

1.赋予新闻"历史品质"。新闻报道有"碎片性"的特点，但《纽约时报》却可以使个别的新闻人物和事件具有历史性品质。这种历史性体现为两个方面：

一是对新闻人物个人经历的全面展示。本研究样本中的两篇讣闻——对宋美龄和卓琳去世的报道就突出地展示了人物新闻的历史性品质。这两篇讣闻描述了两个人的主要经历，并且提供了足够丰富的背景资料。尤其是对宋美龄的报道，不仅描述了她不同人生阶段的个体经历，还以大量的历史资料作为衬托，将她的一生与中国半个多世纪的历史紧紧相连，使读者可以从她个人的经历中看到整个中国在二十一世纪前半叶的变迁。以这种方式处理讣闻一直是《时报》的习惯。这就需要尽可能多地占有报道对象的相关资料,并有效地加以整合。在这方面,《时报》的另一个经典例子是关于美国前总统里根逝世的报道。里根去世当天该报出版了悼念版,其中包括当时出版的关于里根的新书的评论。《时报》编辑部工作人员开玩笑说"如果里根今天来参观报社,这消息也会补充进来的。"①利用丰富的背景资料展示人物重要的个人经历能够将人物形象塑造得更加丰满,将"碎片性"的新闻连缀成一个人的传记。

二是在写作过程中追溯事件的来龙去脉,提供新闻背景,帮助受众形成连贯的认知,完整地了解事件进程,引导公众从更深广的层面追溯事件的前因后果。譬如,9·11恐怖袭击发生后,美国媒介进行了大规模的报道,但这些报道并非集中在伊斯兰教的信仰或者穆斯林的文化如何会孕育出恐怖分子、如何与美国的价值观念格格不入、恐怖分子如何令人痛恨等这些会激发民众情绪的议题上,而是更加关注如何从历史与现实的各个层面上去理解"9·11"为什么会发生。②这种方式能够在对新闻事件进行实时报道的同时,实现对事件的多维度、多层面的分析,从而将新闻事件置于社会发展的历史过程中,从更高的层面呈现社会的宏观景象。

2. 将叙事焦点放在个人身上。如前文所述,该报的讣闻写作充分体现出了以人为本的报道理念,它主张讣闻报道应该"只与生命有关③",认为"成功地擦去记忆会使生命变得很低贱。你忘掉死去的人,也就贬低了生活本身④",这种理念能够将报道提升到"生与死"的哲学命题的高度,显示出对生命本真的尊重。在对普通人的描述中,《时报》也体现出对个体的尊重。本研究中关于被买卖的女性、空心村老妇李恩兰、被迫堕胎的李红梅、迫于贫困卖淫的龚小兰等人的报道,都侧重于对个体生命状态的描述。相比之下,我国的国际传播则不善于叙述个人经历,对个体关注不足,使新闻比较枯燥。

---

① 廉正祥:《〈纽约时报〉访问记》,《传媒》2002年第5期。
② 龚小夏:《9—11未从根本上改变美国社会持续多元化》,中国新闻网:"http://www.chinanews.com/gj/2011/09-09/3318902.shtml"。
③ 龚小夏:《9—11未从根本上改变美国社会持续多元化》,中国新闻网:"http://www.chinanews.com/gj/2011/09-09/3318902.shtml"。
④ 朱桂英等:《必须赞美这残缺的世界》,《新京报》2011年9月10日。

以"人"为写作的焦点不仅是一种技巧,还关系到国家形象的建构。在谈到新闻中好的个人形象与国家形象的关系时,甘斯提出了以下观点:新闻中的好国家应该是由这样一些个体构成——他们能够以自己的方式参与其中,并且依照自己界定的公共利益来行动,因为新闻中最恒久的价值之一就是个人不受国家与社会侵犯之自由的存续,因而新闻写作一定要尊重个人,向个人致敬。① 也就是说,如果媒介能够充分表现出个人的自由平等,就能够展示出一个正面的国家形象。通过对样本的分析,本研究发现《时报》非常善于通过具体人物再现重大事件,通过个体经历阐释抽象的制度性、社会性问题。在关于巨富张茵、个体户金小琴等在经济体制改革中致富的女性,以及遭受就业歧视的冯安琪、新一代农民工梁雅莉、钉子户吴萍等小人物的报道中,文章都利用了以个人的经历为主线、以国家形象的再现为暗线的叙事方法。

实际上,无论新闻体制如何,对人的关注都应该是报道的基本原则,这不仅能使新闻以平等的视角和生活化的叙事描述具体的人物和事件,激发受众的兴趣,还能展示社会制度的宏观景象。

3. 调整国际传播的内容设置,增加对日常生活的报道。从本书对《时报》主题分布的分析结果来看,外媒更加关注中国女性在日常生活方面的情况,这也在某种程度上反映了国外公众的兴趣。我国国际传播一度注重报道国家的宏观成就,并且有较浓厚的政治色彩和宣传痕迹,比较容易引起国际受众的抵触。针对这一现状,传播媒介需要调整国际传播的内容构成,适当提高日常生活方面的信息,反映中国普通公众的生活状况,弱化政治色彩,增强报道的亲和力。

总体而言,要想塑造生动具体的国家形象,传媒就需要以公众的个体经历为切入点,讲述普通人的故事,描述日常生活,使国际受众形成更加直观的印象。

---

① [美]赫伯特·甘斯:《什么决定新闻——对CBS晚间新闻、NBC夜间新闻、〈新闻周刊〉及〈时代〉周刊的研究》,石琳、李红涛译,北京大学出版社2009年版,第62页。

结　　语

国际传播中塑造异国的女性形象涉及两个问题,一是如何从社会性别视角看待女性,一是如何从自身国族文化视角看待异国女性,因此本书从社会性别视角和民族国家视角分析了《纽约时报》对中国女性的报道,归纳出中国女性形象的类型,并解析了该报叙事中的意识形态及其影响因素。

一、《纽约时报》中的中国女性形象

从性别视角展开的分析主要关注《时报》如何还原中国情景、从中国社会现状出发再现女性。

这一维度的分析包括词汇群、新闻主题和叙事模式三个层面,分别通过对女性特征的描述、新闻主题与人物行为结果的交叉分析、人物行为与行为结果的交叉分析展开。对人物特质的描述主要通过数据统计进行,最终获得各种性格特征所占的比重。通过对数据的分析,本书发现该报较为突出中国女性勤劳、勇敢、积极的正向的性格特征;在新闻主题和叙事模式层面展开的分析分别归纳出几类女性形象的原型。归类的过程一方面考虑到该报对中国女性性格特征的描述,一方面将女性置于中国社会语境中,结合了女性在社会阶层中的地位和自我实现的程度。主题与人物行为结果的交叉分析揭示了女性在中国各领域中的地位和角色,最后得到六种女性形象,即:作为社会改革开放成就注脚的女强人、价值观念多元化的新女性、举国体育制下的巾帼英雄、"疾病中国"隐喻下的病患女性、职业性别化的牺牲品以及身心被规制的失语者;结合叙事模式进行的分析从女性行为自身考察了女性自我实现的程度,最后得到六种女性形象,即:女精英、阶层流动中的上升者、被边缘化的"她者"、秩序的违规者、勇于抗争的"小人物英雄"和平常人。

从民族国家视角展开分析主要是为了考察《时报》如何从中国女性与美国关系的角度对其进行再现。通过将"行为结果"和"行为结果与美国的关系"这两个变量进行交叉分析,本书归纳出几种女性形象,分别是美国的竞争者和对抗者、美国的追随者和同盟者、被美国救赎的弱者,以及"东方娃娃"型的女性。

值得注意的是,在对中国女性进行描述的过程中,《时报》还通过一些写作技巧呈现出中国国家形象。文章提供了大量的背景资料,还原了人物所处的特定的时空场景,形成一条关于中国国家形象的暗线。另外,通过突出制度性因素和强调个人经历这两种方式,该报在人物个体和国家整体之间建立起联系。突出制度性因素有两种方式,是为了证明社会对个体的作用,将"社会"这一抽象概念具体化,为此,文章常常将个体经历作为个案以印证社会运作的后果;突出个人经历也有两种方式,在正面报道中往往强调个人能力,在负面报道中常常将人物作为制度受害者的例证。

二、《纽约时报》再现中国女性过程中的意识形态

形象是认识主体和认识客体之间的一种关系,而传播是一种意义的建构过程,这两种机制使人物在媒介中的呈现伴随着意识形态的流动。

中国女性始终是外在于美国文化的"她者",区分这个"她者"的标准是美国利益:在政治制度和价值观念上符合美国主流意识形态的就是"自己人"和"朋友",否则就是"局外人",这使得《时报》在塑造中国女性的过程中流露出民族中心主义的倾向。

在呈现中国女性时,《纽约时报》还延续了对中国政治制度的意识形态偏见。尽管国际社会已经进入"后冷战时代",《纽约时报》也一贯秉奉客观公正的原则,但该报还是对中国的政治制度多有质疑,表现为三个方面:一是将女性遭受贬抑的原因归于社会主义制度,二是直接批判社会主义政治制度的合法性,三是通过对比的手法突出制度改革之后好的效果,以反衬原初制度的不合理。

以社会性别视角审视《纽约时报》对中国女性的再现时,发现该报试图在公正与偏见、客观与刻板印象之间寻找平衡。该报制定了禁止歧视少数民族和女性的新闻政策,在这一理念指引下,该报在主题分布、消息源引用、对女性

特质的描述等方面表现出客观的倾向;但在话语的微观层面,包括词汇风格、句法、人物角色安排等方面又流露出关于中国女性的刻板印象。

三、制约中国女性再现的内外因素

媒介的运作并非处于真空之中,而是深受多种主客观因素的影响。其中包括社会政治制度、各种利益集团、受众以及社会文化等外在因素,也包括媒介机构内部的权力结构、媒介的政治立场以及新闻人自身的价值取向等多种内在因素。在呈现中国女性的过程中,《纽约时报》受到媒介文化、中美关系以及美国社会文化的影响。

《纽约时报》的媒介文化和坚守专业主义的新闻理念是影响它呈现中国女性的内部因素。该报力图避免使用具有歧视性色彩的手法描述女性,但媒介在政治上的保守性和偏爱负面消息的特性又促使它更加钟情于负面信息或从负面角度看问题;

中美关系是制约该报再现中国女性的外部条件。两国之间在经贸和非传统安全领域存在着既竞争又合作的关系,这两个领域中的变化在各类女性形象中都有体现;但两国之间政治制度的差异则奠定了《时报》从意识形态角度看待中国女性的基础,在本书的样本中主要体现为对"共产主义制度受害者"的描述;

美国文化是影响《时报》再现中国女性的深层次的心理原因。"他者"文化使该报在呈现中国女性时不断将其区分为"外在于美国"和"属于美国"的群体,"天赋使命观"和性别意识形态则使其流露父权式的救赎心态。

四、本研究的不足之处及后续研究方向

美国媒介如何再现中国女性会在很大程度上影响中国女性和中国的自我认知,而缺乏对这一效果的研究也正是本书的缺陷。这一步骤的研究可能需要更多人类学和社会学的研究方法,譬如深度访谈、焦点小组访谈以及参与观察等方法,因而也需要更多的时间、人力及物力的支持,本书研究者尚不具备完成这一研究的条件。对此,研究者以后将做进一步探讨,以期完善国际传播中的形象研究和女性与传媒研究。

参 考 文 献

中 文 部 分

著作

[美]爱德华·萨义德(Edward Said):《东方学》,王宇根译,三联书店 2007 年版。

[美]爱德华·萨义德:《遮蔽的伊斯兰:西方媒体眼中的穆斯林世界》,阎继宇译,台北立绪出版社 2002 年版。

[英]安德斯·汉森(Anders Hansen)等:《大众传播研究方法》,崔宝国等译,新华出版社 2004 年版。

[法]让·波德里亚(Jean Baudrillard):《象征交换与死亡》,车槿山译,译林出版社 2006 年版。

[美]彼得·伯格(Peter Berger)、托马斯·卢克曼(Thomas Lcuckmann):《现实的社会构建》,汪涌译,北京大学出版社 2009 年版。

[美]丹尼尔·贝尔(Daniel Bell):《资本主义文化矛盾》,赵一凡、蒲隆、任晓晋译,三联书店 2003 年版。

[美]埃德温·戴蒙德(Edwin Diamond):《〈纽约时报〉——从美国权威大报看新闻处理现场》,林添贵译,台北智库股份有限公司 1995 年版。

[荷]梵·迪克(Teun A. van Dijk):《作为话语的新闻》,曾庆香译,华夏出版社 2003 年版。

费孝通:《乡土中国 生育制度》,北京大学出版社 1998 年版。

冯启人:《战后美国对华政策背景之分析》,台北五南图书出版公司 1999 年版。

[美]盖伊·塔奇曼(Gaye Tuchman):《做新闻》,麻争旗、刘笑盈译,华夏出版社 2008 年版。

[美]赫伯特·甘斯(Herbert J. Gans):《什么在决定新闻——对 CBS 晚间新闻、NBC 夜间新闻、〈新闻周刊〉及〈时代〉周刊的研究》,石琳、李红涛译,北京大学出版社 2009 年版。

[美]凯特·米利特(Kate Millett):《性政治》,宋文伟译,江苏人民出版社 2000 年版。

[美]J.布卢姆等(John M.Blum,etc.):《美国的历程》,杨国标、张儒林译,商务印书馆1988年版。

[美]李侃如(Ken Lieberthal):《治理中国:从革命到改革》,胡国成、赵梅译,中国社会科学出版社2010年版。

李明水:《世界新闻传播发展史——分析、比较与评判》,台北大华晚报出版社1983年。

李沛良:《社会研究的统计分析》,台北巨流图书公司1988年版。

李子坚:《纽约时报的风格》,长春出版社1999年版。

罗钢:《叙事学导论》,云南出版社1994年版。

罗篁、张逢沛译,《美国新闻事业史(上)》,世界书局1960年版。

[美]罗丽莎(Lisa Rofel):《另类的现代性》,黄新译,江苏人民出版社、凤凰出版传媒集团2006年5月版。

[美]迈克尔·舒德森(Michael Schudson):《发掘新闻——美国报业的社会史》,陈昌凤、长江译,北京大学出版社2009年版。

孟华主编:《比较文学形象学》,北京大学出版社2001年版。

[美]梅耶·博格(Meyer Burger):《纽约时报一百年》,何毓衡译,台北新闻天地社1963年版。

[美]诺曼·费尔克拉夫(Norman Faircloug):《话语与社会变迁》,殷晓蓉译,华夏出版社2003年版。

彭焕平:《媒介中的商人形象》,华夏出版社2008年版。

秦启文、周永康:《形象学导论》,社会科学文献出版社2004年版。

[英]斯图尔特·霍尔(Stuart Hall):《表征——文化表象与意指实践》,徐亮、陆光华等译,商务印书馆2003年版。

[美]T·克里斯托弗·杰斯普森(Jespersen T.C.):《美国的中国形象(1931—1949)》,姜智芹译,人民出版社2010年版。

[美]托德·吉特林(Tod Gitlin):《新左派运动的媒介镜像》,张锐译,华夏出版社2007年版。

[美]沃尔特·李普曼(Walter Lippmann):《公共舆论》,阎克文、江红译,上海人民出版社2002年版。

王石番:《传播内容分析法——理论与实证》,台北幼狮文化事业公司1992年版。

吴光正:《中国古代小说的原型与母题》,社会科学文献出版社2002年版。

[法]西蒙娜·波伏娃(Simone de Beauvoir):《第二性》,陶铁柱译,中国书籍出版社1998年版。

杨国枢等:《社会及行为科学研究法》,台北东华书局1978年版。

叶舒宪编:《神话——原型批评》,陕西师大出版社1987年版。

[美]约翰·费斯克等(John Fisks,etc)编:《关键概念:传播与文化研究辞典》,李彬译

注,新华出版社 2004 年版。

臧国仁:《新闻媒体与消息来源——媒介框架与真实建构之论述》,台北三民书局 1999 年版。

查瑞传、曾毅、郭志刚:《中国第四次全国人口普查资料分析》(上),高等教育出版社 1996 年版。

[英]詹姆斯·卡伦(James Curran):《媒体与权力》,史安斌、董关鹏译,清华大学出版社 2006 年版。

张锦华:《媒介文化、意识形态与女性》,台北正中书局 1994 年版。

张京媛:《当代女性主义文学批评》,北京大学出版社 1992 年版。

论文

蔡骐:《论大众媒介对粉丝形象的建构》,《新闻与传播研究》2010 年第 2 期。

陈洁:《从〈功夫熊猫〉看中国形象的构建》,《南京航空航天大学学报(社会科学版)》2009 年第 2 期。

陈孔立:《"台湾人"群体对中国大陆的刻板印象》,《台湾研究集刊》2012 年第 3 期。

代迅:《跨文化交流中的中国形象及其迁移》,《社会科学战线》2004 年第 1 期。

戴元光、倪琳、孙健:《〈纽约时报〉的专业主义与价值偏见》,《当代传播》2010 年第 1 期。

董丽敏:《女性主义:本土化及其维度》,《南开学报》2005 年第 2 期。

范若兰:《妇女、民族与民族国家——第三世界女权主义与民族主义关系初探》,《思想战线》2006 年第 1 期。

冯宗兰:《媒介中的女青年形象简析》,《妇女研究论丛》1996 年第 2 期。

风笑天:《变迁中的女性形象———对〈中国妇女〉杂志的内容分析》,《社会》1992 年第 7 期。

高兵:《民族刻板印象威胁效应》,《心理科学进展》2012 年第 8 期。

胡春阳:《传播研究的话语分析理论述评》,《西南民族大学学报(人文社科)》2007 年第 5 期。

胡翼青、吴越:《新闻客观性的幻象与大众传播研究的缘起》,《当代传播》2010 年第 2 期。

胡永佳:《论美国对中国的文化误读及其对中美关系的影响》,《北京社会科学》1999 年第 1 期。

黄靖惠:《对美国〈时代〉台湾政党轮替报导的批判论述分析:以 2000 年及 2008 年总统选举为例》,台北《新闻学研究》2011 年 1 月号。

黄敏:《再现的政治:CNN 关于西藏暴力事件报道的话语分析》,《新闻与传播研究》2008 年第 3 期。

黄敏:《"新闻作为话语"——新闻话语分析的一个实例》,《新闻大学》2004 年春季刊。

江根源、季靖:《地区媒介形象:传统、权威与刻板印象》,《新闻与传播研究》2006 年第 4 期。

约翰·梅瑞尔(J.Merrill):《世界精粹报纸介绍》,陈谔译,《报学》1976 年第 5 期。

蒋晓丽、王亿本:《〈纽约时报〉对他国灾难报道的话语分析——基于最近四次地震报道的思考》,《国际新闻界》2011 年第 9 期。

姜智芹:《爱情禁忌与拯救神话:好莱坞电影中的中国男人与中国女人》,《济南大学学报(社会科学版)》2008 年第 6 期。

姜智芹:《欲望化他者:西方文学中的中国形象》,《国外文学》2004 年第 1 期。

[挪威]克努特·布莱恩希尔德斯瓦尔(Knut Brynhildsvoll):《从怪异美学视角论〈培尔·金特〉剧中的身份危机》,宋丽丽译,《外国文学研究》2003 年第 2 期。

兰杰:《〈纽约时报〉涉华新闻报道中折射出的意识形态》,《新疆大学学报》2011 年第 3 期。

李强、孟蕾:《"边缘化"与社会公正》,《天津社会科学》2011 年第 1 期。

李小江、白元淡:《阶级、性别与民族国家》,《读书》2004 年第 10 期。

李延华、赵希田:《美国学者库恩眼中的当代中国》,《学术论坛》2010 年第 12 期。

李永健、谭恩花:《和谐社会建设中的不谐和音———大众传媒中的农民工刻板印象浅析》,《新闻记者》2006 年第 4 期。

李媛莉:《也谈广告中的女性形象》,《青年记者》2008 年第 36 期。

廖圣清、景杨、张帅:《大学生的媒介使用、社会接触和国家印象:以刻板印象为研究视角》,《新闻与传播研究》2011 年第 1 期。

廖述务:《越界狂欢:肉体献祭之谵妄及消解——对木子美等网络现象性别政治的文化解读》,《海南师范大学学报(社会科学版)》2009 年第 4 期。

刘存宽:《香港回归与文化认同》,《河北学刊》1998 年第 2 期。

马小红、孙超:《中国人口生育政策 60 年》,《北京社会科学》2011 年第 2 期。

陆学艺:《当前中国经济社会形势与社会建设》,《中国社会经济发展战略》2011 年第 5 期。

倪炎元:《再现的政治:解读媒介对他者负面建构的策略》,台北《新闻学研究》1999 年第 1 期。

潘志高:《〈纽约时报〉对华报道分析:1993 — 1998》,《贵州师范大学学报》2003 年第 3 期。

庞琴:《美国主要报纸中的中国女性形象》,《新闻爱好者》2007 年 12 月下半月。

任佑卿:《殖民地女性与民族/国家想象》,《台湾社会研究季刊》2005 年 6 月第 58 期。

寿静心:《呼唤女性自我意识的觉醒——大众传媒中的女性形象透视》,《河南社会科学》2006 年第 3 期。

宋华、祝亚伟:《解读改革开放三十年女性形象的变迁——以春晚小品中的女性形象为例》,《理论观察》2008 年第 3 期。

唐海东、邹晓丽:《异域情调·故国想象·原乡记忆——美国英语文学中的三种中国形象及其批评》,《中国比较文学》2008 年第 4 期。

涂文娟:《邪恶的两张面孔:根本的邪恶和平庸的邪恶——汉娜·阿伦特对极权主义制度下的邪恶现象的批判》,《伦理学研究》2007 年第 1 期。

王珺:《破解"用工荒"和"就业难"并存的悖论》,《北京青年工作研究》2010 年 4 期。

孙萌:《好莱坞电影中的华人女性》,《世界文学评论》2007 年第 2 期。

王明生:《"大跃进"前后毛泽东分配思想述论》,《南京大学学报(哲学人文科学社会科学版)》2002 年第 4 期。

吴清军:《国企改制中工人的内部分化及其行动策略》,《社会》2010 年第 6 期。

吴卫华、镇涛:《意识形态话语的隐形书写:好莱坞电影的黄白性恋模式》,《长春文艺争鸣》2007 年第 11 期。

吴越民:《在跨文化语境中结构媒介女性话语》,《同济大学学报》2011 年第 1 期。

吴越民:《中美政治新闻中女性参政形象的跨文化解读》,《当代传播》2011 年第 1 期。

徐美苓:《"宣传架构"评析》,台北《新闻学研究》1990 年春季号。

闫桂媚:《1990 年代以来中国女性形象变迁的实证研究——对〈中国妇女〉杂志的内容分析》,《东南大学学报(哲学社会科学版)》2008 年增刊。

杨慧琼:《谣言、大众传媒和国家价值取向———一项对中国艾滋病叙事(2003—2009)的话语分析》,《传播与社会学刊》第 16 期。

杨雪燕、张娟:《90 年代美国大报上的中国形象》,《外交学院学报》2003 年第 5 期。

臧国仁:《新闻报导与真实建构:新闻框架的理论观点》,台北《传播研究集刊》1998 年第 3 辑。

张翼:《中国社会阶层结构变动趋势研究——基于全国性 CGSS 调查数据的分析》,《有中国特色社会主义研究》2011 年第 3 期。

张荣翼、镇涛:《好莱坞电影跨种族性恋模式分析》,《民族艺术研究》2006 年第 1 期。

张裕亮:《铁姑娘、贤内助、时尚女——中国女性杂志建构的女性形象》,*China Media Report Overseas*, Vol.6, No.1, 2010。

曾一果:《封面:现代性的渴望——媒介叙事中的"上海形象"》,《国际新闻界》2010 年第 10 期。

张颖:《奥巴马政府时期〈纽约时报〉对中国国家形象认知与塑造的文本分析》,《国际关系学院学报》2011 年第 5 期。

赵海龙:《由雅典奥运会看我国女性竞技体育现状》,《体育成人教育学刊》2005 年第 3 期。

周宁:《跨文化形象学:当下中国文化自觉的三组问题》,《厦门大学学报》2008 年第 6 期。

周宁:《东风西渐:从"孔教乌托邦"到"红色圣地"》,《文艺理论与批评》2003 年第 1 期。

周宁:《跨文化形象学的观念与方法——以西方的中国形象研究为例》,《东南学术》2011年第5期。

朱佳木:《从改革开放前后两个时期的历史性质及其相互关系上认识中国特色社会主义道路的内涵》,《当代中国史研究》2008年第1期。

学位论文

陈玫霖:《性别、政治与媒体:报纸如何报导女性政治人物》,高雄中山大学传播管理研究所2002年硕士学位论文。

陈诗婷:《H1N1疫苗新闻的媒体再现——以〈联合报〉和〈苹果日报〉为例》,台北中国文化大学2011年硕士学位论文。

胡春阳:《传播的话语分析理论》,复旦大学2005年博士学位论文。

黄美珠:《美国纽约时报有关中国新闻报导及言论态度之研究》,台北中国文化大学1984年硕士学位论文。

简青玲:《社会性别建构的权力论域分析—以报纸对校园性侵害事件的报导为例》,台北中国文化大学1994年硕士学位论文。

李人豪:《政治人物表演行为的媒体再现——以立法委员的电视新闻报道为例》,台北政治大学2005年硕士学位论文。

李欣荣:《〈纽约时报〉与〈人民日报〉形塑台湾之研究》,台北中国文化大学2007年硕士学位论文。

林俶如:《美国媒体对"特殊国与国关系论"报导之内容分析与立场倾向研究—— 以纽约时报、华盛顿邮报、华尔街日报、洛杉矶时报为例》,台北台湾大学新闻学研究所2001年硕士论文。

林海哨:《〈纽约时报〉中国国家形象的塑造》,厦门大学2009年硕士学位论文。

刘颋颋:《同性恋者性身份认同的影响因素分析》,华东师范大学2008年硕士学位论文。

潘琪禄:《美国〈纽约时报〉、〈华盛顿邮报〉有关台湾事务报导之内容分析〉,台北政治大学1992年硕士学位论文。

邵静:《〈纽约时报〉与〈华盛顿邮报的涉华报道研究〉》,上海大学2011年博士学位论文。

王仁雅:《中美媒体报道北京奥运论述框架之分析——比较人民日报与纽约时报》,嘉义南华大学2009年硕士学位论文。

严怡宁:《国家利益视角下的美国涉华舆论》,复旦大学2008年博士学位论文。

杨芷茜:《移住家庭监护工的媒体再现:以台湾报纸对"刘侠事件"与"冯沪祥事件"之报导为例》,台北世新大学2006年硕士学位论文。

张陈琛:《2009年〈纽约时报〉上中国形象的框架分析》,复旦大学2010年硕士学位论文。

张秋康:《分析美国菁英媒体对"九一一恐怖攻击事件"的新闻报导—以纽约时报与基督教科学箴言报为例》,新北淡江大学 2003 年硕士学位论文。

张伊青:《制造心灵导师:〈心海罗盘〉叶教授媒体再现之研究》,台北世新大学 2009 年硕士学位论文。

张媛:《〈纽约时报〉的中国形象研究》,陕西师范大学 2010 年硕士学位论文。

周文萍:《当今美国电影里的中国资源与中国形象》,暨南大学 2009 年博士学位论文。

会议论文

彭文正:《台湾主要报纸客家意象研究》,台湾客家运动 20 年学术研讨会会议论文,2007 年。

互联网

臧国仁:《新闻报导与真实建构:新闻框架的理论观点》,"http://ccs.nccu.edu.tw/scripts/tornado/marker.exe? s = 16&p = % BBN% B0% EA% A4% AF% 2A% B4C% A4% B6% AE%D8%AC[&i = 209/"。

王萍萍等:《新生代农民工的数量、结构和特点》,http://www.stats.gov.cn/tjfx/fxbg/t20110310_402710032.html。

英 文 部 分

著作

Berelson, Bernard.: *Content Analysis in Communication Research*, New York: The Free Press, 1952.

Brown, S.G.: *Images of Women: The portrayal of women in photography of the Middle East 1860 — 1950*, London: Quartet Books, 1988.

Carey, J. W. (ed.): *Media, myths, and narratives: TV and the Press*, Newbury Park, CA: Sage, 1988.

Croll, E.: *Changing Identities of Chinese Women: Rhetoric, Experience and Self-perception in Twentieth Century China*, London: Zed Books. 1995.

Edward S.Herman & Noam Chomsky: *Manufacturing Consent: The Political Economy of the Mass Media*, New York: Pantheon Books, 2002.

Fairclough, N.: *Media discourse*, London, UK: Arnold, 1995.

Fairclough, N.: *Language and power*, London, UK: Longman, 1989.

Fishman, Mark.: *Manufacturing the News*, Austin, Texas: University of Texas, 1980.

Glenn G.Sparks: *Media Effects Research: A Basic Overview*, English Reprint Edition, 北京大

学出版社 2004 年版。

Golding,Peter & Elliott,Philip.:*Making the News*, London:Longman,1979.

Kappeler, S.: *The Pornography of Representation*. Minneapolis: University of Minnesota Press.1986.

Krippendorff,K.:*Content Analysis:An Introduction to its Methodology*,Calif:Sage,1980.

Lippmann,Walter.:*Public Opinion*,New York:Macmillan,1922.

McQuail,D.:*Mass Communication Theory:An Introduction*(third edition),Calf:sage,1994.

Richstad, Ji, & Anderson, Michael (eds.): *Crisis in International News: Policies and Prospects*,New York:Columbia University Press,1981.

Robinson,G.J.:*Women,media access and social control. Women and The News*,New York:Hastings House,1978.

Srevenson,Robert L.:*Communication,Development,and the Third World:the Global Politics of Information* ,New York:Longman,1988.

Tuchman,Gaye.:*Making News:A study in the Construction of Reality*,New York:The Free Press,1978.

Van Dijk,T.A.:*Discourse and communication:New approaches to the analysis of mass communication*, New York:W.de Gruyter,1985.

Van Dijk,T.A.:*News as discourse.* Hillsdale,NJ:Lawrence Erlbaum,1988.

VanDijk,T.A.:*Elite discourse and racism*,Newbury Park,CA:Sage,1993.

VAN ZOONEN,LIESBET:*Feminist Media Studies*,London:Sage,1994.

Wolf,N.:*The Beauty Myth:How Images of Beauty Are Used Against Women*, New York:William Morrow and Company,1991.

期刊论文

Abu-Lughod,L.:"Do Muslim women really need saving? Anthropological reflections on cultrualrelavitism and its others",*American Anthropologist*,Vol.104,No.3,2002.

Antonio V. MenendezAlarcon:"Media Representation of Eruopean Union", *International Journal of Communication*,No.4,2010.

Archer D.,Iritani B.,Kimes D.D.& BarriosM.,Face-ism:"Five studies of sex differences in facial prominence", *Journal of Personality and Social psychology*, Vol.45,1983.

Betty Houchin Winfield and Barbara Friedman:"Gender politics:news coverage of the candidates' wives in campaign 2000", *Journalism and Mass Communication*, Vol. 80, No. 3, Autumn 2003.

Bonnie Brennen and Margaret Duffy:"If a problem cannot be solved, enlarge It: an ideological critique of the 'Other' in Pearl Harbor and September 11 New York Times coverage",*Journalism Studies*,Vol.4,No.1,2003.

Cara Wallis:"Chinese women in the official Chinese press: discursive constructions of gender in service to the state", *Westminster Papers in Communication and Culture*, Vol.3, No. 1, 2006.

Coutrney, Alice and Locakereta, Sarah W.:" A woman's place: an analysis of the roleportrayed by women in magazine advertisements", *Journal of Marketing*, Vol.8, 1971.

Daniel Riffe, Charles F. Aust, Ted C. Jones, Barbara Shoenmke and Shyam Sundar:"The shrinking foreign news hole of the New York Times", *Newspaper Research Journal*, Summer, 1994.

David Kaufer and Amal Mohammed AL-Malki:"A 'first' for women in the kingdom: Arab/west representation of female trendsetters in Saudi Arabia", *Journal of Arab and Muslim Media Research*, Vol.2, No.1 and 2, 2009.

Dominick, Joseph R. and Rauch, Gail E.:" The image of women in network TV commercials", *Journal of Broadcasting*, Vol.16, 1972.

Donna Rouner, Micheal D. Slater and Melanie Domenech-Rodriguez.:" Adolescent Evaluation of Gender Role and Sexual Imagery in Television Advertisements", *Journal of Broadcasting & Electronic Media*, Vol.47, No.3, 2003.

Eber, I.:"Images of women in recent Chinese fiction: Do women hold up half of the sky?" *Signs*, Vol.2, No.1, 1976.

Ferrante, Carol L., Haynes, Andrew M.and Kingsley, Sarah M.:"Images of women in television advertising", *Journal of Broadcasting and Electronic Media*, Vol.32, No.2, 1998.

Franzwa, Helen H.:"Working women in fact and fiction", *Journal of Communication*, Vol. 24, No.2, 1974.

Glasser, C.K.:"Patriarchy, mediated desire, and Chinese magazine fiction", *Journal of Communication*, Vol.47, No.1, 1997.

Gamson, W.A.& Modigliani, A.:"Media discourse and public opinion on nuclear power: A constructionist approach", *American Journal of Sociology*, Vol.95, No.1, 1989.

Hall C.C.and Crum M.J.:"women and 'body-isms' in television beer commercials", *Sex Roles*, Vol.31, 1994.

Lent, John A.:"International News/Foreign News In American Media", *Journal Of Communication*, Winter, 1977.

Hershatter, G.:"State of the Field: China's Long Twentieth Century", *Journal of Asian Studies*, Vol.63, No.4, 2004.

John W.Howard III, Laura C.Prividera.:"The Fallen Woman Archetype: Media Representations of Lynndie England, Gender, and the Abuses of U.S.Female Soldiers", *Women's Studies in Communication*, Vol.31, No.3, 2008.

Leo Y.M.Sin and Oliver H.M.Yau:"Female role orientation of Chinese women: conceptualization and scale development", *Psychology & Marketing*, Vol.21, No.12, December 2004.

Lysonski, Steven: "Role portrayals in British magazine advertisements", *European Journal of Marketing*, Vol.19, 1985.

Michell, Paulcn.N.& Taylor, Wendy.: "Polarizing trends in female role portrayals in UK advertising", *European Journal of Marketing*, Vol.24, No.5, 1990.

Mishra, S.: "'Saving' Muslim women and fighting Muslim men: Analysis of representations in The New York Times", *Global Media Journal*, Vol.6, 2007.

Merrill, J.C.: "How Time Stereotyped Three U.S.Presidents", *Journalism Quarterly*, Vol.42, No.3, 1965.

Merill, J. C.: "The Image of the United States in Ten Mexican Dailies", *Journalism Quarterly*, Vol.39, No.2, 1965.

Michell, Paulc.N.& Talor, Wendy.: "Polarizing trends in female role portrayals in UK advertising", *European Journal of Marketing*, Vol.24, No.5, 1990.

Oliver Boyd-Barrett, Judith Miller: "The New York Times, and the Propaganda Model", *Journalism Studies*, Vol.5, No.4, 2004.

Pan, Z.&Kosicki, G.M.: "Framing analysis: an approach to news discourse", *Political Communication*, No.10, 1993.

Roeh, I.: "Journalists as storytelling: Coverage as narrative", *American Behavioral Scientists*, Vol.33, No2, 1989.

Ross, K.: Gender and party politics: "How the press reported the Labour leadership campaign", *Media, Culture & Society*, Vol.17, 1995.

VanDijk, T.A.: "Discourse and manipulation", *Discourse & Society*, Vol.17 No.3, 2006.

论文集

Evans, H.: "Past, Perfect or Imperfect: Changing Images of the Ideal Wife", in S.Brownell and J.N.Wasserstrom (eds.): *Chinese Femininities/Chinese Masculinities*, Berkeley: University of California Press, 2002.

Hooper, B.: "Flower Vase and Housewife: Women and Consumerism in Post-Mao China", in K.Sen and M.Stivens(eds.): *Gender and Power in Affluent Asia*, London: Routledge, 1998.

Riley, N.: "Gender Equality in China: 'Two Steps Forward, One Step Back'", in W. A. Joseph (ed.): *China Briefing: The Contradictions of Change*, Armonk, New York: M. E. Sharpe, 1997.

Yang, M.M.H.: "From Gender Erasure to Gender Difference: State Feminism, Consumer Sexuality, and Women's Public Sphere in China", in M. M. H. Yang (ed.): *Spaces of Their Own: Women's Public Sphere in Transnational China*, Minneapolis, MN: University of Minnesota Press, 1999.

会议论文

Tankard,James W.and others:"Media frames:approaches to and conceptualization measurement",*Communication Theory and Methodology Division of the Association for Education in Journalism and Mass Communication*,Boston,1991.

Lee Mei-hua.:"A Content Analysis of the US News Coverage on China-Taiwan Relations:a three-year review",*Annual Conference of the International Communication Association*,1999.

学位论文

Chouwah shan:"Construction of women's image in the women's magazines in HongKong (1988 — 1992),University of York,1996.

Emma KathleenPoulton:"Media construction and representation of national identities during the 1996 European football champtionships,Loughborough University,2001.

Elke Hausmann:"Media representation of euthanasia",Goldsmiths College,University of London,2002.

Dibyesh Anand:"World politics,representation,identity:Tibet in Western popular imagination",University of Bristol,2002.

Minhee Bang:"Representation of foreign countries in the US press:a corpus study",University of Birmingham,2008.

John Edward Richardson:"The discursive representation of Islam and Muslims in British broadsheet newspapers",Unirersity of Sheffield,2001.

Sun,Jung-Kuang.:"Assessing the representation of Isla 'yellow peril' images of Asiam-Americans:A content analysis of major mewspapersmages of 1997",State University Of New York At Buffalo,1999.

附录一　抽样过程

一、以"Chinese women"为关键词,在该报网站进行高级搜索,搜索时段为2001 年 1 月 1 日—2010 年 12 月 31 日,搜索范围为《纽约时报》网络版的所有版面中包括"Chinese women"的文章,方式为高级搜索,共得文章 5155 篇。以上文章全部下载。

二、对上一步所得 5155 篇文章给予粗读,主要目的在于挑选出涉及中国女性形象的新闻类报道。具体步骤如下:

(一)剔除评论类、广告类、公告类内容。做这种选择的原因主要是基于本研究侧重于研究新闻报道。由于评论版刊发的稿件直接表达观点,与新闻文本通过话语的隐含意义传递意识形态的手法不同,因此,基于本研究的目的,以下文章类型不予入样:

1.评论类内容。评论版排除在样本之外。包括:

A.书评和艺术评论,即"BOOK REVIEW"、"ART REVIEW";

B.评论,"OPINION",或"MY OPINION"、"Your comments on my Sunday column";

2.介绍纽约以及各地的文化消遣活动日程的指南,包括:

A."出行指南"(ON THE TOWNS;GONG OUT,以及标题含有"LISTS"或"GUIDE"字样的);

B."休闲时光"(Spare Times);

C."周日日程"(What's On Sunday-Schedule);

D.艺术版(Art)版中的各种艺术活动简介,如"印刷作品展览"(Printing

Fairs)、"博物馆和画廊活动简介"(Museum and Gallery Listings)、图书展览(Speaking of Books)和电影(MOVIES)版中的院线上映作品简介(The Listings、Movies Listing、MOVIE GUIDE)、各种音乐舞蹈演出介绍(CLASSICAL MUSIC AND DANCE GUIDE)。

3. 图书排行榜,即"PAPERBACK BEST SELLERS、BEST SELLERS"、"Newly Released Books";图书连载(book)。

4. 广告类内容,"ADVERTISEMENT"。

5.《纽约时报》网站上的多媒体新闻,来源于网站而未经纸版出版的新闻作品。

(二)界定"中国女性"的报道

1. 标准:凡是在涉及中国事务(有的文章是关于别国事务,但中间涉及中国状况的描述,也算考察范围)的描写中出现以下词汇的:

A、直接的身份界定,即"chinese women";

B、明确可辨识出是中国女性的名字,比如说"Wu Xiaoli"等;

C、"wife""sisiter""daughter""mother""girlfriend""grandmother""grandau-hter""aunt"等明确表明女性社会身份的词汇;

D、"female""girl""miss""Mrs"等表明女性性别身份的词汇;

E、一些可以推测出的描写女性特质的词汇,"lesbianism""LES""tribade"(女同性恋,女异装癖)。

2. 关于涉及中国女性的描述,包括:

A、直接描述中国女性(包括直接进行描述和引用他人的话进行描述)的词句,比如"The Chinese women's gymnastics team received strong performances from Zhang Nan and Pang Panpan on Wednesday to win its first world title and give China a sweep of the team gold.";(周三中国女子体操队张楠和庞盼盼获胜,中国队因此成为世界冠军并包揽了全部金牌。)

或"'We don't know how to estimate,but we think that female orgasm is very rare'Mr.Liu said.'One reason is that traditionally women are very modest and suffer from closed minds and pressure not to feel too much pleasure'."(刘小姐说,我们不知道具体怎么判断,可我们认为女性很少产生高潮。因为传统女性非常

保守并,并且深受那种"不要耽于享乐"的观念的影响。)

B、中国女性自己说的话,比如"'Before the games, we knew there was a little gap between the Chinese team and the Americans,' said Cheng Fei, a specialist for China in the vault and the floor exercise.'It makes it so we could come in with no pressure, and we could give a top performance.'"。(跳马和自由体操运动员程菲说,"赛前我们就知道中国队和美国队存在着差距,所以我们没什么压力,发挥得也很好。")

或"'We've been pretty much Westernized,'said a woman who graduated recently from one of Shanghai's best universities.'Sex was regarded as no big deal, and while the school authorities discouraged us from falling in love, most of us had boyfriends.'"(最近从上海最著名高校毕业的一位女孩说"我们已经很西化了,不觉得性是什么了不起的问题,虽然学校不鼓励谈恋爱,但很多人都有男朋友"。)

3.可入样的为含有 50 个单词以上的、集中描述中国女性的段落的文章。

附录二　内容分析编码表

1. 大主题_____

(1)政治(2)就业(3)两性关系

(4)教育(5)卫生保健(6)日常生活

(7)人物(8)国际事务(9)体育

(10)经济(11)其他(录入)

2. 小主题(可多选)_____

(1)参政议政(2)抗议示威(3)民族问题

(4)阶层分化(5)人权问题(6)宗教活动

(7)计划生育(8)就业选择(9)职业表现

(10)就业歧视(11)创业(12)其他职业障碍

(13)性观念(14)两性关系(15)性行为

(16)卖淫(17)贩卖妇女(18)性别失衡

(19)异地产子(20)就医行为(21)艾滋病

(22)卫生保健(23)饮食(24)消费

(25)社会关系(26)文化生活(27)日常生活

(28)移民生活(29)社会安全(30)人物

(31)国际事务(32)体育(33)经济危机

(34)经济竞争(35)经济总体(36)教育活动

(37)教育歧视(38)其他

3. 报道风格_____

(1)正面(2)负面(3)中性

4. 人物的职业_____

（1）公务人员（2）教师（3）服务业

（4）农民（5）工人（6）运动员

（7）职员（8）科研人员（9）专业技术人员

（10）商人（11）自由职业者（12）政治家

（13）演艺人员（14）学生（15）其他

（16）不详

5. 对人物的称呼_____

（1）具体姓名（2）妻子（wife）（3）女儿（daughter）

（4）姐妹（sister）（5）祖母（grandmother）（6）孙女（granddauther）

（7）姨母（姑母）（aunt）（8）母亲（mother）

（9）中国女性（Chinese women）

（10）女孩（girl）（11）女士（小姐）（Miss，Mrs）

（12）未提及

6. 对人物性格特征的描述_____

（1）勤劳善良（2）聪明可爱（3）果敢坚强

（4）积极主动（5）精于世故（6）性感漂亮

（7）消极被动（8）开朗直率（9）愚昧怪异

（10）单纯无知（11）软弱无能（12）多愁善感

（13）懒惰娇惯（14）柔弱多病

7. 中国背景_____

（1）封建社会（2）民国至解放前（3）解放至文革

（4）文革（5）天安门事件（6）改革开放

（7）香港回归（8）澳门回归（9）加入世贸组织

（10）法轮功事件

（11）社会总体（包括社会政治、经济、文化等无明确事件性标志的背景）

（12）相关专业或相关领域背景

（13）无

（14）其他（录入）

8. 是否与美国有比较_____

(1)有(2)无

9. 中国女性行为与美国的关系_____

(1)被美国吸引(2)受损于美国(3)得到美国帮助

(4)正面影响美国(5)吸引美国(6)竞争或威胁美国

(7)负面影响美国(8)互相合作及欣赏(9)敌视质疑

(10)不受关注(11)引发关注(12)未提及

10. 是否以及如何将女性作为消息源_____

(1)未引用(2)直接引用(3)间接引用

(4)混合引用

11. 女性行为_____

(1)职业行为(2)参政议政(3)社会活动

(4)经营家庭生活(5)支援社会和他人(6)人身受到伤害

(7)维护权利(8)违法违规(9)消费及日常生活

(10)生病、就医(11)卖血、卖淫

(12)教育(13)生育(14)宗教活动

(15)其他(文艺作品中表现出的女性形象,简短引用其话语的女性)

12. 行为结果

(1)获得成功(2)获得帮助(3)帮助他人

(4)未能成功(5)遭受损伤(6)被处罚

(7)伤害他人(8)引发关注(9)未提及

(10)未知(11)其他_____

13. 是否对女性进行评价及评价的来源

(1)无

(2)作者直接评价

(3)直接引用他人评价

(4)间接引用他人评价

(5)直接引用报道对象自我评价

(6)间接引用报道对象自我评价

(7)混合

附录三　信度测试[①]

1. 主题

	类别	1	2	3	4	5	6	7	8	9	10	11	12	边际总数
							编码员 A							
编码员B	1	12	0	0	0	0	0	0	0	0	0	0	0	12
	2	0	4	0	0	0	2	0	0	0	0	0	0	6
	3	0	0	3	0	0	1	0	0	0	0	0	0	4
	4	0	0	0	0	0	0	0	0	0	0	0	0	0
	5	0	0	0	0	3	1	0	0	0	0	0	0	4
	6	1	0	1	0	0	16	0	0	0	0	0	0	18
	7	0	0	0	0	0	2	4	0	0	0	0	0	6
	8	0	0	0	0	0	1	0	3	0		0	0	4
	9	0	0	0	0	0	0	0	0	16	0	0	0	16
	10	0	0	0	0	0	0	0	0	0	0	0	0	0
	11	0	0	0	0	0	1	0	0	0	0	0	0	1
	12	0	0	1	0	0	1	0	0	0	0	0	2	4
	边际总数	13	4	5	0	3	25	4	3	16	0	0	2	75

信度 = 0.84−0.1283/1−0.1283 = 0.816

---

① 注:本书采用斯科特(Scoot)构建的信度测量公式:

信度=观察到的一致性%−期望一致性%/1−期望一致性%。

2. 报道风格

编码员 A				
类　别	1	2	3	边际总数
1	12	0	0	12
2	0	18	3	21
3	1	1	40	42
边际总数	13	19	43	75

（行首列为"编码员 B"）

信度 = 0.9333−0.3148/1−0.3148 = 0.927

3. 对女性的称呼

编码员 A													
类别	1	2	3	4	5	6	7	8	9	10	11	12	边际总数
1	12	0	0	0	0	0	0	0	0	0	0	0	12
2	0	4	0	0	0	2	0	0	0	0	0	0	6
3	0	0	3	0	0	1	0	0	0	0	0	0	4
4	0	0	0	0	0	0	0	0	0	0	0	0	0
5	0	0	0	0	3	1	0	0	0	0	0	0	4
6	1	0	1	0	0	16	0	0	0	0	0	0	18
7	0	0	0	0	0	2	4	0	0	0	0	0	6
8	0	0	0	0	0	1	0	3	0	0	0	0	4
9	0	0	0	0	0	0	0	0	16	0	0	0	16
10	0	0	0	0	0	0	0	0	0	0	0	0	0
11	0	0	0	0	0	1	0	0	0	0	0	0	1
12	0	0	1	0	0	1	0	0	0	0	0	2	4
边际总数	13	4	5	0	3	25	4	3	16	0	0	2	75

（行首列为"编码员 B"）

信度 = 0.88−0.3411/1−0.3411 = 0.818

4. 对女性进行评价来源的信度

	编码员 A									
	类别	0	1	2	3	4	5	6	7	边际总数
编码员 B	0	15	2	0	1	0	0	0	3	21
	1	0	26	0	0	0	0	0	0	26
	2	0	1	2	0	0	0	0	0	3
	3	0	0	0	1	0	0	0	0	1
	4	0	0	0	0	0	0	0	0	0
	5	0	0	0	0	0	1	0	0	1
	6	0	0	0	0	0	0	0	0	0
	7	4	0	0	0	0	0	0	19	23
	边际总数	19	29	2	2	0	1	0	22	75

信度 = 0.853 - 0.222 / 1 - 0.222 = 0.811

5. 中国背景

	编码员 A														
	类别	0	1	2	3	4	5	6	7	8	9	10	11	12	13	边际总数
编码员 B	0	25	1	0	0	0	0	0	0	0	0	0	0	0	0	26
	1	0	0	0	0	0	0	0	0	0	0	0	0	0	0	0
	2	0	1	1	0	0	0	0	0	0	0	0	0	0	0	2
	3	0	0	0	0	0	0	0	0	0	0	0	0	1	0	0	1
	4	0	0	0	0	1	0	0	0	0	0	0	0	0	0	1

	编码员A														
类别	0	1	2	3	4	5	6	7	8	9	10	11	12	13	边际总数
5	0	0	0	0	0	3	0	1	0	0	0	0	0	0	4
6	1	0	0	0	0	0	0	0	0	0	0	0	0	0	1
7	0	0	0	0	0	0	0	3	0	0	0	0	0	1	4
8	0	0	0	0	0	0	0	0	0	0	0	0	0	0	0
9	0	0	0	0	0	0	0	0	0	0	0	0	0	0	0
10	0	0	0	0	0	0	0	0	0	0	0	1	0	0	1
11	1	0	0	0	0	0	0	0	0	0	0	13	0	0	14
12	0	1	0	0	0	0	0	0	0	0	0	0	13	0	14
13	0	0	0	0	0	0	0	0	0	0	0	0	0	7	7
边际总数	27	3	1	0	1	3	0	4	0	0	0	15	13	8	75

(表格左侧纵向标注:编码员B)

信度=0.88-0.1571/1-0.1571=0.917

6. 有否与美国的对比论述

	编码员A		
类 别	0	1	边际总数
0	47	5	52
1	3	20	23
边际总数	50	25	75

(表格左侧纵向标注:编码员B)

信度=0.893-0.4234/1-0.4234=0.814

7. 人物行为

	编码员A																		
类别	0	1	2	3	4	5	6	7	8	9	10	11	12	13	14	15	16	17	边际总数
0	1	0	0	0	0	0	0	0	0	0	0	0	0	0	0	0	0	0	1
1	0	24	0	0	0	0	0	0	0	0	0	1	0	0	0	0	0	1	26
2	0	0	5	0	0	0	0	0	0	0	0	0	0	0	0	0	0	0	5
3	0	2	0	4	0	0	0	0	0	0	0	0	0	0	0	0	0	0	6
4	0	0	0	0	3	0	0	0	0	0	0	0	0	0	0	0	0	0	3
5	0	0	0	0	0	0	0	0	0	0	0	0	0	0	0	0	0	0	0
6	0	0	0	0	0	0	0	0	0	0	0	0	0	0	0	0	0	0	0
7	0	0	0	0	0	0	0	1	0	0	0	0	0	0	0	0	0	0	1
8	0	0	0	0	0	0	0	0	0	0	1	1	0	0	3	0	0	0	5
9	0	1	0	0	0	0	0	0	0	5	0	0	0	0	0	0	0	0	6
10	0	0	0	0	0	0	0	0	0	0	3	0	0	0	0	0	0	0	3
11	0	1	0	0	0	0	0	0	0	0	1	9	0	0	0	0	0	0	11
12	0	0	0	0	0	0	0	0	0	0	0	0	1	0	0	0	0	0	1
13	0	0	0	0	0	0	0	0	0	0	0	0	0	0	0	0	0	0	0
14	0	0	0	0	0	0	0	0	0	0	0	0	0	0	2	0	0	0	2
15	0	0	0	0	0	0	0	0	0	0	0	0	0	0	0	0	0	0	0
16	0	0	0	0	0	0	0	0	0	0	0	0	0	0	0	0	3	0	3
17	0	1	0	0	0	0	0	0	0	0	0	0	0	0	0	0	0	1	2
边际总数	1	29	5	4	3	0	0	1	0	5	5	11	1	0	5	0	3	2	75

（左侧纵向标注：编码员B）

信度 = 0.827-0.133/1-0.133 = 0.800

8. 人物行为的结果

<table>
<tr><td colspan="14" align="center">编码员 A</td></tr>
<tr><td rowspan="13">编码员 B</td><td>类别</td><td>0</td><td>1</td><td>2</td><td>3</td><td>4</td><td>5</td><td>6</td><td>7</td><td>8</td><td>9</td><td>10</td><td>边际总数</td></tr>
<tr><td>0</td><td>1</td><td>0</td><td>0</td><td>0</td><td>0</td><td>0</td><td>0</td><td>0</td><td>0</td><td>0</td><td>0</td><td>1</td></tr>
<tr><td>1</td><td>0</td><td>19</td><td>0</td><td>0</td><td>1</td><td>0</td><td>0</td><td>0</td><td>0</td><td>0</td><td>0</td><td>20</td></tr>
<tr><td>2</td><td>0</td><td>0</td><td>5</td><td>1</td><td>0</td><td>0</td><td>0</td><td>0</td><td>0</td><td>0</td><td>0</td><td>6</td></tr>
<tr><td>3</td><td>0</td><td>0</td><td>0</td><td>2</td><td>0</td><td>0</td><td>0</td><td>0</td><td>0</td><td>0</td><td>0</td><td>2</td></tr>
<tr><td>4</td><td>0</td><td>1</td><td>0</td><td>0</td><td>3</td><td>0</td><td>0</td><td>0</td><td>0</td><td>0</td><td>0</td><td>4</td></tr>
<tr><td>5</td><td>0</td><td>0</td><td>0</td><td>0</td><td>0</td><td>10</td><td>0</td><td>1</td><td>0</td><td>0</td><td>0</td><td>11</td></tr>
<tr><td>6</td><td>0</td><td>0</td><td>0</td><td>0</td><td>0</td><td>0</td><td>3</td><td>0</td><td>0</td><td>0</td><td>0</td><td>3</td></tr>
<tr><td>7</td><td>0</td><td>0</td><td>0</td><td>0</td><td>0</td><td>0</td><td>0</td><td>0</td><td>0</td><td>0</td><td>0</td><td>0</td></tr>
<tr><td>8</td><td>0</td><td>1</td><td>0</td><td>0</td><td>1</td><td>1</td><td>0</td><td>0</td><td>12</td><td>0</td><td>0</td><td>15</td></tr>
<tr><td>9</td><td>0</td><td>0</td><td>0</td><td>0</td><td>1</td><td>0</td><td>0</td><td>0</td><td>0</td><td>2</td><td>0</td><td>3</td></tr>
<tr><td>10</td><td>0</td><td>3</td><td>0</td><td>0</td><td>0</td><td>0</td><td>0</td><td>0</td><td>0</td><td>0</td><td>7</td><td>10</td></tr>
<tr><td>边际总数</td><td>1</td><td>24</td><td>5</td><td>3</td><td>6</td><td>11</td><td>3</td><td>1</td><td>12</td><td>2</td><td>7</td><td>75</td></tr>
</table>

信度 = 0.853−0.123/1−0.123 = 0.832

9. 人物行为与美国的关系

<table>
<tr><td colspan="15" align="center">编码员 A</td></tr>
<tr><td rowspan="14">编码员 B</td><td>类别</td><td>0</td><td>1</td><td>2</td><td>3</td><td>4</td><td>5</td><td>6</td><td>7</td><td>8</td><td>9</td><td>10</td><td>11</td><td>边际总数</td></tr>
<tr><td>0</td><td>1</td><td>0</td><td>0</td><td>0</td><td>0</td><td>0</td><td>0</td><td>0</td><td>0</td><td>0</td><td>0</td><td>0</td><td>1</td></tr>
<tr><td>1</td><td>0</td><td>3</td><td>0</td><td>1</td><td>0</td><td>0</td><td>0</td><td>0</td><td>0</td><td>0</td><td>0</td><td>0</td><td>4</td></tr>
<tr><td>2</td><td>0</td><td>0</td><td>2</td><td>0</td><td>0</td><td>0</td><td>0</td><td>0</td><td>0</td><td>0</td><td>0</td><td>0</td><td>2</td></tr>
<tr><td>3</td><td>0</td><td>0</td><td>0</td><td>4</td><td>0</td><td>0</td><td>0</td><td>0</td><td>0</td><td>1</td><td>0</td><td>0</td><td>5</td></tr>
<tr><td>4</td><td>0</td><td>0</td><td>0</td><td>0</td><td>1</td><td>0</td><td>0</td><td>0</td><td>0</td><td>0</td><td>0</td><td>0</td><td>1</td></tr>
<tr><td>5</td><td>0</td><td>0</td><td>0</td><td>0</td><td>0</td><td>1</td><td>0</td><td>0</td><td>0</td><td>0</td><td>0</td><td>0</td><td>1</td></tr>
<tr><td>6</td><td>0</td><td>0</td><td>0</td><td>0</td><td>0</td><td>0</td><td>4</td><td>0</td><td>0</td><td>0</td><td>0</td><td>0</td><td>4</td></tr>
<tr><td>7</td><td>0</td><td>0</td><td>0</td><td>0</td><td>0</td><td>0</td><td>0</td><td>1</td><td>0</td><td>0</td><td>0</td><td>0</td><td>1</td></tr>
<tr><td>8</td><td>0</td><td>0</td><td>0</td><td>0</td><td>0</td><td>0</td><td>0</td><td>0</td><td>7</td><td>0</td><td>0</td><td>0</td><td>7</td></tr>
<tr><td>9</td><td>0</td><td>0</td><td>0</td><td>0</td><td>0</td><td>0</td><td>4</td><td>0</td><td>0</td><td>41</td><td>0</td><td>0</td><td>45</td></tr>
<tr><td>10</td><td>0</td><td>0</td><td>0</td><td>0</td><td>0</td><td>0</td><td>0</td><td>0</td><td>0</td><td>0</td><td>0</td><td>0</td><td>0</td></tr>
<tr><td>11</td><td>0</td><td>0</td><td>0</td><td>0</td><td>0</td><td>0</td><td>0</td><td>0</td><td>0</td><td>2</td><td>0</td><td>2</td><td>4</td></tr>
<tr><td>边际总数</td><td>1</td><td>3</td><td>2</td><td>5</td><td>1</td><td>1</td><td>8</td><td>1</td><td>7</td><td>44</td><td>0</td><td>2</td><td>75</td></tr>
</table>

信度 = 0.893−0.282/1−0.282 = 0.851

附录四　内文表格

表1-1　对中国女性特质描述的部分词汇

特　质	词　汇
勤劳善良	abide, hardworking, integrity, struggling, modest, friendly, rags-into-riches, modest, industrious, responsible, honest, work hard, frugal, dutiful, easygoing, gentleness, extensive
聪明可爱	sweetness, cute, highly educated, knowledge perfect, modest, smart, curious, teeny-tiny, resourceful, simple, talented, brilliant
果敢坚强	strike, with tremendous confidence, confident, brave, assertive, confident, calm, self-deprecating, powerful
积极主动	voluntary, willing, be happy to take the challenge, eager to learn, aggressive style, ambitious
精于世故	scoff, indifferent, picky
性感漂亮	lovely and pretty, rosy-cheeked, petite, soft-spoken, charm, trendy, pretty, willowy, big eyes, glamorous, petite, elegantly, beautiful, stylish, sexy
消极被动	never be happy, impoverished, prim, estranged, frustrated, prostrate, self-deprecating
开朗直率	enjoyherself, optimism, excited, earnest, cheerfully, over joyed, passionate, unfazed, open, lively, playful, optimistic, delighted, keen, passionate
愚昧怪异	pudgy, produced, barely literate, ugly
单纯无知	be fooled
软弱无能	low social status, feared, compromise
多愁善感	homesick, nervous, alarmed
懒惰娇惯	ennui, spoiled
柔弱多病	sick, gaunt, thin

表1-2　不同风格的报道对女性的描述

对女性的描述		性感漂亮	积极主动	果敢坚强	聪明可爱	精于世故	开朗直率	多愁善感	软弱无能	单纯无知	消极被动	愚昧怪异	勤劳善良	懒惰娇惯	柔弱多病	总计
报道风格	正面	9	25	18	14	2	5	0	3	3	9	8	27	0	1	124
	负面	17	52	36	16	4	4	1	1	6	24	12	66	1	7	247
	中性	22	106	120	46	12	17	3	11	9	42	26	161	1	26	602
总计		48	183	174	76	18	26	4	15	18	75	46	254	2	34	973

注:本研究允许一篇文章出现两种以上女性特质,故对女性特质的描述共 973 项。

表1-3　人物的行为结果

行为结果的性质	数量	人物行为的结果	数量	占样本比重
正　向	245	获得成功	209	34.8%
		获得帮助	21	3.5%
		帮助他人	15	2.5%
负　向	180	未能成功	45	7.5%
		遭受损伤	117	19.5%
		伤害他人	8	1.3%
		被处罚	10	1.7%
不明确	132	未提及	107	17.8%
		未　知	19	3.2%
		其　他	6	1.0%
引发关注	44	引发关注	44	7.3%

表1-4 对人物的描述与行为结果的交叉比较(前十位)

排名	1	2	3	4	5	6	7	8	9	10
对人物的描述	勤劳善良	积极主动	果敢坚强	勤劳善良	积极主动	果敢坚强	聪明可爱	勤劳善良	消极被动	愚昧怪异
行为结果	获得成功	获得成功	获得成功	受到损害	受到损害	受到损害	获得成功	未能成功	受到损害	引发争论
数量	92	62	57	51	44	34	28	22	20	17

表1-5 《时报》对中国女性报道的小主题与大主题分类

大主题	小主题
政 治	参政议政、抗议示威、民族问题、人权问题、宗教活动、阶层分化、计划生育
就 业	就业选择、职业表现、就业歧视、创业、其他职业障碍
两性关系	性观念、两性关系、性行为、卖淫、贩卖妇女、性别失衡、异地产子
教 育	教育活动、教育歧视
卫生保健	就医行为、艾滋病、卫生保健
日常生活	饮食、消费、社会关系、文化生活、日常生活、移民生活、社会安全
人 物	人 物
国际事务	国际事务
体 育	体 育
经 济	经济危机、经济竞争、经济总体
其 他	自杀、人口老龄化

注:由于《纽约时报》经常将"计划生育"与人权问题相连结,因此将其归入到"政治"大主题中。

表1-6 《时报》对中国女性报道的大主题分布状况

主题	政治	就业	两性关系	教育	卫生保健	日常生活	人物	国际事务	体育	经济	其他	合计
频率	83	40	29	5	33	186	22	23	160	17	3	601
百分比	13.8%	6.7%	4.8%	0.8%	5.5%	30.9%	3.7%	3.8%	26.6%	2.8%	0.5%	100%

表 1-7 主题与人物行为结果的交叉关系

主题 行为结果	政治	就业	两性关系	教育	卫生保健	日常生活	人物	国际事务	体育	经济	其他	总计
获得成功	10	16	3	3	5	56	16	3	85	10	1	208
获得帮助	6	0	3	0	2	7	0	4	1	0	0	23
帮助他人	1	1	0	0	1	11	1	0	0	0	0	15
未能成功	6	1	2	0	2	8	1	0	23	1	0	44
遭受损伤	36	12	9	0	15	24	0	12	6	3	0	117
被处罚	4	0	0	0	0	2	0	0	4	0	0	10
伤害他人	2	2	1	0	2	0	1	0	0	0	0	8
未提及	10	3	5	2	5	62	2	1	13	2	2	107
引发关注	7	3	6	0	1	9	1	1	16	0	0	44
未知	0	2	0	0	0	2	0	2	12	1	0	19
其他	1	0	0	0	0	5	0	0	0	0	0	6
总计	83	40	29	5	33	186	22	23	160	17	3	601

表 1-8 人物行为

序号	1	2	3	4	5	6	7	8	9	10	11	12	13	14	15
行为	职业行为	参政议政	社会活动	经营家庭生活	支援社会和他人	人身遭受伤害	维护权利	违法违规	消费及日常生活	生病就医	卖血卖淫	教育	生育	宗教活动	其他
数量	266	27	41	27	8	30	19	18	93	12	8	7	14	9	22

注:"其他"一项主要是指文中涉及的文艺作品中表现出的女性形象。有些新闻描述女艺术家的作品,
　　其中也涉及对艺术作品中出现的女性的描述,在此作为"其他"的行为类型。

表 1-9　人物行为与行为结果的交叉关系

行为结果 \ 行为	获得成功	获得帮助	帮助他人	未能成功	遭受损伤	被处罚	伤害他人	未提及	引发关注	未知	其他	总计
职业行为	150	2	3	30	25	1	1	20	17	17	0	266
参政议政	5	1	0	1	8	0	0	10	2	0	0	27
社会活动	5	0	0	2	4	0	0	23	5	1	1	41
经营家庭生活	14	0	1	3	5	0	0	2	2	0	0	27
支援社会和他人	1	0	7	0	0	0	0	0	0	0	0	8
维护权利	5	1	1	3	6	0	0	2	1	0	0	19
违法违规	1	2	0	0	2	9	4	0	0	0	0	18
消费及日常生活	13	7	3	2	19	0	1	35	8	1	4	93
生病就医	2	1	0	0	9	0	0	0	0	0	0	12
卖血卖淫	0	0	0	0	6	0	1	1	0	0	0	8
人身遭受伤害	0	3	1	0	22	0	0	0	4	0	0	30
教　育	3	0	0	0	0	0	1	1	0	0	1	7
生　育	1	3	0	2	4	0	0	2	2	0	0	14
其　他	6	2	0	1	0	0	0	10	3	0	0	22
宗教活动	2	0	0	0	6	0	0	1	0	0	0	9
总　计	208	22	16	44	117	10	8	107	44	19	6	601

表 1-10　中国女性的职业状况

职业	不详	公务人员	教师	服务业	农民	工人	运动员	职员	科研人员	专业技术人员	商人	自由职业者	政治家	演艺人员	其他	学生	合计
频率	153	17	6	21	15	22	170	18	16	36	27	3	8	45	31	13	601

表 2-1　美国视角下的中国女性形象

人物行为	人物行为与美国的关系	女性形象
职业行为(5),家庭生活(1),维权(1),违法(1),日常生活(6),教育(1),其他(1),	被美国吸引(16)	盟友及追随者(102)
职业行为(7),支援他人(3),日常生活(1),生病就医(1)	正面影响美国(12)	
职业行为(17),参政议政(1),人身遭受伤害(1),日常生活(5),教育(1),其他(3)	吸引美国(28)	
职业行为(19),参政议政(2),社会活动(9),家庭生活(2),支援他人(3),人身遭受伤害(3),日常生活(6),生育(1),其他(1)	互相合作(46)	
就业(2),社会活动(1),支援他人(1),人身遭受伤害(4),参政议政(1)维权(4),违法(2),日常生活(3),生育(2)卖血卖淫(1),其他(1)	得到美国帮助(22)	被美国拯救的弱者(22)
就业(6),家庭生活(3),人身遭受伤害(3),维权(3),违法(3),卖血卖淫(3),日常生活(1),参政(3),社会活动(1)	受损于美国(24)	美国的受害者(24)
就业(94),日常生活(3),教育(1),其他(2)	竞争或威胁美国(100)	竞争对抗者(107)
就业(2)	负面影响美国(2)	
就业(2),参政议政(1),社会活动(1),其他(1)	敌视质疑(5)	
社会活动(1)	引发关注(1)	其他(3)
就业(1),其他(1)	不受关注(2)	

注:这里的统计不包括"未提及中国女性与美国关系"的文章。

表 2-2　职业及人物行为与美国关系的交叉分析

职业 ＼ 与美国的关系	被美国吸引	受损于美国	得到美国帮助	正面影响美国	吸引美国	竞争或威胁美国	负面影响美国	互相合作及欣赏	未提及	敌视质疑	引发关注	不受关注	总计
不 详	3	6	11	3	6	3	0	10	108	2	1	0	153
公务人员	0	1	0	0	0	0	1	2	13	0	0	0	17
教 师	0	0	0	0	0	0	0	0	6	0	0	0	6

续表

与美国的关系\职业	被美国吸引	受损于美国	得到美国帮助	正面影响美国	吸引美国	竞争或威胁美国	负面影响美国	互相合作及欣赏	未提及	敌视质疑	引发关注	不受关注	总计
服务业	1	4	2	4	0	0	0	1	9	0	0	0	21
农民	0	0	0	1	0	0	0	0	14	0	0	0	15
工人	0	3	1	0	0	1	0	0	17	0	0	0	22
运动员	1	2	0	1	0	97	0	11	57	1	0	0	170
公司职员	4	1	0	2	0	1	0	2	8	0	0	0	18
科研人员	0	2	3	0	0	0	0	5	5	1	0	0	16
医生	0	0	1	0	0	0	0	0	2	0	0	0	3
律师	0	0	0	1	0	0	0	0	0	0	0	0	1
记者	0	0	2	0	0	0	0	2	4	0	0	0	8
会计师	0	0	0	0	0	0	0	0	2	0	0	0	2
专业技术人员	2	0	1	0	3	0	0	0	15	1	0	0	22
商人	1	0	1	0	3	3	0	3	16	0	0	0	27
自由职业者	0	0	0	0	0	0	0	0	3	0	0	0	3
政治家	2	0	0	0	0	1	1	2	1	0	0	0	8
演艺人员	0	0	0	0	16	0	0	7	19	0	1	2	45
其他	1	6	4	0	1	0	1	2	16	0	0	0	31
学生	1	0	0	0	1	0	0	0	11	0	0	0	13
总计	16	25	27	12	30	106	3	47	326	5	2	2	601

表2-3 关于中国女性的报道涉及的背景*

是否以及提到何种中国背景	频次	百分比
无	162	25.10%
封建社会	11	1.70%
民国至解放前	27	4.20%
解放至文革	8	1.20%
文革	29	4.50%
八九	14	2.20%
改革开放	6	0.90%

续表

是否以及提到何种中国背景	频　次	百分比
香港回归	5	0.80%
澳门回归	1	0.20%
加入世贸组织	2	0.30%
法轮功事件	3	0.50%
社会总体 **	116	18.00%
相关专业或相关领域背景	232	36.00%
其　他	29	4.50%
总　计	645	100.00%

注：* 在本书中对新闻背景的编码允许多个选项。
　　** "社会总体"包括社会政治、经济、文化等无明确事件性标志的背景。

表5-1　是否对女性进行评价及评价的来源

是否对女性进行评价及评价来源	频　数	百分比
无	135	22.5
作者直接评价	242	40.3
直接引用他人评价	11	1.8
间接引用他人评价	11	1.8
直接引用报道对象自我评价	3	.5
间接引用报道对象自我评价	6	1.0
混　合	193	32.1
总　计	601	100.0

附录五　研究资料标题

1.Beijing Says Chinese-Born Scholar on Visit From U.S. Is a Spy, New York Times, March 28, 2001.

中国声称华裔学者是间谍.2001 年 3 月 28 日.

2.China Bars an AIDS Expert From Going to U.S. for Award, New York Times, May 30, 2001

中国禁止艾滋病专家赴美领奖.2001 年 5 月 30 日.

3.Deadly Shadow Darkens Remote Chinese Village, New York Times, May 28, 2001.

阴影笼罩中国偏远农村.2001 年 5 月 28 日.

4.Powell Said to Be Dismayed by Beijing Trial, New York Times, July 25, 2001.

鲍威尔称对中国式审讯感到吃惊.2001 年 7 月 25 日.

5.China Seems Uncertain About Dealing Openly With AIDS, November 12, 2001.

在公开防控艾滋病上中国态度暧昧.2001 年 12 月 12 日.

6.Spread of AIDS in Rural China Ignites Protests, New York Times, December 11, 2001.

艾滋病在中国农村的扩散引发抗议.2001 年 11 月 11 日.

7.A Poor Ethnic Enclave in China Is Shadowed by Drugs and H.I.V, New York Times, December 21, 2001.

中国贫困地区笼罩在毒品和艾滋病阴影之下.2001 年 12 月 21 日.

8.With Ignorance as the Fuel, AIDS Speeds Across China, New York Times, December 30,2001.

中国对艾滋知之甚少,助长艾滋病快速扩散.2001 年 12 月 30 日.

9.UN Publicly Chastises China for Inaction on H. I. V. Epidemi, New York Times, June 28,2002.

中国防控艾滋病不利,联合国公开惩戒.2002 年 6 月 28 日.

10.Migrants to Chinese Boom Town Find Hard Lives, New York Times, July 2,2002.

中国城市移民艰难求生.2002 年 7 月 2 日.

11.Bias for Boys Leads to Sale of Baby Girls in China, New York Times, July 20,2003.

中国重男轻女导致贩卖女婴.2003 年 7 月 20 日.

12.Madame Chiang Kai-shek, a Power in Husband's China and Abroad, Dies at 105, New York Times, October 25,2003.

蒋介石夫人去世,享年 105 岁,在其夫治下的中国及海外都是举足轻重的角色.2003 年 10 月 25 日.

13.Internet Sex Column Thrills, and Inflames, China, New York Times, November 30,2003.

中国互联网性专栏引发争议.2003 年 11 月 30 日.

14.Mao vs. Modernism; A New Cultural Revolution in China…or Is It? New York Times, December 21,2003.

当毛泽东遭遇现代化:中国开始了一场新的文化大革命? 2003 年 12 月 21 日.

15.Is China The Next Bubble? New York Times, January 18,2004.

中国是下一个经济泡沫吗? 2004 年 1 月 18 日.

16.A Dragon Lady and a Quiet Cultural Warrior, New York Times, January 11,2004.

龙女与悄无声息的文化斗士.2004 年 1 月 11 日.

17.Like Japan in the 1980's, China Poses Big Economic Challenge, New York

Times,March 2,2004.

中国经济猛如 80 年代日本,给世界带来巨大挑战.2004 年 3 月 2 日.

18.Dam Building Threatens China's Grand Canyon, New York Times, March 10,2004.

在建大坝威胁到中国大峡谷.2004 年 3 月 10 日.

19.China Detains 3 Relatives Of Victims At Tiananmen, New York Times, March 30,2004

中国逮捕 3 名天安门事件受害者家属.2004 年 3 月 30 日.

20.The Most Populous Nation Faces a Population Crisis, New York Times, May 30,2004.

人口第一大国面临人口危机.2004 年 5 月 30 日.

21.A Chinese Bookworm Raises Her Voice in Cyberspace, New York Times, July 24,2004.

中国书呆子互联网发声.2004 年 7 月 24 日.

22.Glamour Lives,in Chinese Films, New York Times, December 5,2004.

充满活力的中国电影.2004 年 9 月 5 日.

23.Why Isn't Maggie Cheung a Hollywood Star? New York Times, November 14,2004.

张曼玉为什么不能成为好莱坞影星? 2004 年 11 月 14 日.

24.Rural Chinese Riot as Police Try to Halt Pollution Protest, New York Times,April 15,2005.

中国警察试图平息反污染抗议引发农村骚乱.2005 年 4 月 15 日.

25.Chinese City Emerges As Model in AIDS Fight, New York Times, June 16,2005.

中国城市成为抗击艾滋病典型.2005 年 6 月 16 日.

26.Chinese Apparel Makers Increasingly Seek the Creative Work, New York Times,August 31,2005.

中国服装设计师不断拓展创新空间.2005 年 8 月 31 日.

27.China woman richest on paper,New York Times,October 10,2006.

中国妇女造纸致富,2005 年 10 月 10 日.

28.Read the Tea Leaves:China Will Be Top Exporter,New York Times,October 11,2005.

读懂茶叶:中国或将成为茶叶最大出口国.2005 年 10 月 11 日.

29.Deep Flaws,and Little Justice,in China's Court System,New York Times,September 21,2005.

中国司法系统漏洞大,公正少.2005 年 9 月 21 日.

30.Upstart From Chinese Province Masters the Art of TV Titillation,New York Times,November.28,2005.

中国省级电视娱乐节目崛起.2005 年 11 月 28 日.

31.A Slow War on Human Trafficking.New York Times,New York Times,May 28,2006.

打击人口贩卖,路遥步缓.2006 年 5 月 28 日.

32.Bouquet of Roses May Have Note ' Made in China ',New York Times,September 25,2006.

玫瑰香氛也许来自"中国制造".2006 年 9 月 25 日.

33.Dead Bachelors in Remote China Still Find Wives,New York Times,October 5,2006.

中国偏远地区仍旧存在阴婚.2006 年 10 月 5 日.

34.China's ' Queen of Trash ' finds riches in waste paper,New York Times,January 15,2007.

中国"垃圾女王"靠收废纸致富.2007 年 1 月 15 日.

35.Blazing A Paper Trail In China;A Self-Made Billionaire Wrote Her Ticket On Recycled Cardboard,New York Times,January 16,2007.

中国女富豪靠回收废纸白手起家.2007 年 1 月 16 日.

36.Raising a Child With Roots in China,New York Times,February 25,2007.

生在中国,长在美国.2007 年 2 月 25 日.

37.The People's Republic of Sex Kittens and Metrosexuals,New York Times,March 4,2007.

中国的性感美女和都市花美男.2007 年 3 月 4 日.

38.Today's Face of Abortion in China Is a Young, Unmarried Woman, New York Times, May 17,2007.

中国未婚女性流产年轻化.2007 年 5 月 17 日.

39.China Grabs West's Smoke-Spewing Factories, New York Times, December 21,2007.

中国治理西部污染工厂.2007 年 12 月 21 日.

40.Fortune's Sisters.New York Times, New York Times, January6,2008.

幸运的姐妹.2008 年 1 月 6 日.

41.From the Erotic Domain, an Aerobic Trend in China, New York Times, July,25,2008.

从色情到健身:钢管舞走红中国.2008 年 7 月 25 日.

42.Lives of Poverty, Untouched by China's Boom, New York Times, January 13,2008.

中国繁荣没有惠及穷人.2008 年 1 月 13 日.

43.Prominent Tibetan Figure Held by China, Friends Say, New York Times, April 18,2008.

中国逮捕西藏知名人士.2008 年 4 月 18 日.

44.Single Mothers in China Forge a Difficult Path, New York Times, April 6,2008.

中国单身母亲的艰难前行路.2008 年 4 月 6 日.

45.Parents' Grief Turns to Rage at Chinese Officials, New York Times, May 28,2008.

父母悲痛欲绝,控诉中国官员.2008 年 5 月 28 日.

46.A Life of Sacrifice for a Vault of Gold, New York Times, August 4,2008.

为跳马牺牲一切.2008 年 8 月 4 日

47.Selling Beauty on a Global Scale, New York Times, October 31,2008.

向世界出售美丽.2008 年 10 月 31 日.

48.China's Economy, in Need of Jump Start, Waits for Citizens Fist, New York

Times,December 13,2008.

中国经济的起步有待居民拉动.2008 年 12 月 13 日.

49. China's College Entry Test Is an Obsession", New York Times, June 12,2009.

令人困惑的中国高考.2009 年 6 月 12 日.

50.Gay Festival in China Pushes Official Boundaries,New York Times,June 15,2009.

中国同性恋冲击官方底线.2009 年 6 月 15 日.

51.China:Use of Controversial Software to Filter Web Is Optional,Official Says,New York Times,June 17,2009.

中国官员称并非强制使用互联网过滤软件.2009 年 6 月 17 日.

52. Chinese Factories Now Compete to Woo Laborers, New York Times, July13,2010.

中国工厂争抢劳动力.2010 年 7 月 13 日.

53.Chinese Paving the Road to Freedom With Cash,New York Times,August 5,2010.

中国正在走向现金制自由之路.2010 年 8 月 5 日.

54.Migrant 'Villages' Within a City Ignite Debate,New York Times,October 23,2010.

城中"移民村"引发争议.2010 年 10 月 23 日.

55. Once Banned, Dogs Reflect China's Rise, New York Times, October 25,2010.

一度被禁的养狗反映中国的崛起.2010 年 10 月 25 日.

56.Life in Shadows for MentallyIll in China, With Violent Flares, New York Times,November 10,2010.

中国精神病患者活在暴力和阴影之下,2010 年 11 月 10 日.

57. Assertive Chinese Held in Mental Wards, New York Times, November 13,2010.

中国精神病院里的强者.2010 年 11 月 13 日.

58.Abuses Cited in Enforcing China Policy of One Child, New York Times, December 21,2010.

中国强制推行计划生育.2010 年 12 月 21 日.

59.China's Army of Graduates Faces Struggle. New York Times, December 13,2010.

中国的毕业生大军面临挑战.2010 年 12 月 13 日.

60.For China's Women, More Opportunities, More Pitfalls, New York Times, December 22,2010.

中国女性:机会越多,挑战越多.2010 年 12 月 22 日.